I0647120

C.HOUDART 1970

ÉLISA

DE

MONTFORT

PAR

Jules-César **FANGAREZZI**

DE BOLOGNE

TRADUCTION LIBRE DE L'ITALIEN

PAR J.-M. VILLEFRANCHE

PARIS

P. LETHIELLEUX, LIBRAIRE ÉDITEUR

23, rue Cassette, et rue de Mézières, 11.

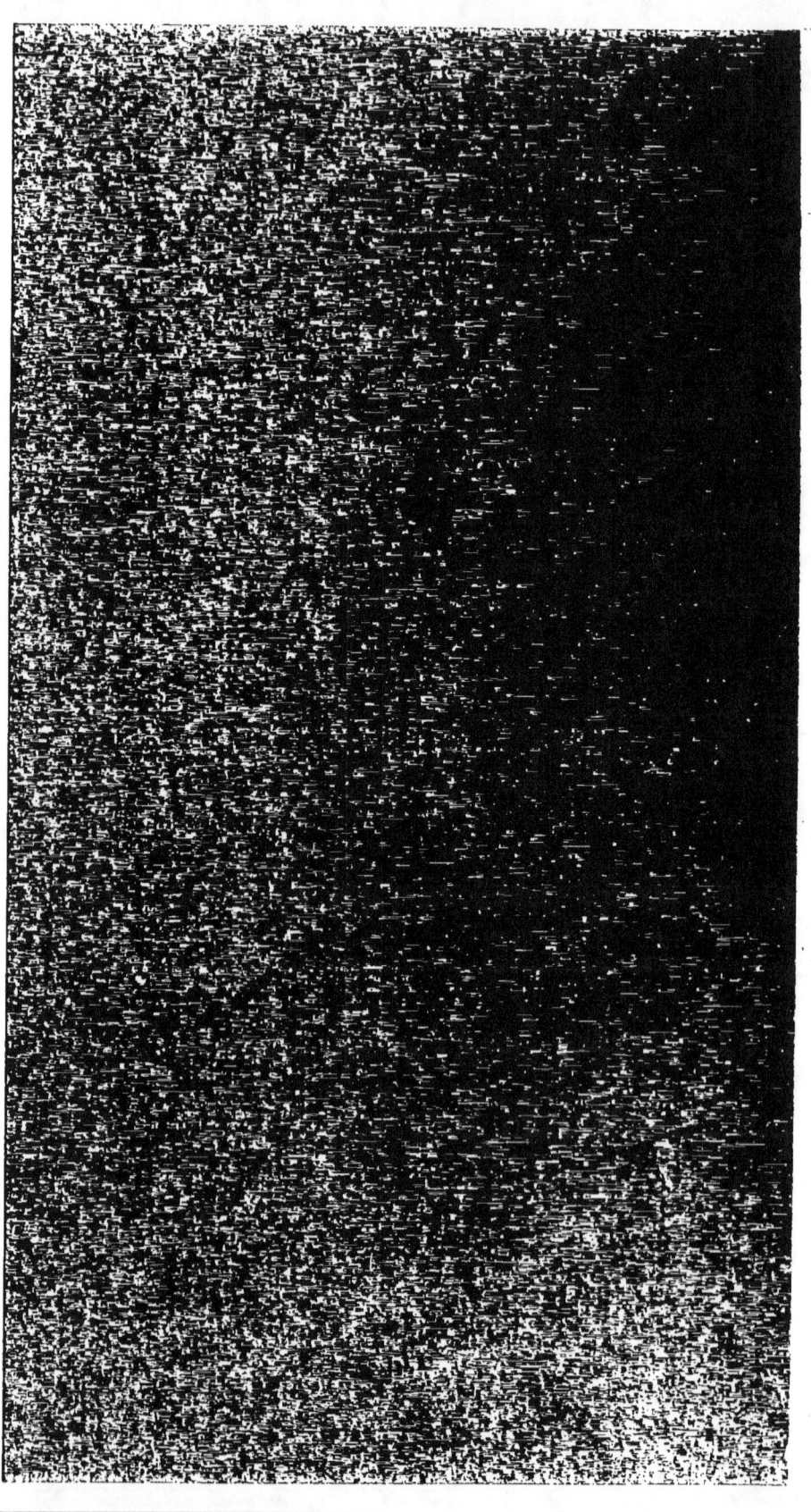

ÉLISA DE MONTFORT

AUTRES OUVRAGES DE M. VILLEFRANCHE.

LA TÉLÉGRAPHIE FRANÇAISE, étude historique, descriptive, anecdotique et philosophique, avec figures, suivie d'un guide-tarif télégraphique, par M. Villefranche, directeur des transmissions télégraphiques à Versailles. Paris, Victor Palmé, 25, rue de Grenelle-Saint-Germain, 1870. Un vol. de 360 pages................................... 2 50

FABLES et BALLADES, 4ᵉ édition .... 2 fr.

LES MARTYRS DU JAPON, histoire des 26 martyrs canonisés en 1862 et des 205 béatifiés en 1867, avec un aperçu général sur le christianisme au Japon; 7ᵉ édition, petit in-12, 153 pages................................... 0 50

LES MARTYRS DE GORCUM, histoire des 19 martyrs exécutés en Hollande en 1572 et canonisés par Pie IX en 1867, in-12, 92 pages................................... 0 50

DEUX ORPHELINES, étude contemporaine de mœurs anglaises.. 2 fr.

CINEAS, ou Rome sous Néron, un fort vol. de 520 pages. 3 fr.

L'ANGE DE LA TOUR, étude historique sur le règne d'Elisabeth d'Angleterre, traduction libre de l'italien du P. Previti, de la Compagnie de Jésus................. 2 50

Sous presse :

LE BOUQUET DE PRIMEVÈRES, nouvelle étude de mœurs anglaises.. 2 fr.

ZÉNOBIE, REINE DE PALMYRE, roman historique dans le genre de CINÉAS...................................

Rennes, T. HAUVESPRE, imp.-lib., rue Impériale, 4.

ÉLISA

DE

MONTFORT

PAR

Jules-César **FANGAREZZI**

DE BOLOGNE

TRADUCTION LIBRE DE L'ITALIEN

PAR J.-M. VILLEFRANCHE

PARIS

P. LETHIELLEUX, LIBRAIRE-ÉDITEUR

23, RUE CASSETTE, ET RUE DE MÉZIÈRES, 11

1870

Au R. Don Philippe Catenazzi

PRÊTRE DE MENDRISIO (Suisse)

———

Bologne, 1er avril 1868.

Monsieur l'Abbé,

On était au commencement de l'été 1866, et les rives du Pô, comme celles du Weser et de l'Elbe, retentissaient de l'horrible fracas des armes et des armées. La révolution italienne avait donné la main à la Prusse contre l'Autriche, et les deux alliés se proposaient : l'un de réduire sous sa domination les petits Etats de l'Allemagne, l'autre de compléter l'œuvre de l'indépendance nationale. Mais si l'exaltation politique était grande, en Italie, contre l'ennemi du dehors, celle des factions révolutionnaires

qui dirigeaient le mouvement se déchaînaient avec
plus de fureur encore à l'intérieur, contre des prêtres
inoffensifs et des laïques paisibles auxquels on ne
pouvait reprocher qu'un seul tort : leur attachement
à leur foi religieuse.

Ce tort était surtout celui de l'*Association catholique pour la défense de la liberté de l'Église
en Italie*, fondée à Bologne peu de mois auparavant
et qui, bénie par l'immortel Pie IX, s'étendait rapidement sur toute la Péninsule.

Comme il avait paru douteux, dès le principe,
qu'une institution semblable pût vivre et se consolider au milieu de nous, vu la toute-puissance des
passions irréligieuses, les promoteurs de l'association n'avaient rien négligé pour lui assurer, je ne
dirai point la bienveillance du gouvernement, —
nos prétentions ne s'élevaient pas si haut, — mais
le bénéfice du droit commun, qui déclare libres et
légitimes toutes les associations qui n'offensent point
les lois. On s'efforça donc de faire connaître, par
tous les moyens possibles, qu'elle avait bien réellement le but qu'indiquait son titre ; qu'elle

n'en avait point d'autre et que, ce but, elle se proposait de l'atteindre par les moyens de la plus
stricte légalité. On publia au grand jour, à cet effet,
non-seulement les statuts constitutifs, les réglements
organiques et institutions pratiques de l'œuvre, mais
encore les noms des fondateurs, et ceux des membres des directions locales qui, peu à peu, se cons-
tituaient dans les diverses villes d'Italie. Cependant,
comme les débuts d'une grande guerre parurent à
plusieurs une coïncidence peu favorable pour ceux
d'une association nouvelle, on poussa la prudence
jusqu'à interrompre l'entreprise commencée, en attendant qu'on pût la reprendre au sein de la paix et
d'une sécurité plus grande. On déclara l'association
sus pendue, et tous les rapports cessèrent spontané-
ment entre les membres de la direction centrale,
comme entre cette dernière et les comités locaux.

Mais ni cet excès de discrétion, ni la publicité in-
génuement cherchée, ni l'incontestable honorabilité
des adhérents de Bologne et d'ailleurs, ne devaient
sauver l'entreprise. Le ministère venait justement
d'obtenir du Parlement, pour assurer le succès de

la lutte commencée, des pouvoirs discrétionnaires;
il s'empressa de les tourner contre l'*Association
catholique*. Il n'osa pas sévir, à la vérité, contre
tous ceux qui avaient donné leurs noms; il se contenta de la poursuivre dans la personne de son président; et ce fut pour moi, qui avais l'honneur de
ce titre, que je n'avais certainement ni ambitionné,
ni recherché, ce fut, dis-je, pour moi, un sujet de
grande consolation et de sincère gratitude envers
Dieu.

Non pas que les perquisitions faites par deux fois
à mon domicile, et la détention que j'eus à subir,
fussent les avant-coureurs d'un procès régulier.
De procès, ou même de l'intention et de la possibilité
de m'en intenter un, je n'ai jamais vu le moindre
indice. Je n'ai pas même été l'objet, que je sache,
d'une accusation quelconque. Mais que mes fonctions de président fussent le seul motif de mon arrestation, c'est ce dont ne purent douter aucun de
ceux qui, directement ou indirectement, eurent à
s'entretenir de moi avec les autorités politiques.

Vous, Monsieur l'Abbé, qui me connaissez moi

et les miens, vous pouvez vous imaginer combien il
m'en coûta de me séparer de ma famille pour aller
en prison... Toutefois, j'étais soutenu, au milieu de
notre commune affliction, par le témoignage de ma
conscience, par les encouragements des gens de
bien, qui dans cette circonstance me montrèrent
une touchante et universelle sollicitude, et même
par les sympathies de nombre de personnes dont
les opinions politiques et religieuses ne sont point
les nôtres, mais qu'un sentiment naturel de justice
met au-dessus des passions de parti. Enfin, grâce à
ces personnes, j'obtins non-seulement d'être trans-
féré, comme je l'ai dit, de la prison Saint–Louis à
mon domicile, mais encore, quelque temps après, de
voir commuer mes arrêts forcés en un exil tempo-
raire du sol italien. Que ceux aux bons offices desquels je dus cet adoucissement reçoivent ici le témoignage public de ma reconnaissance !

Tels furent les incidents qui m'amenèrent, en
juillet 1866, en compagnie de ma femme et de mes enfants à demander asile à la République tessinoise, et à
chercher sur le territoire hospitalier de la Suisse la

paix et la sécurité qu'on devrait trouver sous tous les gouvernements civilisés, mais dont une liberté men songère, laquelle n'est autre chose qu'un despotisme masqué, ne me permettait plus de jouir dans mon pays. Et voilà comment nous nous établîmes à Mendrisio, où nous reçûmes de vous et de votre excellent frère un accueil si cordial que le souvenir ne s'en éteindra chez moi qu'avec la vie.

Il y avait bien longtemps, Monsieur l'Abbé, que mon cœur n'avait connu une aussi pleine confiance et des émotions aussi douces, aussi suaves, que celles que j'ai éprouvées, durant quatre mois, au milieu des bons Mendrisiens. Outre les charmes naturels d'un paysage admirable, j'ai trouvé tant de charité et d'urbanité chez les habitants que je ne saurais dire ce que j'admire le plus en eux, de leur foi, ou de leur honnêteté, ou de leur courtoisie.

Mon esprit fatigué se sentait alors peu disposé aux méditations sérieuses. Il fallait cependant s'occuper; l'idée me vint d'écrire ce récit, qui s'imprime aujourd'hui pour la deuxième fois et que, après l'avoir revu

et corrigé de mon mieux, j'ose dédier à Votre Révérence.

Je suis bien loin de prétendre, par cet hommage,
m'acquitter envers vous et envers tous ceux qui nons
ont rendu si agréable le séjour de Mendrisio. Je sou-
haiterais que l'ouvrage fût plus digne de vous être
offert; il a du moins le mérite de nous rappeler à vous
ma gratitude, à moi votre bienveillance et l'heureuse
hospitalité au sein de laquelle il a été composé.

Je viens de parler de moi plus peut-être qu'il ne
convenait à une modeste réserve. Ce n'est pas,
veuillez le croire, par désir de tirer vanité de la per-
sécution dont j'ai été l'objet. Que sont mes petites
tribulations, en comparaison de ce qu'ont souffert
pour l'Eglise tant de prélats, de religieux, de saints
prêtres, et même de laïques pieux? Ne croyez pas
non plus à aucun ressentiment de ma part envers
ceux dont j'ai eu à me plaindre. Dans ce déchaîne-
ment général des passions révolutionnaires dont gémit
la malheureuse Italie, j'aime mieux accuser la perversité des principes que celle des intentions.

Pour ce qui est des défauts de mon travail, j'invoque votre indulgence, Monsieur l'Abbé ; elle m'excusera et me fera excuser de ceux qui y seraient moins disposés qu'elle-même. Dans cet espoir, je vous baise respectueusement les mains, et suis, avec le plus profond dévouement,

De Votre Révérence,

Le très-humble et obéissant serviteur,

Jules-César FANGAREZZI,

Avocat, de Bologne.

DEUX MOTS DE L'AUTEUR

Au Lecteur

La première question dont on se préoccupe en ouvrant un livre comme celui-ci, c'est de savoir si les événements qu'on va lire sont réels ou s'ils ne se sont accomplis que dans l'imagination de l'auteur.

A cette question, nous répondrons que nous avons fait comme presque tous les romanciers nos confrères. Sur un fond historique, nous avons élevé un édifice imaginaire. Nous avons même dû, par prudence, défigurer la vérité plus qu'on ne le fait ordinairement, en raison de la proximité du temps où ont eu lieu les événements. C'est ainsi que nous avons caché sous des pseudonymes les noms véritables de nos principaux personnages et transporté le théâtre des épreuves d'Elisa de Montfort dans un pays tout autre que celui qui en a été le témoin. Peu importent, du reste, les noms propres et le pays : L'objet que nous nous sommes proposé, c'est de montrer la merveilleuse et salutaire efficacité de la foi au milieu des adversités de la vie.

Malgré la part donnée ainsi à la fiction, nous avons peut-être tort d'appeler ceci un roman. On y cherchera en vain les incidents extraordinaires, les surprises à grand effet, les sentiments surhumains et les caractères superlatifs. Les événements s'y déroulent d'eux-mêmes, naturellement et simplement, dans l'ordre où ils se sont réellement produits ou auraient dû se produire. Ce récit étant destiné surtout aux jeunes gens, nous n'avons pas voulu contribuer à égarer leur imagination et à leur fausser le goût : résultat trop ordinaire, à notre avis, des exagérations familières aux romanciers.

En outre, nous avons pensé que les aventures de notre héroïne étaient assez intéressantes par elles-mêmes, et qu'elles pouvaient se passer de ces secours étrangers. Au lecteur de juger si nous avons eu tort ou raison (1)

(1) Les suffrages des lecteurs italiens n'ont été ni lents, ni douteux, puisque l'édition que nous avons traduite est la deuxième. Ceux des lecteurs français les confirmeront, sans aucun doute.

Nous avons cru devoir, il est vrai, prendre avec le texte de M. Fangarezzi certaines libertés, commes celles que nous nous étions permises déjà, du consentement du P. Previti, dans un travail analogue : *L'Ange de la Tour*. Ainsi, il était permis à un écrivain étranger de mettre une Cour d'assises à Clermont-Ferrand et d'ignorer l'existence obligatoire du mariage civil ; mais nous avons dû, pour être exact, transférer la Cour à Riom et faire passer les époux par la mairie. De même certains titres de chapitres, qui avaient le tort grave d'annoncer trop clairement à l'avance leurs dénouements, ont été modifiés. Les conspirateurs français de 1832, chez M. Fangarezzi, parlaient tous comme des sectaires italiens de nos jours ; leur langage a été mis au diapason du temps et du pays où il avait plu à l'auteur de transporter son drame. Enfin, plusieurs parties du récit ont été notablement renforcées ; tels sont les chapitres xi à xv ; d'autres allégés de réflexions un peu lourdes ou de répétitions inutiles : par exemple le chap. x, que nous avons entièrement remplacé.

Mais les événements, leur **ordre** et leur marche ont été respectés scrupuleusement. Et nous n'en connaissons point qui, de données aussi simples et avec aussi peu de personnages, fassent jaillir une émotion aussi vive ni aussi soutenue.

(Note du traducteur).

ÉLISA DE MONTFORT

CHAPITRE I

La Veuve et l'Orphelin.

—

Par une froide journée de l'hiver de 1836, au moment
du coucher du soleil, une jeune femme d'un peu plus de
vingt ans, portant dans ses bras un enfant de dix-huit
mois peut-être, gravissait péniblement, au travers de la
neige qui était tombée en abondance et qui tombait encore, la petite montagne qui dominait le château des comtes
de Montfort, une des familles les plus anciennes et les plus
distinguées de l'Auvergne.

L'aspect de cette femme annonçait, dès le premier coup-
d'œil, et malgré sa jeunesse, une âme en proie depuis
longtemps à la souffrance. Ses traits réguliers et délicats
et la noblesse qui lui semblait naturelle dans sa démarche
et ses manières, faisaient un étrange contraste avec ses
vêtements délabrés, à peine décents, même pour une médio-
cre fortune.

Arrivée à peu près à la moitié du chemin qu'elle avait
à parcourir, elle paraissait tellement fatiguée qu'elle était
obligée de s'arrêter de temps à autre, pour se reposer et
recueillir tout son courage avant de se remettre en route.
Mais dans ces moments de repos, si courts qu'ils fussent,
une froide bise lui arrêtait brusquement la sueur dont elle

était toute baignée, et glaçait le petit être pressé contre son
sein. Ce dernier faisait peine à voir, bien que la mère
n'eût rien omis de ce qu'elle avait pu faire pour le préserver des injures de la saison, très-rigoureuse cette année-
là, bien qu'elle le serrât étroitement contre elle, afin de
lui communiquer sa propre chaleur, bien qu'elle appuyât
parfois longuement son visage sur le sien, et s'efforçât
même de le réchauffer de son haleine. La pâleur de son
front et de ses joues, ses lèvres bleues, sa respiration rapide et le tremblement de tous ses membres, pouvaient
donner à craindre que, pour lui, la souffrance n'eût déjà
dépassé les limites de ses forces.

Cette idée était justement celle qui préoccupait la mère,
et lui était plus sensible que tout le reste: « Mon pauvre
petit, pauvre petit Richard! s'écriait Elisa — car tel était
son nom.— Mon Dieu, sauvez-le-moi! » Un moment, elle
le crut mort. Un frisson de terreur la pénétra jusqu'à la
moëlle des os et elle poussa un cri aigu qui retentit au
loin dans les gorges blanches de la montagne solitaire.

Alors elle fit un effort suprême, tira de son sein une
statuette qui représentait la Vierge immaculée, et, s'agenouillant sur la neige, devant cette image, elle prononça
ces paroles entrecoupées de sanglots : « Mère de Jésus, ô
Marie à laquelle j'ai consacré cet enfant dès sa naissance,
si vous me demandez le sacrifice de sa vie qui m'est cent
fois plus précieuse que la mienne, eh bien! je vous l'offre
en expiation de mes fautes, et je ne vous demande rien
autre sinon que vous m'obteniez de votre divin Fils le courage d'une sainte résignation, et aussi le pardon de mon
père ! »

La Vierge immaculée entendit cette touchante prière
et ne voulut pas laisser sans récompense une aussi héroïque résignation. L'enfant, presque au même moment,
s'éveilla de sa léthargie; il ouvrit les yeux, et un sourire
triste effleura ses lèvres comme s'il eût voulu rassurer sa mère

et lui affirmer qu'il vivait encore. Le lecteur comprendra, sans que j'aie besoin d'insister, qu'autant la douleur d'Elisa avait été profonde lorsqu'elle avait cru n'avoir plus de fils, autant fut vive et pénétrante la joie qu'elle éprouva en le voyant rendu à son amour. Aussi, remerciant affectueusement Marie de sa protection, se remit-elle en marche d'un pas relativement allègre et plus ferme. Cependant les ténèbres s'épaississaient et la neige tombait toujours. Le vent qui soufflait avec violence en accumulait en certaines places des masses telles qu'on ne pouvait plus distinguer la route, et la voyageuse redoutait, à chaque instant, de glisser dans des fondrières avec son précieux fardeau.

Arrivée à un endroit où la route se partageait en deux, Elisa s'arrêta, complètement incapable de discerner laquelle était la bonne, bien que le pays ne semblât point lui être inconnu. Elle cherchait à s'orienter, avec une anxiété facile à comprendre, lorsqu'elle aperçut une petite cabane tout près du point de bifurcation; sans hésiter davantage elle se dirigea de ce côté et frappa d'une main tremblante à la porte.

Une figure de femme, vieille, rechignée et nullement accueillante, se montra à une fenêtre et demanda avec humeur : — Que voulez-vous ?

— Bonne femme, dit Elisa, voudriez-vous m'indiquer laquelle de ces deux routes conduit au château de Montfort ?

— Au château ? reprit la vieille prenant à ce mot un ton de courtoisie affectée, suivez à gauche... A ce qu'il paraît, vous n'êtes pas du pays...

— Non, c'est-à-dire si... répliqua la voyageuse confuse et impatiente de cette curiosité indiscrète.

— Mais comment se fait-il, ma fille, insista la vieille, comment se fait-il qu'à une pareille heure et par un temps semblable vous vous trouviez par les montagnes ? Si vous vouliez entrer, vous pourriez vous reposer un instant et vous réchauffer.

— Merci ; que le Seigneur vous récompense de votre charité ; mais comme je suis pressée d'arriver au château...

— Pour peu que vous hâtiez le pas, vous rattraperez
certainement Antoine, le jardinier du comte, qui vient de
passer ici et qui vous conduira jusqu'à la porte du château...
Mais, je vous le répète, si vous êtes fatiguée, attendez, je
descends...

— Merci encore une fois, ne vous dérangez pas, dit Elisa
se remettant en route ; merci, brave femme, et bonne
nuit !

La vieille murmura nous ne savons quelles paroles de
surprise et de désappointement dont Elisa ne saisit que le
son mais non le sens. Moins de cinq minutes après, il lui
sembla entendre devant elle une voix d'homme qui stimu-
lait, avec de grands éclats, une bête de somme.

L'animal, sans doute parce qu'il était rendu de fatigue,
répondait mal aux désirs de son maître. Elisa, doublant
le pas, les rejoignit l'un et l'autre assez promptement, et
elle les eût dépassés sans que l'homme, trop occupé avec
son âne, l'eût remarquée, si elle ne lui eût adressé la parole par deux fois en l'appelant par son nom :

— Antoine, Antoine! Est-ce bien vous, Antoine Martineau ?

Elle prononçait ces mots avec l'anxiété d'une personne
qui redoute de voir tromper une espérance avidement
saisie.

— Qui m'appelle ? répondit l'homme d'un ton d'impatience et sans s'arrêter ; n'ai-je pas déjà assez à faire avec
cet âne maudit, sans me mettre d'autres ennuis sur les
bras.

— Antoine, Antoine, pour l'amour de Dieu, venez à mon
secours ! insista la voyageuse d'une voix suppliante.

Antoine, qui, au fond, était bon chrétien et connaissait
les devoirs de la charité, pensa que Dieu lui envoyait peut-
être une bonne œuvre à accomplir. En conséquence, il tira

l'âne par le licou du côté de la jeune femme, et, la regardant en plein visage comme pour reconnaître à qui il avait affaire :

— Qui êtes-vous, et que puis-je faire pour vous, bonne dame qui m'appelez par mon nom ?

— Me sauver la vie, à moi et à ce petit innocent, dit Elisa avec un accent qui aurait touché un cœur plus dur que celui de son interlocuteur.

— Et comment, comment cela ?... demanda-t-il.

— Je suis tellement à bout de forces que je désespère d'atteindre le château... Et mon pauvre enfant... Tenez, il n'y a qu'un instant, je l'ai cru mort...

Elle voulait continuer, mais la pensée qu'elle n'était plus seule et qu'elle avait enfin trouvé une âme compatissante, au moins pour le tendre objet de ses alarmes, éleva dans son cœur un sentiment de reconnaissance et de joie qui se traduisit par des sanglots et des larmes, soulagement dont elle avait grand besoin, après avoir si longtemps raidi son courage.

Antoine, qui n'était pas impeccable du côté de la curiosité, et qui volontiers se mêlait des affaires d'autrui, fut sur le point de réitérer toutes ses questions : Qui était-elle ? Qu'allait-elle chercher au château ? Et surtout comment le connaissait-elle, lui Antoine Martineau, qui ne la connaissait pas ?... Mais à l'aspect de ces larmes et de cette douleur, il comprit que le moment eût été mal choisi pour insister. Il ne renonça nullement à l'interrogatoire, mais il se promit de le reprendre un peu plus tard, au coin d'un bon feu. Partie remise n'est point perdue.

Laissant donc aller le licou de l'âne, il prit l'enfant dans un de ses bras, sans plus d'explication, et offrit l'autre à la mère, en lui recommandant de s'y appuyer fortement, car la route était de plus en plus glissante. S'il avait le cœur bon, il avait aussi le poignet solide ; Elisa s'en aperçut aussitôt. Le groupe voyageur se remit en route sans rompre davantage un silence où la jeune femme semblait se complaire tout particulièrement.

Cependant, maintenant que, chez cette dernière, la peur de perdre son fils avait cessé d'être l'impression dominante, un autre genre d'effroi se manifestait en elle par une sorte de tremblement convulsif qui s'accentuait de plus en plus à mesure qu'elle se rapprochait du château, et qui semblait devoir lui ôter le faible reste de ses forces. Antoine le remarqua d'autant mieux que le poids de la jeune dame devenait à chaque instant plus lourd sur son bras. Le silence lui pesait bien plus encore.

Aussi, lorsqu'après une demi-heure de marche, ils se trouvèrent en vue du château, ne [p]ut-il s'empêcher de le montrer à sa compagne en ajoutant qu'ils étaient enfin presque arrivés.

— Arrivés ! s'écria Elisa avec une vivacité singulière. Sainte Vierge, secourez-moi, c'est lui !

En levant les yeux dans la direction indiquée par son compagnon, elle avait cru voir, au travers d'une fenêtre, passer une lumière portée par une personne qu'elle s'était figurée reconnaître. Telle avait été la cause de cette exclamation.

— Qu'avez-vous, madame ? on dirait que vous tremblez... Courage ; dans quelques minutes, nous trouverons ma chère Madeleine, qui doit faire bon feu, pour sûr, en m'attendant. Courage : vous verrez quelle brave femme, et comme elle aura soin de vous et de votre enfant. Nous sommes pauvres, c'est vrai, mais pas au point de manquer du nécessaire. Et puis, voyez-vous, nous avons un maître un peu austère d'apparence, un peu original quelquefois, mais qui est bien le meilleur maître... Ah ! bien oui, il ne manquerait plus que cela ! Laisser une pauvre créature humaine sans secours, à sa porte et sur ses domaines ! Nous serions frais si nous en étions capables et que la chose arrivât à ses oreilles !

Tandis qu'Antoine achevait ce monologue, — nous disons monologue parce qu'Elisa ne parut y prêter aucune attention, — on franchissait l'enceinte du parc du château.

Le château de Montfort était un antique manoir féodal dont le propriétaire actuel s'était efforcé de conserver le caractère primitif. La façade, de style gothique, noircie par les années, n'était pas très-régulière, car plusieurs siècles y avaient successivement travaillé. Elle n'était pas non plus très-vaste et ne répondait pas à l'étendue des constructions qui se déployaient par derrière et parmi lesquelles se trouvaient plusieurs fabriques. Mais les deux tours crénelées qui s'élevaient majestueusement chacune d'un côté donnaient à l'édifice entier, surtout au clair de la lune comme en ce moment, un aspect sombre, sévère et grandiose. Des tilleuls et des châtaigniers gigantesques, disposés en groupes, l'entouraient au midi d'un ample demi-cercle de verdure, et parmi ces arbres serpentaient des sentiers tracés sans beaucoup d'art, mais où l'on pouvait défier, en été, les ardeurs du soleil. Tout était silence et ténèbres, à l'approche de nos voyageurs, et l'on eût pu croire la solitude complète sans les aboiements du gros mâtin qui gardait la maisonnette d'Antoine et qui vint se jeter dans les jambes de son maître.

Celui-ci, impatient de se débarrasser de la double charge qui, sur ses bras, pesait plus que de raison, se mit à frapper à coups redoublés à la porte de son logis : Madeleine, vite, nous sommes à moitié gelés !

Madeleine, dont la patience n'était peut-être pas la vertu favorite, parut enfin sur le seuil, une lanterne à la main, l'autre campée sur la hanche et le front plissé par une mauvaise humeur qui ne présageait rien d'agréable pour son mari :

— Ne voilà t-il pas, pour deux minutes que je te fais attendre, un beau motif d'ébranler toute la maison ? Tu mériterais .. Mais, qu'aperçois-je ? Tu n'es donc pas seul ?

En parlant ainsi, elle élevait sa lanterne, et l'aspect d'une étrangère faisait tomber soudainement toute sa colère.

— Allons, dit le jardinier, charmé d'échapper à la bourrasque, fais entrer cette pauvre jeune mère. Tiens, prends le petit, et aie bien soin de tous les deux : Ils en ont joliment besoin. Moi, je retourne à ma bourrique, afin de la décharger. Pourvu qu'elle ne se soit pas égarée sous les châtaigniers !

Il mit dans les bras de la jardinière l'enfant qui, fort heureusement, dormait, et qui ne s'aperçut pas du changement.

Madeleine, aussi généreuse de sa nature qu'elle était vive et facile à s'emporter, accueillit ses hôtes avec son meilleur sourire. Elle les introduisit dans une cour, puis dans un long corridor qu'Elisa suivit d'un pas assuré comme si elle l'eût connu déjà, enfin dans une grande cuisine où flambait un feu de bois pétillant, préparé pour Antoine. L'éclat de la flamme illumina le visage de la nouvelle venue, sur lequel il n'est point surprenant que les yeux pénétrants de Madeleine se portassent avec empressement. Tout d'un coup cette dernière s'arrêta immobile, et laissa tomber, avec un geste de stupeur, celui de ses bras qui n'était pas occupé à soutenir l'enfant.

— Seigneur Dieu ! s'écria-t-elle, si je ne me trompe pas, vous êtes mademoiselle Elisa !

— Oui, Madeleine, mon amie, ma sœur, c'est bien moi, dit l'étrangère en se jetant dans ses bras et en versant un torrent de larmes : oui, sous ces habits de pauvresse, avec ce visage ravagé, seule et dénuée de tout, sauf de confiance en Dieu, tu retrouves ici la fille unique du comte de Montfort, celle qui, il y a cinq ans à peine...

Les sanglots ne lui permirent point d'achever. Elle releva tristement la tête, qu'elle avait d'abord cachée sur l'épaule de Madeleine, et regardant son fils que la jardinière tenait toujours dans ses bras :

— Je n'en puis plus ! dit-elle. Madeleine, je t'en prie, un lit pour mon petit Richard et pour moi ; ce que tu feras pour nous, Dieu te le rendra. Qui sait ? Peut-être ne survivrai-je point aux fatigues de cette journée. Aie pitié de mon enfant, Madeleine !

Et elle se laissa tomber sur une chaise.

Il n'en fallait pas tant pour éveiller la plus tendre compassion de Madeleine. Son ancienne maîtresse, et plus que sa maîtresse, son amie, sa compagne d'enfance, qu'elle avait toujours aimée autant que respectée, était là gisante, presque sans connaissance, devant elle... Madeleine ne savait où donner de la tête. Par bonheur, Antoine rentrait alors, après avoir trouvé son âne reniflant contre le loquet de la porte de l'écurie et l'avoir déchargé et débâté en toute hâte, dans son empressemet à rejoindre ses hôtes ; elle lui mit l'enfant dans les bras :

— Garde-le un tout petit moment, pendant que je vais arranger le lit. Prends soin aussi de la jeune dame ; qu'elle ne tombe pas ; je reviens, je reviens !

Le mari, avant toute autre chose, aurait bien voulu savoir quelle était cette dame et quel était cet enfant. Il accepta néanmoins le bambin, mais avec de grands gestes et de grands yeux, protestations muettes contre un mystère d'autant plus intolérable que sa femme paraissait en avoir l'explication. Madeleine se mettant un doigt sur la bouche et regardant Antoine avec fixité, lui imposa silence et s'en alla.

Il est inutile que je décrive minutieusement à mes lecteurs de quelle façon l'excellente ménagère déploya sa charité ; je me contenterai de leur dire qu'elle fit tout ce qu'elle put. Elle alla jusqu'à céder à ses hôtes sa propre couche nuptiale, honneur sans précédents, depuis quatre ans qu'elle était mariée.

La mère et l'enfant n'y furent pas plutôt étendus, après avoir pris chacun un léger bouillon extrait de la marmite qui chantait auprès du feu, qu'ils cédèrent à un profond sommeil, ou assoupissement, dont ils ne se réveillèrent que le lendemain, longtemps après le lever du jour.

Antoine dormit beaucoup moins bien, mais il en fut indemnisé par le plaisir de savoir enfin le nom de l'inconnue, et par la satisfaction d'avoir rendu service à une personne dont, autrefois, il avait été bien souvent l'obligé.

CHAPITRE II

La fuite

—

Mais c'était peu, pour les deux époux, que de connaître les noms de leurs hôtes. Ils savaient aussi, à la vérité, quoique vaguement, dans quelles circonstances leur jeune maîtresse avait quitté le toit paternel, cinq ans auparavant; mais qu'était-elle devenue durant cette longue absence, et quel motif la ramenait aujourd'hui? Personne, depuis son départ, n'en avait plus entendu parler d'une manière certaine, et ceux qui vivaient auprès du colonel comte de Montfort beaucoup moins que tous les autres, car jamais le père ne faisait la moindre allusion à sa fille, pas plus que si elle n'eût point existé.

Cette rigueur persistante du comte à l'égard d'une héritière autrefois si chérie pouvait même faire craindre son mécontentement au jardinier et à sa femme, s'il venait à savoir à qui ils avaient donné asile. Mais bah! dit résolûment Antoine, il en arrivera ce qu'il plaira à Dieu. Ce serait une inconnue, une vagabonde suspecte que je n'aurais pas le cœur de la laisser périr sur la route. — Non certes, ajouta Madeleine, dussions-nous perdre notre place

au château, nous ferons ce que nous commandent la charité et même la reconnaissance. Et, puis as-tu remarqué,
Antoine, comme il est gentil, ce pauvre petit ange qu'elle
nomme Richard ? Lorsque je le regarde dormir, je me sens
tourner le cœur sens dessus dessous...

Madeleine se leva de grand matin et remarqua avec
plaisir que la rigoureuse température de la veille s'était
adoucie, grâce à un vent du Midi assez chaud qui, un peu
plus tard, aidé d'un soleil splendide dans un ciel sans
nuages, fondait la neige à vue d'œil. Elle se figurait et avec
raison, que ce changement contribuerait à récréer les yeux
et à relever l'esprit abattu de la fille du comte.

Plusieurs fois déjà elle était allée sans bruit écouter à la
porte de la chambre où reposait son ancienne maîtresse.
Elle tenait tout préparé un bol de lait chaud dans lequel
elle avait battu un jaune d'œuf, et elle grillait de le lui offrir, presqu'autant que d'apprendre les détails de son histoire et ses projets d'avenir... Hâtons-nous d'ajouter que
l'excellente femme, pour légitimer sa curiosité, s'efforçait
de se persuader que le récit d'un passé très-probablement
malheureux soulagerait d'autant la pauvre Elisa.

Toutefois, comme le réveil épié se faisait attendre, elle
ne demeura point les bras croisés. Elle immola en l'honneur
de l'héritière et de l'héritier des Montfort une poule
grasse qu'elle tenait en réserve pour nous ne savons plus
quelle fête prochaine; elle la mit à bouillir dans la grande
marmite convenablement garnie des poireaux et des navets
les plus appétissants de sa provision ; ensuite elle tira
d'une armoire une nappe blanche, la nappe des grands
jours, et en couvrit la table.

Au moment où neuf heures sonnaient au château, la
voix du bambin qui criait et celle de la mère s'efforçant
de le calmer parvinrent presque simultanément à ses
oreilles. Alors, non sans un certain battement de cœur,
elle accourut, frappa légèrement à la porte, reçut pour

réponse le mot : « Entrez, » et, pénétrant dans la chambre, s'empressa d'entrouvrir les volets de la fenêtre, pas assez cependant pour que la trop grande intensité de la lumière pût offenser les yeux de ses hôtes.

— Bonjour, Mademoiselle, dit-elle en revenant au chevet du lit; comment avez-vous passé la nuit? Bien, j'espère.

— Merci, Madeleine; l'excès de la fatigue m'a fait oublier toutes mes angoisses et jusqu'à la terrible épreuve à laquelle je me suis décidée.

— Vos angoisses? Vous êtes donc bien malheureuse?

— Hélas! Madeleine, je n'ai pas le droit de me plaindre. Le bon Dieu m'a punie de ma légèreté. Si du moins les larmes que je verse depuis cinq ans pouvaient m'assurer son pardon, et m'obtenir celui de mon père!

— Quoi! vous songeriez à vous présenter à Monsieur le comte!

— C'est le but de mon voyage; il n'y a pas de repos pour moi tant que ce pardon me sera refusé. Dis-moi, Madeleine, penses-tu que je puisse espérer?

Et comme Madeleine hésitait à répondre :

— Ah! dis-moi que oui, par charité; je sens que si je devais renoncer à cette espérance, j'en mourrais de douleur!

— Oui, certainement, Monsieur est si bon! se hâta d'ajouter la jardinière, qui au fond n'était nullement assurée de dire vrai. Mais vous devez avoir un grand besoin de prendre quelque chose, Mademoiselle. Permettez-moi de m'éloigner un instant : je vais revenir.

Elle reparut en effet au bout de quelques minutes. Elisa accepta la tasse qu'elle lui offrait et commença par faire boire l'enfant, tant qu'il en voulut; ensuite elle prit le reste pour elle-même et déclara cette boisson délicieuse.

— Bonne Madeleine! dit-elle en rendant la tasse. Maintenant je me sens mieux, beaucoup mieux, assez bien pour me lever. Mais ne m'appelle plus Mademoi*selle*

Madeleine; depuis que je suis mariée, mon nom est Madame Délécour.

— Comme il vous plaira, répondit la jardinière. Mais vous êtes si faible que, pour vous lever, vous auriez besoin d'un aide... Si cela pouvait vous être agréable, je resterais bien volontiers...

— Pas besoin, Madeleine; voici bien des années déjà que j'ai appris à me passer non seulement des commodités et du luxe de mon enfance, mais souvent du nécessaire. Hier, en rencontrant ton mari, j'avais mis tout de suite ma confiance en son bon cœur et au tien; je vois que je ne m'étais pas trompée. J'aurai grand besoin de votre secours et de vos conseils. Avant peu, je te dirai tout, et nous aviserons ensemble au meilleur moyen d'atteindre mon but.

Madeleine n'osa pas insister et se retira.

Une heure environ après son départ, Elisa parut elle-même à la cuisine avec le petit Richard. Son visage était encore pâle et décoloré, et tout en elle annonçait la tristesse et l'abattement. Néanmoins, le sommeil lui avait rendu quelque peu de vigueur, et le soin qu'elle avait pris d'ajuster de son mieux sa chevelure et ses vêtements, ainsi que ceux de Richard, donnait à leurs deux personnes un aspect beaucoup moins misérable que la veille. Elle éprouvait en outre un soulagement sensible à se trouver au milieu d'amis affectueux et sincères, auxquels elle pouvait se confier sans crainte.

— Tu vois, Madeleine, dit-elle en s'accommodant sur une chaise et en serrant la main de la compatissante jardinière, tu vois avec quel sans façon j'accepte ton hospitalité. Grâce à toi et à ton mari, nous vivons encore, mon fils et moi, et nous ne sommes plus seuls au monde. Que Dieu soit béni de tempérer ainsi ses châtiments par ses miséricordes ! Mais le brave Antoine, où est-il ? Je désirerais qu'il fût présent, lui aussi, quand je te raconterai mes malheurs...

Antoine, durant cet intervalle, s'était rendu auprès du
colonel de Montfort pour lui remettre les lettres et paquets
rapportés la veille de Clermont-Ferrand, où il avait l'habitude de se rendre trois fois par semaine pour les approvi-
sionnements du château. Impatient de rentrer chez lui, il
avait abrégé sa visite autant qu'il avait pu, et, consignant
toutes ses commissions au valet de chambre qui était venu
lui ouvrir, il avait renvoyé au lendemain toute autre besogne, afin de consacrer le reste du jour entièrement à ses
hôtes.

Après avoir salué la jeune dame, il prit un siége et, sur
un signe de Madeleine qui n'eut pas besoin de le répéter
deux fois, il fut tout yeux et tout oreilles.

Elisa garda un moment le silence, comme pour rappeler
des idées lointaines et les coordonner dans son esprit; puis
elle commença ainsi :

— Vous savez, mes amis, comment je suis restée orpheline de ma mère presque dès ma naissance. Mon père, qui
m'aimait beaucoup, comme une fille unique, confia mon
éducation à une femme dont les principes et les intentions
étaient sans doute irréprochables, mais dont le caractère
hautain et bizarre ne réussit malheureusement jamais à
gagner ma confiance. Je me trouvais donc moralement iso-
lée, sans personne qui offrît un aliment convenable à mes
affections, et à mon imagination une direction nécessaire.
J'aimais assurément mon père; je l'aimais beaucoup; mais
la rigidité impassible de ses manières, que vous connaissez, m'inspirait plus que du respect: elle me pénétrait de
crainte. Et pourtant il ne laissait échapper aucune occasion de me faire plaisir; il comblait tous mes désirs rai-
sonnables; mais la gratitude que je ressentais pour lui, et
que je ne négligeais point de lui témoigner, était plus une
inspiration de la raison qu'un sentiment du cœur. Les
actes mêmes de piété auxquels me formait mon institutrice, et qu'encourageait mon père, ne produisaient pas

en moi ces émotions profondes dont je sentais le besoin. La confiance, l'abandon me manquaient; je n'osais ni ne savais me mettre en communication de sentiments avec ceux qui avaient pour mission de me soutenir et de me diriger et qui certainement n'eussent pas demandé mieux, mon père du moins.

Je grandissais cependant, et chaque jour je sentais davantage le besoin d'aimer. Non que je me rendisse clairement compte en moi-même de ce qui me manquait: je n'éprouvais qu'un malaise vague et que je ne pouvais guère analyser. J'aurais dû être heureuse, ayant à profusion tout ce qui contribue à la tranquillité et à la joie de la vie; je ne l'étais point, et je ne pouvais m'en prendre à personne. Comblée, dis-je, de tout ce qu'on envie ordinairement, j'étais comme dénuée de tout, parce que j'étais étrangère à mon institutrice et secrètement tremblante devant mon père. Depuis que le Seigneur avait rappelé à lui ma pauvre mère, notre maison n'était plus visitée que de nos parents les plus rapprochés et de quelques amis intimes, tous des hommes; je n'avais donc pas même une amie et me trouvais complètement réduite à mes propres inspirations. Hélas! Et plût au ciel que mon père, qui estimait avec raison qu'une jeune fille ne doit pas mettre le pied dans le monde avant d'être sûre d'elle-même, ne m'eût pas laissé rencontrer à domicile, auprès de lui, ce que le monde me pouvait offrir de plus dangereux!

Il avait pour secrétaire un jeune sergent du nom de Frédéric Délécour, auquel il témoignait une bienveillance toute particulière. Ce jeune homme était bien fait, d'agréable tournure et de manières insinuantes qui, à mes yeux, représentèrent bientôt l'idéal de la distinction. Je le rencontrais souvent, et bien que je n'eusse pour ainsi dire jamais l'occasion de lui parler, je ne le voyais s'éloigner qu'avec un sentiment de vague tristesse, sentiment qui, du reste, ne tardait pas à se dissiper sans laisser de trace.

Il arriva sur ces entrefaites que Charles X et sa famille, héritiers légitimes de nos anciens rois, perdirent le trône et furent remplacés par le gouvernement actuel. Mon père, par principe et par sentiment, ne crut pas devoir prêter serment à Louis-Philippe et donna sa démission. Ami de la solitude et désireux de repos, il sacrifia prématurément son avenir et se retira ici, au château de nos ancêtres.

Mais avant de quitter son régiment, il s'etait préoccupé de l'avenir de Frédéric Délécour, et l'avait chaudement recommandé à son général. Il alla même jusqu'à offrir à ce jeune homme un dernier et rare témoignage d'affection. Il l'invita à venir passer avec lui quelques semaines à Montfort et lui obtint, à cet effet, un congé. Nous quittâmes Paris, mon père et moi, vers la fin du mois d'août 1830, et quinze ou vingt jours après nous fûmes rejoints par Frédéric, lequel venait d'être promu au grade de sous-lieutenant.

Ce jeune homme étant devenu notre commensal et fort souvent notre compagnon à la promenade et au salon de famille, l'inclination confuse et mal définie que je sentais pour lui se transforma rapidement en une sympathie ouverte, qui subjugua complètement ma raison et mon cœur. Sa bonne grâce, les prévenances délicates dont il me comblait, l'enjouement de son esprit et la gaîté de sa conversation me charmaient à tel point que je ne pouvais plus me passer de le voir et de l'entendre. Mon père ne fut pas sans remarquer ses attentions pour moi ; mais soit qu'il les regardât comme un simple devoir de galanterie qui ne tirait pas à conséquence, soit qu'il fût incapable de soupçonner la droiture et la loyauté de qui que ce fût, soit enfin qu'il eût dans mon propre bon sens et dans ma docilité filiale une confiance exagérée, jamais il ne témoigna l'ombre d'une inquiétude. Quant à mon institutrice, plus clairvoyante sans doute, mais occupée, elle aussi, de plaire au jeune officier pour son propre compte, — je le crus du moins, — elle ne parut s'apercevoir de rien.

Cette fatale incurie, jointe à mon inexpérience, finit par me perdre. Ma raison ne se possédait plus. En vain j'entrevoyais quelquefois, lorsque je m'efforçais de réfléchir, la colère du colonel, la pauvreté de Frédéric, l'incertitude de l'avenir : l'abîme que je creusais peu à peu sous mes pieds ne cessait point de m'attirer. Ma conscience n'était pas encore troublée de remords, mais seulement d'une vague inquiétude, et je la combattais, cette inquiétude, comme injurieuse à celui que mes rêves me représentaient comme un type de toutes les perfections.

Frédéric se rendait compte des obstacles beaucoup plus nettement que moi ; aussi hésitait-il, de son côté, comme il me l'a confessé depuis, et le mot de *mariage* n'était pas encore sorti de sa bouche. Il en résultait que je me livrais sans défiance et sans croire commettre une faute. Si je l'aime, pensais-je, il n'en sait rien, et cela ne regarde que moi. Est-ce ma faute, après tout, et commande-t-on aux impulsions du cœur ? J'étais du reste parfaitement résolue à ne rien faire qui pût déplaire au colonel, et je supposais Frédéric tout-à-fait incapable de me proposer rien de pareil.

Dans ma sotte simplicité, j'en vins jusqu'à me persuader que je n'avais pas besoin de consulter mon confesseur, le seul ami auquel j'aurais pu ouvrir mon âme, et qu'une affection aussi innocente que la mienne ne m'imposait aucun devoir au saint tribunal.

Cependant le moment approchait où Frédéric devait nous quitter pour retourner à son régiment. Il me l'annonça un jour, avec l'expression de la plus profonde tristesse, et cette nouvelle, que j'aurais bien dû prévoir, tomba sur mon cœur comme un coup de foudre. Il me sembla que je n'aurais jamais la force de me résigner à un tel malheur ; je ne répliquai rien, mais je perdis l'appétit, le sommeil et bientôt les fraîches couleurs de mon visage. En présence de mon père, je m'efforçais de dissimuler par une gaîté forcée, et malheureusement je n'y réussis que trop complètement. Frédéric part, me disais-je, et je ne le reverrai plus! Qui sait dans quelle lointaine garnison on l'enverra?.. Et moi je resterai seule, abandonnée, dans ce désert qu'il m'avait rendu si doux! Peut-être avant quelques semaines d'ici, m'aura-t-il oubliée... Et mon imagination me représentait si vivement mon infortune, que je n'en concevais point de comparable. Ah! Madeleine, quelle terrible chose qu'une imagination déréglée de jeune fille! Je roulai dans ma pensée mille projets ingénieux qui, tous, avaient pour objet de me ménager avec lui un dernier entretien. L'idée me vint aussi de me présenter à mon père, de le supplier de retenir Frédéric, mais une telle demande était fort embarrassante pour une fille de mon âge, et je ne pus m'y décider

Quelques jours à peine nous séparaient de celui du départ, quand Frédéric, profitant d'un moment où j'étais seule, entra subitement dans ma chambre et me dit, en comprimant un mouvement de surprise et d'effroi involontaire de ma part :

— Mademoiselle, je viens vous faire mes adieux, car je doute de pouvoir retrouver l'occasion de vous parler encore sans témoins.

Je fus tellement saisie que, pour toute réponse, j'éclatai en sanglots.

— Ah! continua-t-il, vous ne saurez jamais combien je vous aime! Et vous, Elisa, aurez-vous le courage de me laisser partir sans vous?

— Sans moi? Frédéric, quel langage est le vôtre? Pourrais-je vous suivre sans me rendre coupable, coupable devant Dieu, coupable devant mon père? Jamais Frédéric, jamais!

— Vous avez raison, Elisa; je vous demandais un sacrifice plus grand que votre amour... Je partirai seul. J'irai loin d'ici, bien loin, au-delà des mers, que m'importe?

mourir de honte et de douleur d'avoir aimé une ingrate!..

Il prononça ces derniers mots avec l'accent du désespoir, et j'en demeurai atterrée. Les idées et les sentiments se succédaient dans mon esprit avec une rapidité dont je n'étais point maîtresse. Je voulais parler : les mots expiraient sur mes lèvres, et un tremblement que je m'efforçais en vain de lui cacher secouait tous mes membres. Le suivre et ne le pas suivre me semblaient également impossible. Si du moins j'avais pu gagner du temps, recourir à la sainte Vierge, qui jusqu'alors avait si tendrement protégé mon innocence, consulter mon confesseur, auquel je comprenais enfin combien j'avais eu tort de ne pas demander aide et conseil... Le jeune officier, qui se possédait mieux que moi, devina toute l'étendue de mes perplexités entre l'amour et le devoir, et jugea le moment favorable pour frapper un grand coup :

—Eh bien, reprit-il avec un sourire d'amertume et de dédain qui me fendit le cœur, restez, mademoiselle. Vous avez raison de dédaigner la main d'un pauvre sous-lieutenant, vous qui pouvez aspirer à celle d'un général. Je n'ai ni richesse, ni titre nobiliaire, ni grade supérieur à vous offrir. Une âme toute pleine de vous, une épée que l'amour aurait rendue capable d'opérer des prodiges, si j'avais pu vous la consacrer, qu'est-ce que cela ?... Vous avez raison, et moi j'étais fou... Vous épouserez un marquis ou un général, et vous rougirez avant peu, rien que de m'avoir connu... Adieu donc, mademoiselle, adieu pour toujours.

Il fit mine de sortir; ce simple mouvement me mit tout-à-fait hors de moi. Je m'élançai après lui, je lui saisis la main et le suppliai de rester : Mon ami, m'écriai-je avec une exaltation fiévreuse, tu l'emportes ! Je serai ta femme; je te suivrai !

—Oh! Elisa, me répondit-il en me serrant, pour la première fois, dans ses bras, tu me rends la vie ! Et ses propres transports de joie me confirmèrent dans ma résolution coupable.

— Mais quels sont vos desseins ? lui demandai-je : où irons-nous ? Comment ?...

— Calmez-vous, Elisa, j'ai pensé à tout. Il ne me manquait que votre consentement. Nous quitterons le château cette nuit.

— Quitter le château, m'écriai-je en reculant de terreur, une fuite ! Vous me propoposez une fuite ! mais que dira mon père ?

— Eh quoi ! Elisa, vous êtes-vous figuré que vous pourriez me suivre du consentement du colonel ? Imprévoyante ! Vous ne comprenez donc point que, ce consentement, vous ne l'obtiendriez pas ! Il faut nous éloigner en secret. Lorsqu'il aura évaporé sa colère, il finira par vous pardonner et vous rendre son affection.

— Ah ! Frédéric, vous connaissez mal l'inflexibilité de son caractère ! S'il me fallait renoncer, renoncer pour jamais à son estime et à son amour, que deviendrais-je ? Il me semble que je n'y survivrais point.

— Soyez tranquille, il a besoin de votre affection autant que vous de la sienne. Mais ne perdons pas le temps en conjectures prématurées, et, dans tous les cas, inutiles. Nous pourrions être surpris, et l'heureuse issue de notre projet irrémédiablement compromise. Courage, Elisa. A trois heures après minuit, vous ouvrirez la fenêtre de cette chambre, et je vous jetterai une échelle de corde que vous passerez à ce barreau de fer et dont vous vous servirez pour descendre. La vieille Marthe et son fils seront là avec moi ; ils nous accompagneront chez le curé de la paroisse qui nous mariera ; ensuite, nous partirons pour Clermont-Ferrand, et de là directement pour Paris. Courage et prudence. Au revoir !

A ces mots, il disparut précipitamment.

Je demeurai étourdie de ce qui m'arrivait ; je ne me

reconnaissais plus. Moi qui n'avais jamais osé faire un
pas dehors sans la permission de mon père, tu t'en souviens bien, Madeleine ; moi qui jamais ne lui avais déso-
béi, jamais de ma vie fait un mensonge, je me trouvais
si changée tout d'un coup, si aveuglée par la passion, que
je consentis à le trahir, à tromper sa bonne foi, à lui préparer la plus atroce douleur qu'il fût possible d'imaginer.

La journée s'écoula pleine d'angoisses et de terreurs,
car je n'étais point faite à la dissimulation. Je sentais
quelquefois vaciller ma résolution, et j'étais au moment
de tout révéler ; mais le fait seul d'avoir donné mon adhé-
sion aux plans de Frédéric me rendait si coupable à mes
propres yeux que je n'osais espérer le pardon. Je craignais
de perdre l'objet de mon fol amour, celui auquel j'allais tout
sacrifier, de le perdre sans recouvrer la tendresse paternelle, et de me trouver ensuite plus abandonnée et plus
malheureuse que jamais.

Enfin arriva la nuit, la nuit la plus funeste de mon
existence. Au moment de me retirer dans ma chambre,
comme à l'ordinaire, j'embrassai mon pauvre père qui, de
son côté, me rendit mon bonsoir avec une expression rare et
dont je fus profondément remuée : Adieu, ma chère Elisa,
me dit-il en me baisant au front ; que le bon Dieu te bé-
nisse et te conserve ! Tu es la joie de ton père et l'espoir
de ses vieux jours.

Imagine-toi, Madeleine, ce que je dus éprouver. Je me
sentais incapable de séparer mon sort de celui de Frédéric,
mais d'autre part j'aurais donné ma vie pour épargner à
mon père le chagrin et à moi le remords de ce que je mé-
ditais. Je restai là quelques secondes, les yeux baissés,
immobile et comme pétrifiée, et il me semble que j'allais
éclater, si je n'eusse rencontré le regard froid et ferme et
le sourire... me trompai-je ? le sourire malicieux et légèrement ironique de mon institutrice, qui se tenait debout à
côté de moi : Eh bien, mademoiselle, qu'attendez-vous, me

dit Mlle Elvire ; on dirait que vous avez été changée en
statue ! Je tournai sur moi-même et me dirigeai vers la
porte sans reporter mon regard en arrière.

Rentrée dans ma chambre, je dis à Mlle Elvire que je
n'avais besoin de rien et m'enfermai pour pleurer ; mais
je réussis à étouffer le bruit de mes sanglots. Lorsque son-
nèrent deux heures, je n'eus pas la peine de me rhabiller,
ne m'étant pas mise au lit ; je fis un tout petit paquet de
vêtements et y joignis une statuette de la sainte Vierge
que j'avais sur une petite table et devant laquelle je réci-
tais mes prières, tous les soirs ; cette statuette la voici,
elle ne m'a plus quittée. Je la baisai cent fois et l'arrosai de
mes larmes. Bien qu'à partir de ce moment je me visse
indigne de la protection de la Vierge immaculée, instinctivement je sentais que j'en allais avoir plus besoin que
jamais, et que la route où je m'engageais allait m'ouvrir
une série de malheurs parmi lesquels je n'aurais peut-être
plus d'autre appui que le sien.

Le silence était complet autour de moi. Mon institutrice
dormait paisiblement dans la pièce contiguë à la mienne ;
j'écoutais, et mon imagination s'exaltait terriblement, dans
cette solitude universelle.. Soudain la cloche de l'horloge
du château se mit en mouvement et frappa trois coups.
Mon Dieu, comme chacun de ces battements me retentis-
sait jusqu'au fond de l'âme ! j'ouvris la fenêtre ; Frédéric
attendait au-dessous ; il me lança une corde que j'attachai
suivant ses indications. Un léger bruit que je crus entendre dans la chambre de mon institutrice suspendit un
instant mon coupable travail et les battements de mon
cœur... Mais je m'étais assurément trompée ; je n'en saurais douter, quand j'y réfléchis maintenant à tête reposée.
J'achevai mes préparatifs et descendis assez lestement. Ah !
Madeleine, ah ! mon brave Antoine, si Dieu m'a punie
après cela, comment pourrais-je me plaindre de la rigueur
du châtiment ?

CHAPITRE III

Un bon Curé

—

À cet endroit de son récit, Elisa se cacha la tête dans ses mains et fut obligée de s'interrompre. L'émotion, et sans doute aussi la durée du temps pendant lequel elle venait de parler l'avaient mise complètement hors d'haleine. — Souffrez, dit-elle, que je me repose un peu. Vous le voyez, mes amis, je ne suis pas forte. Que la sainte volonté de Dieu s'accomplisse !

Madeleine et son mari, qui avaient prêté à cette triste histoire la plus vive attention, étaient visiblement émus, eux aussi. Les témoignages de leur compassion contribuèrent à rendre le calme à la narratrice.

La charitable jardinière se leva, rapprocha les tisons dans l'âtre, et, soulevant le couvercle de la marmite qui bouillait à côté, remplit une tasse de bouillon bien chaud et d'un parfum tout-à-fait séduisant qu'elle présenta à son ancienne maîtresse.

Elisa prit la tasse et but lentement, sans rien dire et comme pensant à autre chose. Elle reprit ensuite, après un assez long intervalle :

« O mes amis, vous avez pu me considérer jadis comme votre protectrice, mais c'est vous qui êtes mes bienfaiteurs. Hélas ! je ne puis rien désormais pour vous, que de vous recommander au Seigneur dans mes prières... Et je le ferai : c'est assez d'avoir été ingrate une fois !...

Elle se tut de nouveau, comme accablée du poids de ses douloureux souvenirs. Les auditeurs n'osaient troubler ce religieux silence.

Mais lorsqu'elle eut recouvré un peu de tranquillité, et que la chaleur réconfortante du bouillon commença à produire son effet, elle fit signe qu'elle se sentait la force de continuer et reprit en ces termes :

« Dès que je fus à terre, Frédéric, la vieille Marthe et son fils Ubald s'empressèrent autour de moi. Semblable compagnie, vous le comprenez, n'était point faite pour me rendre l'assurance. Vous avez sans aucun doute entendu raconter d'Ubald et de Marthe bien des choses que je savais aussi et qui, dans ce funeste moment, me firent frissonner. J'ouvris la bouche pour leur demander où ils me conduisaient ; mais un signe de Frédéric, un signe impérieux et qui me bouleversa, tant je m'attendais peu à le voir me commander de la sorte, m'imposa silence ; je les suivis comme une victime épeurée.

C'était la première fois que je quittais la demeure paternelle, et je la quittais de nuit, et à la merci d'un homme qui m'avait juré de m'aimer et de m'épouser, mais que je connaissais peu, trop peu : cette réflexion me vint tout d'un coup. Serait-il fidèle à ses engagements ? Je refoulai énergiquement, comme injurieuse à lui et à moi, toute incertitude à cet égard, et cette sécurité seule fut le soutien de mon courage contre la frayeur et le remords. Mais en attendant, où allions-nous ? Qui bénirait notre union ? Au moyen de quelles ressources Frédéric, pauvre comme il était, pourvoirait-il aux besoins d'une famille ? Ces questions qui jusqu'alors ne s'étaient jamais présentées à mon esprit, y affluaient confusément et avec précipitation. A cela s'ajoutait la terreur que mon père, en s'apercevant de ma fuite, ne se mît à nous poursuivre. Que serions-nous devenus, mon ravisseur et moi, s'il nous eût rattrapés dans le premier emportement de sa fureur ?

Le ciel était froid et clair, si ce n'est que des nuages clairsemés, mais épais et noirs, poussés par le vent du Nord, voilaient de temps à autre le disque brillant de la lune et nous prolongeaient dans des alternatives de ténèbres et de pleine lumière. Sur la terre, autour de nous, tout était silence et immobilité. Un aboiement de chien de garde, si lointain qu'il fût, un frémissement de branche froissée par notre passage, une pierre roulant sous nos pieds, me faisait frissonner et me glaçait les veines. Si quelqu'un de nos compagnons restait un peu en arrière, je me retournais éperdue au bruit de ses pas, croyant entendre mon père sur mes traces. Tant une mauvaise conscience est facile à s'effrayer !

Malgré ma connaissance pratique des environs du château, je ne tardai pas à perdre l'orientation de la route que nous suivions. Tantôt nous descendions par des rochers abruptes, tantôt nous nous enfoncions dans les bois, puis nous suivions le fond d'un ravin, traversant et retraversant les mêmes sentiers. Le choix d'un pareil itinéraire avait sans doute pour objet de dépister ceux qui auraient pu nous suivre ; j'ai su depuis que je ne m'étais pas trompée en le supposant. Nous étions en route depuis deux heures déjà, et je n'en pouvais plus de fatigue, lorsque je me hasardai à prier Frédéric de me laisser reposer un peu.

— Pas encore, il n'est pas encore temps, me répondit-il sans s'arrêter. La femme d'un soldat doit être prête à supporter bien d'autres fatigues.

La raideur de ces paroles et le ton dont elles furent prononcées me firent une pénible impression. Mais pouvais-je m'étonner que Frédéric, pour relever mon courage dans cette circonstance, oubliât sa courtoisie habituelle ? Je continuai donc à marcher sans répliquer. Par bonheur, nous atteignions le terme de notre fuite. Après tant de tours et de détours, nous n'avions guère parcouru plus d'une demi-lieue. Nous nous trouvions sur une petite place, devant une modeste église que je reconnus du premier coup pour celle de notre paroisse.

Je m'étonnai que nous eussions mis plus de deux heures

pour y arriver, m'y étant rendue à pied plus d'une fois en beaucoup moins de temps, et par des chemins bien meilleurs. Mais il me sembla superflu de demander des explications.

Ce qui me préoccupait en ce moment, c'était la pensée nouvelle aussi, comme tant d'autres qui avaient échappé jusqu'alors à mon imprévoyance, d'avoir à me présenter au curé à pareille heure, en fugitive, avec un jeune homme étranger, pour célébrer une union certainement réprouvée de qui avait reçu de Dieu pouvoir et devoir pour régler ma conduite, surtout dans une affaire d'aussi haute importance. Que va dire de moi ce prêtre pieux et vénérable? pensais-je; lui qui a toujours été si tendre pour moi et qui porte un si vif intérêt au bien et à l'honneur de ma famille, que dira-t-il en reconnaissant dans cette fille ingrate échappée du toit paternel, l'innocente, l'ingénue Elisa qu'il proposait presque pour modèle à ses autres paroissiennes? Et puis, consentira-t-il à nous marier là, sur-le-champ, à l'insu et trop évidemment contre le gré de mon père? Et s'il refuse, faudra-t-il que je continue tout de même à suivre cet homme?... Ah! Vierge sainte, secourez-moi!... Une semblable pensée me couvrait de honte, me faisait désirer d'être anéantie.

L'aube commençait à blanchir, et au travers d'une fenêtre de la cure on voyait une lumière qui, selon l'interprétation de Marthe, signifiait que le curé était déjà levé : Ne vous montrez pas, nous dit cette femme; je me charge, moi, d'expliquer l'affaire à monsieur le curé, et de lui faire entendre raison.

Nous suivîmes son conseil, et, vingt minutes après, Marthe, revenant sur ses pas, nous fit signe que nous pouvions avancer. Nous franchîmes à notre tour le seuil du presbytère. J'y entrai le front baissé, comme une coupable qui va entendre sa condamnation.

L'abbé Brunard, vous vous en souvenez, mes amis, était

haut de taille, quoique légèrement courbé, mais si maigre et tellement chauve qu'à peine lui restait-il quelques touffes de cheveux très-blancs pour attester son âge ; il approchait, si je ne me trompe, de soixante-quinze ans. L'amabilité de ses manières, la dignité de sa personne, la douceur affectueuse de sa parole inspiraient de suite, même à ceux qui le voyaient pour la première fois, confiance et respect.

Il nous attendait sur la porte et il nous introduisit dans son petit salon au rez-de-chaussée. Il avait l'air sérieux et triste, mais sans rien perdre de son calme et de sa sérénité. Je me tenais par côté, rougissante et n'osant presque lever les yeux. Après m'avoir considérée rapidement, comme pour s'assurer que c'était bien moi, il m'invita à m'asseoir et, de sa voix douce et paternelle, il me dit, au lieu de me faire les reproches auxquels je m'attendais :

— Veuillez vous asseoir, Mademoiselle, et m'attendre quelques instants. Avant toute autre chose, j'aurais à causer avec Monsieur. Alors se tournant vers Frédéric :

— Monsieur le sous-lieutenant, ayez la complaisance de me suivre, ajouta-t-il en indiquant du geste une chambre contiguë à celle où nous nous trouvions.

Je regardai Frédéric, et je vis, à cette invitation, son front s'assombrir ; il obéit néanmoins.

Restée seule avec Marthe et Ubald, j'attendis, sans ouvrir la bouche, trois mortels quarts d'heure qui me parurent bien longs comme trois semaines, tant j'étais anxieuse de connaître le résultat de cet entretien. Ils rentrèrent enfin. Mais, mon Dieu ! combien changé me parut Frédéric ! Son front était rouge, son regard enflammé et toute sa personne en proie à la plus violente agitation. Que s'était-il donc passé entre le curé et lui ? Je n'osai pas le demander, ni alors ni plus tard, mais les événements qui suivirent me le montrèrent assez.

— Mademoiselle de Montfort, me dit le curé avec un

air de résolution grave qui indiquait une détermination irrévocablement prise, il importe que Monsieur le sous-lieutenant s'éloigne provisoirement, et que vous restiez auprès de moi. J'espère, ajouta-t-il, que vous consentirez, en attendant, à vous accommoder de la modeste hospitalité d'un vieil ami chez lequel n'abonde qu'une cordialité à toute épreuve.

Je regardai Frédéric, avant de répondre, et comme il me fit signe de la tête qu'il consentait, je remerciai avec effusion le vieux prêtre de son offre et me déclarai disposée à l'accepter. Le curé s'assit alors à un petit bureau, prit une plume et se mit à écrire. Frédéric, s'approchant de moi, me dit à l'oreille d'une voix singulièrement menaçante : Elisa, quoi qu'il arrive, soyez fidèle à la parole que vous m'avez donnée ; autrement, je laverai mon injure dans le sang.

Quel fut l'effet de cette menace sur mon esprit, tu le comprendras facilement, Madeleine, si tu te rappelles que je n'avais encore connu de ce jeune homme que l'amabilité dont il s'était servi pour gagner mon cœur.

Frédéric n'ajouta pas un mot, et le cri léger de la plume du prêtre sur le papier troubla seul le silence.

Le curé plia en forme de lettre ce qu'il venait d'écrire, scella le pli à la cire avec un certain soin et le remit à Frédéric, qui le glissa dans sa poche, fit un salut bref et partit sans mot dire.

— Quant à vous, reprit le curé d'un ton sévère, en se tournant vers Marthe et son fils, ah ! s'il était possible de compter sur votre discrétion... Mais il est inutile d'y penser... trève de protestations : je vous connais trop... Allez-vous-en, retournez chez vous ; on n'a plus besoin de vous.

— Mais monsieur le curé, je vous prie de croire... balbutiait Marthe, l'on ne renvoie pas comme cela d'honnêtes gens...

— Suffit, ma bonne femme, pour le moment du moins ;

si vous voulez revenir dans la journée, j'aurai à vous parler aussi, à vous ; pour maintenant, au revoir...

—Excusez-moi, insistait la vieille visiblement embarrassée, nous sommes de pauvres gens, qui gagnons notre pauvre vie comme nous pouvons... Monsieur l'officier nous avait promis, pour le temps que nous avions perdu...

Le curé porta instinctivement la main à la clef de son bureau, comme pour l'ouvrir et y prendre quelques pièces de monnaie ; mais se ravisant avec un geste de dégoût :

—Non, dit-il, le prix de votre infamie, ce n'est pas moi qui vous le paierai... Allez, vous dis-je ; nous reparlerons de tout, et de cela aussi, mais plus tard.

Et Marthe et Ubald sortirent en maugréant.

Le bon prêtre me laissa seule, afin de donner à sa gouvernante les instructions que nécessitait ma présence chez lui. Je demeurai donc avec mes tristes pensées, accompagnées désormais des plus funestes présages. Qu'est-ce que le curé allait faire de moi ? Me reconduire à mon père ?... Ah ! si cette fatale matinée avait pu être effacée du nombre de mes jours ! Mais il était trop tard, je l'avais compris avec l'allusion faite par le curé à l'impossibilité d'obtenir ni-même d'acheter le silence des complices de Frédéric. Il n'y avait plus à revenir en arrière, il fallait aller jusqu'au bout dans la voie où je m'étais si follement engagée. Jusqu'au bout !.. Et ce bout n'était-il pas un abîme ? Frédéric, le maître de mon sort, m'aimait-il sincèrement ? Pourrais-je être vraiment heureuse avec lui ? Cette irascibilité impérieuse que je venais de découvrir en lui n'était-elle pas le véritable fond de son caractère, dissimulé jusqu'alors sous une galanterie hypocrite ? J'étais tellement bouleversée qu'il me semblait que ma raison allait s'égarer. Et je souhaitais en moi-même que cela m'arrivât : c'eût été le seul moyen de donner à mon aventure une explication et un dénouement satisfaisant pour mon honneur.

— Combien vous avez dû souffrir ! interrompit Antoine,

grandement ému. Puis il ajouta avec impétuosité, **en bran-
lant** la tête de l'air d'un homme qui sait plus de choses qu'il
n'en veut dire : Au demeurant, il n'y a pas eu que de votre
faute. L'imprévoyance de votre père, la secrète complicité
peut-être de mademoiselle Elvire... Bien, bien ! Madeleine,
tu n'as pas besoin de me faire les gros yeux, mettons que
je n'aie rien dit...toujours est-il que votre Frédéric, pour ne
parler que de cela, votre Frédéric ne me revenait pas,
mais pas du tout, quand je le voyais passer dans mon jardin . Je me figurais voir un conspirateur, que sais-je ! une
espèce de brigand...

— Antoine, répliqua Elisa d'une voix presque suppliante,
songez qu'il fut mon époux, et le père de mon fils...

— Attrape ! dit à son tour Madeleine, ça t'apprendra à
te mêler de ce qui ne te regarde pas. Continuez, je vous
en prie, Mademoiselle, je veux dire Madame, ne faites pas
attention aux interruptions de mon bavard de mari. Continuez.

Antoine, reconnaissant avec docilité qu'il avait dit une
sottise, mit ses coudes sur ses genoux, et, appuyant sa tête
dans ses mains, se disposa à reprendre le rôle d'auditeur
pacifique et muet :

« Toutefois, je dois le dire, reprit tristement la narratrice, au milieu de cette horrible tempête, il me semblait
avoir enfin trouvé un point sur lequel m'appuyer solide-
ment. Je ressemblais à un navire ballotté en tous sens,
mais qui a pu jeter une ancre, qui l'a sentie se fixer au
fond de la mer et qui, avec cet appui, peut attendre l'apai-
sement de l'orage. Mon ancre à moi, c'était ce bon prêtre
qui, depuis que je le connaissais, m'avait témoigné son affection en tant de manières. Il me semblait n'être plus abandonnée à moi-même, depuis qu'il était là pour me guider,
et n'avoir plus à craindre que mon inexpérience et ma
légèreté m'entraînassent à de nouveaux périls.

Je crois n'avoir pas besoin d'insister, mes bons amis,

pour vous convaincre qu'en dépit d'un moment d'aberration, mon cœur n'était nullement perverti. Je sentis bien, dès cet instant, que l'avenir au devant duquel j'avais couru serait en contraste fréquent, sinon en contradiction, avec l'éducation, les habitudes et les sentiments de toute ma vie jusqu'à ce jour. J'eprouvais donc un besoin très-vif, en prévision des épreuves qui m'attendaient, de purifier ma conscience, de verser la plénitude de mes afflictions dans le sein d'un ami capable de me comprendre et disposé à répandre sur mes blessures le baume de la charité. Je ne cherchais point d'excuses à ma faute ni de palliatif à mes remords. Je désirais une règle de conduite qui me mît à l'abri de nouvelles erreurs et qui me fût en même temps une expiation et une réparation de mes torts. La piété à laquelle j'avais été formée avec tant de soin par ce même abbé Brunard ne m'offrait plus seulement, comme d'ordinaire aux jeunes personnes qui n'ont pas encore éprouvé l'humiliation d'une chute, une règle de conduite applicable à moi aussi bien qu'à toute autre, et pas davantage ; elle m'offrait un sentiment vif, profond, plein de douceur et de consolations qui s'emparait de tout mon être et semblait devoir me rendre supportables toutes les traverses.

Ce travail merveilleux de la grâce s'accomplit durant les quelques moments de ma solitude dans le salon du curé, et je l'ai toujours considéré comme la plus grande faveur que le ciel m'ait faite, dans sa miséricorde infinie.

Tu ne te souviens peut-être pas, Madeleine, que lorsque nous étions à Montfort, l'abbé Brunard était mon confesseur ?

— Il était aussi le mien, s'exclama Madeleine, et il le serait toujours si le bon Dieu n'avait retiré le saint homme de ce monde...

— Et le mien, donc, ajouta d'un air de complaisance Antoine qui se jugea délié momentanément, pour la circonstance, de la pénitence qu'il s'était laissé imposer.

— Vous faites bien, mes amis, de vous estimer heureux de ce souvenir, continua Elisa; ce digne homme était vraiment le père et l'ami de tout son troupeau. Dans toutes ses actions, dans toutes ses paroles, on sentait déborder la charité dont son cœur était plein. Et cependant, imprudente que j'étais, jusque-là je ne lui avais jamais ouvert mon âme plus que ne l'exigeait absolument l'accusation de mes fautes en confession. Mais, après le malheur qui m'amenait à lui, épancher devant lui tout mon cœur me devint une nécessité impérieuse, irrésistible.

Lorsqu'il reparut dans le salon, rien que la bonté céleste de son visage, où je démêlais seulement un nuage de tristesse involontaire, suffit pour me rendre courage et espoir.

— Mademoiselle, me dit-il, sans aucune allusion à ma situation pénible, vous devez être bien fatiguée. Venez; il est encore de très-bonne heure, venez prendre quelque repos. Julienne vous a fait un lit dans sa chambre. Quand vous vous lèverez, vous n'aurez qu'à lui demander ce que vous désireriez avoir pour votre déjeuner. Ma maison est celle d'un pauvre prêtre: vous vous en apercevrez assez vite; mais le nécessaire du moins ne vous y fera point défaut, pendant le peu de temps que j'aurai l'honneur de vous héberger.

— Monsieur le curé, répondis-je, puisque vous avez tant de charité pour moi, souffrez que je vous prie de pourvoir à un besoin plus grave et plus urgent; je voudrais me confesser!..

— Plus tard, mon enfant. Pour le moment, il s'agit de vous calmer; et le repos du corps aidera grandement à celui de l'esprit.

— Mais je suis si coupable, ô mon père; et j'ai si grand besoin de votre avis et du pardon de Dieu...

— Encore une fois, mon enfant, vous aurez l'un et l'autre, car je ne doute pas que le Seigneur ne vous remette dans le bon chemin. Je vais lui demander pour moi-même les lumières nécessaires pour vous aider.

— Et mon père, Monsieur le curé, que va-t-il penser de moi ?

A cette question, le visage du vieillard se rembrunit, ses yeux s'élevèrent vers le ciel et il dit avec un soupir : Prions le Seigneur, ma fille, pour que, dans sa miséricorde, il vous envoie à vous l'esprit de componction, à lui l'esprit de conseil et de charité. J'ai déjà pensé à cela, et ce soir, au plus tard, nous connaîtrons les intentions du colonel. Mais au revoir ; vous n'avez probablement pas fermé les yeux de toute la nuit.

En ce moment arriva la servante qui, avec la meilleure grâce possible, me conduisit à sa chambre. Je me couchai, et soit fatigue réelle, soit comme récompense de ma docilité à me conformer en tout aux instructions du saint vieillard, je ne tardai pas à tomber dans un sommeil profond.

Le soleil commençait à baisser vers l'horizon lorsque je m'éveillai. J'étais incomparablement plus calme, et, au premier abord, tout ce qui m'était arrivé depuis vingt-quatre heures me fit l'effet d'un rêve confus et lointain. Il me sembla même que je n'aurais pas douté que ce fût effectivement un rêve, si la faible lumière qui entrait par un étroit interstice entre les volets de la fenêtre, ne m'eût montré bien vite que je m'éveillais ailleurs que dans ma chambrette si fraîche et si jolie du château. A cet aspect, les pensées douloureuses revinrent en foule dans mon esprit, mais sans m'accabler pourtant ni me décourager comme dans la matinée.

Je me levai, ouvris la fenêtre, m'habillai lentement et descendis dans la cuisine où je trouvai Julienne qui m'attendait avec une casserole sur le feu.

Elle me fit une grande révérence, me demanda si j'avais trouvé le lit suffisamment moëlleux et me conduisit dans la salle à manger, où elle porta le frugal déjeuner qu'elle

m'avait préparé, et auquel je fis honneur d'abord avec une
certaine répugnance, puis avec l'appétit de la jeunesse.

Je connaissais Julienne depuis longtemps ; c'était elle
que le Curé chargeait de me tenir compagnie et de m'amu-
ser de son mieux, toutes les fois que mon père m'amenait
à la cure et était obligé de m'y laisser seule quelques
instants. Sa bonté et son honnêteté m'étaient donc parfaitement connues, comme aussi sa curiosité et son babil in-
fatigable. J'eus fort à faire pour échapper à ses questions
indiscrètes, et peut-être ne m'en serais-je point tirée à
mon avantage, si l'abbé Brunard ne fût survenu à propos.

Ce dernier me parut vivement préoccupé. Il entra dans
la salle à manger comme machinalement et sans s'en
apercevoir, car lorsque je me levai pour le saluer, il fit un
geste de surprise qui indiquait bien qu'il me rencontrait
à l'improviste :

— Déjà ! déjà levée ! s'écria-t-il ; et comment vous
trouvez-vous ce matin, Mademoiselle ?

— Beaucoup mieux, Monsieur le Curé ; c'est à votre
charité que je le dois.

— Oh ! de la charité, s'écria Julienne, il y en a ici pour
tout le monde. Il ne se casse pas une roue de char dans
la paroisse, il ne s'y attrape ni une entorse ni une fièvre,
sans que...

— Julienne, Julienne, dit Monsieur le Curé lui coupant
la parole, nous faisons notre devoir, vous et moi. La cure
n'est-elle pas l'asile naturel des malheureux ? Et comment
voulez-vous que je fasse des sermons sur la charité, si
je ne prêche pas d'exemple ?

— Oh ! ce n'est pas que je songe à m'en plaindre ni à
vous en blâmer, monsieur le curé, et particulièrement dans
dans le cas de mademoiselle...

— Julienne, répéta le Curé d'un ton d'autorité qui, cette
fois, n'admettait plus de réplique, j'ai à causer avec mademoiselle de Montfort... qui dînera encore avec nous ce

soir ; ainsi faites-moi le plaisir d'aller voir si vous trouverez une poule ou un lapin...

La gouvernante comprit, fit une moue et s'en alla.

— C'est une excellente femme, dit le Curé après qu'elle eut refermé la porte ; mais elle ne distingue pas toujours exactement le temps de parler et celui de se taire.

Il me fit signe de me rasseoir, prit lui-même une chaise et se mit en face de moi. Ensuite, après quelques instants d'un calme solennel :

— Quelles sont vos intentions ? me demanda-t-il.

— Me conformer en tout et pour tout à la volonté de Dieu.

— Nobles et pieux sentiments, reprit-il ; mais je crains que Dieu ne veuille mettre votre constance à de dures épreuves ; demandez-lui donc la force et la résignation. Vous êtes la victime de votre inexpérience et d'une passion parfaitement légitime, quand elle est réglée et contenue par la crainte de Dieu, mais qui, autrement, est la source de maux incalculables. Courage, mon enfant ; Dieu ne permettra point que les tribulations dépassent vos forces. Vous étiez trop heureuse, et s'il est venu vous visiter par l'affliction, c'est pour votre bien, n'en doutez pas. Il a voulu vous humilier, afin que vous appreniez à le servir selon sa volonté, à l'aimer dans la tristesse plus encore que vous ne l'aviez aimé dans la joie.

— Ah ! oui, j'étais trop heureuse répliquai-je en proie à une émotion qui me permettait à peine de m'exprimer ; je sens l'énormité de ma faute et je suis disposée à tout pour la réparer.

— Quoi ! même à renoncer à l'homme auquel vous avez follement engagé votre avenir ? demanda-t-il en me regardant fixement, comme pour lire au fond de mon âme.

A cette question, un frisson courut dans mes veines et je sentis de nouveau comme une chaude bouffée de cette passion que d'autres sentiments avaient dominée depuis peu dans mon cœur. En même temps, la sanglante menace de Frédéric se retraça à mon esprit et me remplit de terreur. J'eus donc besoin d'un violent effort pour soutenir ma fermeté vacillante et, grâce à Dieu, je réussis à me vaincre moi-même :

— Oui, mon père, répondis-je résolûment, je veux m'en remettre entièrement à vos conseils.

— C'est bien, ma fille, dit le Curé visiblement ému ; mais je ne sais pas encore moi-même... Conservez avec soin ces dispositions d'humilité et de docilité ; vous apprendrez bientôt ce que le Seigneur exige de vous.

— Mais, mon père, Monsieur le Curé, consentira-t-il à me pardonner ?

— J'attends précisément de connaître ses intentions. C'est à lui que j'ai écrit ce matin, pour lui apprendre que vous êtes ici, à l'abri de tout danger. J'ai fait appel à son cœur et à sa foi... Mais vous connaissez la ténacité de ses résolutions, sa fierté toute militaire, et je tremble que son amour de père ne cède à son irritation de soldat offensé et trahi.

L'abbé Brunard parlait encore, lorsqu'il fut interrompu par le galop d'un cheval qui s'arrêta juste devant la porte du presbytère. Le Curé ouvrit la fenêtre pour voir qui c'était, puis il sortit précipitamment de la salle à manger. Il rentra peu après, tenant à la main une lettre qu'il parcourait de l'œil. A mesure qu'il avançait dans cette lecture, son visage se troublait et se couvrait de tristesse. Vous pouvez penser si, de mon côté, je partageais son agitation.

Le curé s'assit avec accablement, regardant la terre et tenant sur ses genoux la lettre ouverte.

J'étais debout à côté de lui, tremblante et pouvant à peine me tenir sur mes jambes :

— Monsieur le Curé, ceci est de mon père ?

— Oui, de votre père.

— Grand Dieu ! Et mon père me maudit !

— Courage, mon enfant, répliqua le curé relevant enfin les yeux vers moi ; le bon Dieu vous reste !

— Je ne sais ce qu'il ajouta ; je ne l'écoutais plus. J'avais pris la lettre et j'essayais de la lire ; mais mes regards se voilaient, ma tête s'égarait. Je tombai évanouie dans les bras du vieillard.

Le souvenir de ce terrible moment éveilla chez la narratrice, après cinq ans écoulés, un tel tumulte de sentiments, qu'elle fut obligée de suspendre son récit. Madeleine et Antoine, touchés jnsqu'aux larmes, s'empressèrent autour d'elle pour la réconforter. Durant cet intervalle, le petit Richard qui jusque-là s'était tenu assez tranquillement à jouer par terre avec quelques jouets rassemblés par Madeleine, commença à donner des signes d'impatience. La bonne jardinière attribua l'inquiétude de l'enfant au besoin de manger et elle reporta avec empressement toute son attention sur son pot-au-feu.

Un quart d'heure après, tous les quatre étaient à table, et Richard donnait l'exemple en suçant de bon appétit une aile du poulet bouilli.

Après le dîner, Antoine et Madeleine, malgré leur impatience de connaître la suite des aventures de leur hôtesse, hésitaient à lui demander de reprendre sa narration. Mais Elisa, désireuse d'en finir, et se sentant, du reste, beaucoup plus forte, commença de nouveau dans les termes suivants :

CHAPITRE IV.

Le mariage.

—

« En reprenant mes sens, je me trouvai entre le curé et la gouvernante, tous deux occupés à me prodiguer leurs soins : « Pardonnez-moi, monsieur le curé, dis-je en reconnaissant la lettre restée sur la table, il me semble que tout à l'heure je vous ai comme arraché ce papier des mains ; je ne savais ce que je faisais. Je crois que maintenant j'aurai le courage de me résigner à tout ce que le bon Dieu demandera de moi.

— Julienne, dit l'abbé Brunard, se tournant, au lieu de me répondre, vers la servante, Julienne, il nous arrive si rarement d'avoir mademoiselle de Montfort à dîner, que je tiens essentiellement à ce qu'elle soit traitée le moins mal possible. En conséquence, retournez à votre cuisine, nous n'avons plus besoin de vous.

« La gouvernante parut singulièrement perplexe. Perdre une aussi favorable occasion de pénétrer le mystère de ma présence à la cure et de donner les conseils de son expérience, c'était pour elle, évidemment, un sacrifice voisin de l'héroïsme. Un nouveau regard d'autorité du prêtre, un de ces regards comme elle n'était pas habituée à en subir beaucoup, mit fin à ses hésitations. Elle s'éloigna, de plus en plus intriguée, mais sans faire d'observation. L'abbé Brunard s'adressant alors à moi, prit la lettre dans ses mains :

— Si vous vous sentez assez forte pour entendre la lecture de ce dont vous avez vainement essayé de prendre connaissance vous-même tout-à-l'heure, je puis vous satisfaire, mademoiselle. Il ne faut pas que vous restiez dans l'incertitude, elle engendrerait dans votre esprit des fantômes pires que la réalité. Ecoutez donc.

Il me lut alors la lettre de mon père, qu'il me permit de garder, et que je cachai dans mon sein. Que de fois je l'ai relue depuis, cette terrible lettre ! Elle ne me quittera que lorsque j'aurai obtenu mon pardon. La voici : pour vous la répéter, je n'ai pas besoin de l'avoir sous les yeux, je la sais par cœur.

Elisa, en parlant ainsi, montrait à Madeleine et à Antoine, une feuille ou plutôt quatre feuilles coupées aux plis et ne tenant presque plus ensemble. Les caractères en étaient à moitié effacés par les larmes. En voici le contenu :

« Montfort, ce 12 novembre 1830.

« Monsieur le Curé,

« Je ne puis rendre mon estime, ni par conséquent mon « affection, à celle qui a déshonoré mon nom. De ce mo- « ment, je n'ai plus de fille, et, tant que je vivrai, je ne « souffrirai pas qu'elle reparaisse devant moi. Dieu a sous- « trait le séducteur à ma vengeance, j'ai la confiance que « c'est pour le mieux punir. Faites ce que vous jugerez de « votre devoir ; si j'ai quelque autorisation légale à don- « ner à la mairie ou ailleurs, je signerai sans regarder. Je « m'en remets à vous comme à un ami. Entendez-vous avec « le maire ; mais que l'on ne me parle plus de l'opprobre « de ma famille.

« Agréez, Monsieur le curé, etc.

« Comte Evariste de Montfort. »

« Chacune de ces paroles, continua Elisa, était comme un coup de poignard dans mon cœur. Ainsi, un abîme s'était creusé, profond, infranchissable, entre mon passé si doux, si insoucieux et si pur, et un avenir de misères et de remords. Tu te souviens, Madeleine, comment les jours se succédaient pour moi au château, encore que le caractère souvent difficile de Mlle Elvire me fît verser de temps à autre

quelques larmes. Mais ces larmes séchaient bien vite, plus
vite que les gouttes de rosée au soleil, et, chez moi, les
impressions pénibles ne laissaient pas de traces, parce
que dans le fond de mon âme reposait la paix de l'innocence, que je ne connaissais pas de rancune et que je n'a-
vais jamais entendu le cri d'une conscience coupable. Et
en un seul jour, tout cela s'était évanoui, tout cela était
pour moi comme n'ayant jamais existé ! Et je me trouvais
à l'improviste, face à face avec les luttes de la vie, auxquelles j'avais bien pensé quelques fois, mais avec la légèreté de la jeunesse, comme si elles n'eussent regardé que
les autres et pas moi. O Madeleine, combien je m'estimai
heureuse, dans mon abandon, que la foi me restât ! Sans
elle, et surtout un peu plus tard, lorsque les illusions de
l'amour s'évanouirent à leur tour, comment aurais-je résisté à l'épreuve ?

« Je baissai la tête sous le mépris de mon père comme
sous un châtiment mérité, et me résignai sincèrement à
subir toutes les conséquences de ma faute. Le curé, qui
m'observait tout en lisant, remarqua ma fermeté rela-
tive :

— Or sus, me dit-il, il s'agit de prendre un parti. Le
meilleur, pour ne pas dire le seul qui vous reste, c'est de
pourvoir à votre honneur. Répondez-moi franchement :
aimez-vous monsieur Délécour ?

— Mon père, bien que je comprenne désormais que l'affection de cet homme ne suffit plus à mon bonheur, je
l'aime encore...

— Et vous l'estimez... toujours ?

— Vraiment, mon père, j'ai cru qu'il méritait mon estime... et je le crois encore...

— Vous hésitez, mademoiselle, répliqua le curé gravement, et vous avez raison. Mais vous n'avez plus à choisir... Qui sait, après tout, si Dieu, en permettant le faux
pas que vous venez de faire, ne vous a pas destinée à

une mission sainte, providentielle, à supposer du moins, comme je n'en doute pas, ma fille, que vous vous conserviez digne de ses miséricordes? Le cœur de l'homme, si gâté qu'il soit, garde toujours quelque partie saine, quelque recoin accessible à la grâce; et une femme pieuse et prudente, avec l'aide du Seigneur, peut opérer des miracles...

— Donc, monsieur le curé, m'écriai-je tout effrayée, vous connaissez Frédéric, et vous savez?..

— Moi! rien de bien certain... Mais il s'agit d'un militaire, qui a beaucoup couru le monde, à cet âge où les passions prennent si facilement le pas sur la raison... De plus, il faut bien que je vous en fasse la remarque, il s'agit d'un homme qui, se trouvant l'hôte et l'obligé du père, n'a pas craint de se prévaloir de l'inexpérience de la fille... La passion sera son excuse, Dieu le veuille, mademoiselle, et puissé-je me tromper! Dans tous les cas, il faut vous préparer à tout, et mettre votre espoir en Dieu et en sa sainte Mère. Ceux-là ne vous feront jamais défaut. La grande affaire, pour le moment, c'est de prendre les dispositions afin de vous marier dans quinze jours, terme qui m'a été accordé par monsieur Délécour pour m'entendre avec le maire, faire les affiches, les publications et le reste. Monsieur Délécour, de son côté, fera le nécessaire pour ce qui le concerne. Nous n'avons pas un jour à perdre, mademoiselle. Je vous laisse; faites-moi l'amitié de vous considérer ici comme chez vous. D'habitude, c'est dame Julienne qui règne et gouverne: tant que vous serez ici, que ce soit vous.

— Monsieur le curé, j'espère que demain matin vous ne refuserez pas de m'entendre en confession...

— Qand il vous plaira, mon enfant, répliqua le vénérable vieillard en me mettant affectueusement une main sur la tête. C'est dans les sacrements de pénitence et d'eucharistie que vous puiserez la constance nécessaire pour vaincre les assauts du monde et de Satan. Au revoir, ma chère enfant.

Et il partit, presque souriant.

Je ne veux pas abuser de mes forces ni de votre patience en vous faisant l'histoire détaillée de ces quinze jours passés sous le toit de l'abbé Brunard. Aidée des conseils de ce saint homme et rendue à moi-même par ses encouragements, j'employai tout ce temps en une sorte de retraite préparatoire à la réception du sacrement de mariage.

Le soir, après le souper, mon pieux guide s'entretenait longuement avec moi, tantôt de la dignité du mariage, tantôt de l'apostolat d'une épouse chrétienne et des devoirs d'une mère de famille, tantôt enfin de la grande utilité des tribulations pour un chrétien. Je l'écoutais avec avidité; il avait si bien le secret de me tranquilliser et de me réconforter qu'il me rendait aimables, le croirez-vous? jusqu'aux amertumes de ma triste situation. L'amour même que je gardais à Frédéric, amour que l'abbé Brunard cherchait à raffermir, bien loin de l'éteindre, se purifiait peu à peu au foyer de la charité; il ne ressemblait déjà plus à cette passion troublée, violente et tourmentée qui avait fait mon malheur. Bref, j'en étais arrivée à ce point de sérénité qu'il ne me manquait plus que le pardon de mon père pour être satisfaite de mon sort. Vous voyez, mes chers amis, quelle est l'efficacité de la grâce divine et la puissance des consolations qu'elle offre aux coupables et aux malheureux.

Les investigations, les suppositions et les commentaires de Julienne allaient leur train, mais à huis-clos seulement. Avec les commères du voisinage, elle s'efforçait de paraître en savoir très-long, mais ne vouloir rien dire; elle mettait un zèle sincère à me défendre et dissipait de son mieux toute interprétation maligne. Seulement, il lui arriva plus d'une fois de raccommoder un accroc en en faisant à côté un autre plus grand, tant il lui était difficile, une fois lancée, de s'arrêter à temps.

— Vous ne vous figureriez jamais, interrompit Madeleine à cet endroit du récit, vous ne vous figureriez jamais quelle multitude de contes on débita sur votre séjour au presbytère. L'un disait vous avoir vu pâle et défaite, comme une morte, et l'autre rieuse et fraîche comme la plus gaie fiancée qui fût au monde. Un troisième affirmait que votre père avait signifié à monsieur le curé qu'il s'opposait à votre mariage; un quatrième, que l'officier y avait renoncé lui-même, qu'il vous avait abandonnée, que vous alliez entrer au couvent, et mille contradictions pareilles. Moi aussi, par deux fois, je me rendis à la cure avec l'intention bien arrêtée de vous voir et de vous parler; mais la crainte de déplaire à monsieur le curé, comme aussi à monsieur le comte, si on l'avait su, m'ôta le courage d'accomplir mon projet.

— Dans la soirée du quatorzième jour, reprit Elisa, l'abbé Brunard m'annonça que, le lendemain matin, je reverrais monsieur Délécour, et que le mariage aurait lieu. Je me levai de très-bonne heure, renouvelai ma confession, et sortis de l'église pour aller au-devant de Frédéric.

Je me présentai à lui calme et sereine, ce qui parut lui causer une assez grande surprise. Il m'en félicita avec la plus vive satisfaction, me baisa affectueusement la main, s'informa de ma santé, et me pria de le conduire au curé, avec lequel je le laissai, sur un signe de celui-ci.

Le prêtre et l'officier restèrent ensemble une demi-heure, après quoi ils vinrent me rejoindre dans le salon. La physionomie du jeune homme respirait la gaîté, celle du vieillard la tristesse et la mélancolie. Ces deux sentiments opposés se réflétaient sur mon cœur et s'y tempéraient réciproquement.

— Monsieur le maire vous attend, dit le curé, qui nous

accompagna seulement jusqu'à la porte de la mairie. Je compris pourquoi : il ne voulait pas rehausser par sa présence le mariage civil qui, excepté pour ce qui concerne les questions de fortune réglées par le contrat, n'est, aux yeux d'un chrétien, qu'une simple formalité.

Nous revînmes recevoir le sacrement, le véritable mariage.

La vieille Julienne, qui était veuve de deux maris et qui, par suite, savait à merveille comment les choses se passent dans cette circonstance solennelle, me conduisit à un prie-Dieu, à coté d'un autre où s'agenouilla mon futur époux.

Le prêtre nous unit et célébra la messe, durant laquelle je fis la sainte communion. Je m'étais demandé avec anxiété si Frédéric m'imiterait sur ce point, mais sans oser le lui demander à lui-même. J'éprouvai un douloureux serrement de cœur en le voyant rester immobile, quoique respectueux en apparence, sur son prie-Dieu ; mais j'offris mentalement au Seigneur cette déception, et toutes celles que je devais éprouver dans la suite ; j'offris mon bonheur, ma vie même, s'il le fallait, pour le salut du compagnon de mes jours ; et ainsi je devins la femme de Frédéric ; ainsi j'entrai dans cette voie du mariage, qui fut vraiment pour moi la voie douloureuse.

La cérémonie terminée, le curé nous invita à passer avec lui au presbytère, où nous attendait un frugal déjeûner. Il y prit part avec nous et s'y montra même enjoué ; ensuite, fermant la porte, à un moment où Julienne venait de sortir, il s'approcha de nous, et nous parla de la sorte, avec un sollicitude toute paternelle.

— Mes chers amis, je veux, avant de vous quitter, vous dire ici quelques mots que je n'ai pas voulu vous adresser devant témoins, au pied de l'autel. Ne parlons pas de la manière, nullement louable, dont vous vous y êtes pris pour rendre possible et indispensable l'union que vous venez de contracter : ce qui est passé est passé ; occupons-

nous de l'avenir. Mon âge et surtout mon ministère de
charité auprès de vous me font un devoir de vous exhor-
ter à rester toujours fidèles à vos serments. Monsieur
Délécour, cette jeune personne, qui n'a guère plus de seize
ans, vous a sacrifié ses affections de famille, une condition sociale splendide et tous les biens que le monde
estime et recherche le plus. Je fais appel à votre honneur,
Monsieur : pourriez-vous lui refuser, en compensation,
une affection inaltérable, et la protection qu'elle ne peut
plus attendre que de vous? Que votre conduite vous
rende chaque jour plus digne d'elle, Monsieur, et consolide
par l'estime l'amour que vous lui avez inspiré. Elle admire la pénétration de votre esprit et votre courage, qui
vous ont mis sur le chemin d'une brillante carrière militaire; elle croit surtout à la loyauté de votre cœur et à la
droiture de vos principes. Ah ! Monsieur, le Seigneur vous
confie l'innocence et l'ingénuité même; un jour vous ren-
driez compte à son tribunal de toute larme injuste que
vous lui feriez verser !

« Peut-être mes paroles vous semblent-elles dures,
monsieur Délécour, continua le curé après un moment de
silence; mais loin de moi la pensée de vous offenser par le
moindre doute sur la loyauté de vos intentions. Et que
pourriez-vous vous proposer, en épousant cette chère enfant, sinon de la rendre heureuse? Mais vous n'ignorez
pas que les passions violentes n'ont qu'un temps, et qu'un
jour arrive où, pour rester fidèles à leurs obligations,
les époux ont besoin des secours surnaturels de la grâce.
Je suis vieux, ô mes amis; et depuis quarante ans que
j'exerce mon ministère, combien j'en ai vu de ces hommes
forts qui avaient la prétention de se passer de Dieu, tomber misérablement sous le fardeau du devoir devenu trop
lourd pour leurs épaules, et tomber pour ne plus se relever ! En compensation, j'ai vu un nombre plus considérable
de pieux époux traverser ensemble les bons comme les

mauvais jours, sans que leur vertu, appuyée sur la foi, ait chancelé.

« Frédéric, Elisa, que la paix du Seigneur soit toujours avec vous ! Pour ma part, je vous promets solennellement que tant que je vivrai, je ne passerai pas un jour sans me souvenir de vous au saint sacrifice de la Messe. Plût au ciel que mes prières fussent moins indignes d'être exaucées ! J'ai vu croître sous mes yeux cette charmante enfant qui porte désormais votre nom, monsieur Délécour ; sa piété, sa docilité m'ont toujours confirmé dans l'espoir qu'elle serait plus tard, comme épouse et comme mère, une digne héritière de ses ancêtres, qui tous ont laissé dans nos montagnes des mémoires chrétiennes et vénérées. Une erreur de jeunesse est venue jeter un peu d'ombre sur la renommée de cette famille. A vous de la dissiper, cette ombre, en resplendissant à votre tour de la clarté pure dont brillent les saints. Vous forcerez ainsi le cœur du comte de Montfort, vous obligerez ceux qui ont pu se scandaliser de votre conduite, à vous rendre leur estime et leur affection.... Adieu, maintenant, mes enfants ; mes jours sont comptés ; je prévois que je ne vous verrai plus sur cette terre ; mais nous nous retrouverons là-haut.

— Mon père, mon père, m'écriai-je ne pouvant plus contenir mon émotion, avant de nous laisser partir, bénissez-nous !

En parlant ainsi, je m'étais jetée à ses genoux ; je pressais sa main sous mes lèvres et la baignais de mes larmes.

Frédéric, demeuré impassible jusqu'à ce moment, fut entraîné par mon exemple. Il s'agenouilla à côté de moi et je vis que ses yeux, à lui aussi, étaient humides.

— Oui, reprit lentement le curé, le regard vers le ciel, au nom du Père, du Fils et du Saint-Esprit, je vous bénis de toute l'effusion de mon âme, et je souhaite que cette bénédiction soit pour vous féconde en consolations et en vertus chrétiennes !

Nous nous levâmes à ces mots, et Frédéric me dit que la voiture nous attendait devant le presbytère. Je n'avais presque pas le courage de me détacher de ce vieillard vénérable qui m'avait si complétement relevée à mes propres yeux. Il me semblait que j'allais perdre mon dernier appui en ce monde.

— Vous allez peut-être à Paris? demanda affectueusement le curé à Frédéric.

— Précisément, répondit ce dernier. C'est là que mon régiment est en garnison, et je dois le rejoindre, la prolongation de mon congé étant à la veille d'expirer.

— Eh bien, ajouta le curé tirant une lettre de la poche de sa soutane, si vous le permettez, Monsieur le sous-lieutenant, je donnerai à madame Délécour ces quelques lignes pour un excellent prêtre que je connais là-bas et qui pourra vous être utile...

— Comme vous êtes bon, monsieur le curé! répondis-je moi-même en prenant la lettre avec empressement. Dieu récompensera votre charité...

— J'aurais bien encore une chose à vous demander, reprit l'abbé Brunard, mais je crains d'être indiscret...

— Oh! dites, dites, monsieur le Curé, répliquai-je; vous ne pouvez que nous faire plaisir.

— Monsieur Délécour aura sans doute fait retenir à Paris un logement et tout ce qui est nécessaire pour l'installation d'un ménage?...

— En vérité, dit Frédéric avec une certaine impatience mêlée de confusion, l'étrangeté, la précipitation, ne m'ont guère permis de penser à tout cela... Mais nous irons à l'hôtel; on y trouve tout ce qu'il faut.

A ces mots, il s'inclina devant le curé, lui serra la main et se tournant vers moi :

— Allons, dit-il.

Et il se dirigea vers la porte.

Mais tandis qu'il avait le dos tourné, le bon prêtre me

mit dans les mains une seconde lettre que je cachai sur un signe muet de lui.

Julienne arrivait en ce moment. Je l'embrassai sur les deux joues, saluai de nouveau mon bienfaiteur et suivis mon époux.

CHAPITRE V.

Le sectaire.

—

La voiture nous conduisit à Clermont-Ferrand, d'où nous partîmes pour Paris par la diligence.

Durant le voyage, qui me parut long et fort ennuyeux, Frédéric se montra pour moi empressé et charmant. Il était cependant manifeste qu'une pensée importune préoccupait son esprit. Plusieurs fois je lui demandai si quelque chose le contrariait ; mais il éludait toute réponse à mes questions.

Nous descendîmes à un très-modeste hôtel garni où nous demandâmes une chambre et un peu de nourriture dont nous avions grand besoin, n'ayant mangé que deux fois en route, à Moulins et à Nevers, où nous nous étions arrêtés moins d'une heure.

Frédéric devenait de plus en plus sérieux et taciturne, sans cesser toutefois de me combler de prévenances. Une semblable tristesse, au début de notre vie commune, m'était fort pénible ; je le suppliai de partager avec moi le poids de son ennui, quel qu'il fût.

— Elisa, me dit-il en m'embrassant, hier tu étais riche ; aujourd'hui tu es pauvre, très-pauvre...

— La pauvreté ne me fait pas peur, Frédéric ; elle ne m'attristera qu'en raison des privations que ma présence va l'imposer. Le luxe n'a jamais été l'objet de mes aspirations ; j'y ai renoncé, et bien volontiers j'y renonce encore, parce qu'à toute chose je préfère ton amour.

— Mais, Elisa, si le nécessaire même venait à nous manquer ? reprit-il d'un ton de profond abattement.

— Et n'as-tu pas ta solde de sous-lieutenant ? Elle nous suffira, tant que nous serons seuls. Je suis peu experte en économie domestique, mais nécessité est mère d'industrie et, grâce à ma bonne volonté, je ne désespère point de devenir promptement une ménagère passable. Ne t'inquiète donc point de l'avenir. S'il devenait par trop dur, je pourrais, moi aussi, apporter à nos revenus mon petit appoint...

— Comment ? comment ? s'écria-t-il avec joie, aurais-tu un capitale en réserve ?

— Moi, non, puisque j'ai tout laissé à Montfort. En quittant mon père, je me suis bien gardée de me rien approprier, ne voulant pas aggraver mes torts envers lui...

— Quels torts ? Elisa, quels torts ?... Nous n'avons fait que suivre les inclinations de la nature. Le tort est du côté de ceux qui s'y opposaient ; il est, plus encore, dans l'organisation sociale... Mais le jour viendra, et il n'est pas loin, où les tyrans, tyrans de leurs propres enfants, cesseront d'insulter à la nature humaine par leurs odieux privilèges, et de faire étalage de leurs titres et de leurs richesses pour humilier le pauvre...

— Frédéric, interrompis-je épouvantée, est-ce bien toi qui parles ainsi ?

— Pardonne-moi, Elisa, répliqua-t-il en m'embrassant pour dissiper l'effet qu'avaient produit ses paroles. Je me suis laissé entraîner par le sentiment de notre situation, laquelle est plus fâcheuse encore que tu ne crois.

— Confions-nous, Frédéric, en la divine Providence qui veille sur tous les hommes. Tu sais que je passe pour bonne musicienne ; je pourrai donner des leçons en ville et...

— Vain espoir ! Pauvres et obscurs, comment nous les

procurerons-nous ces leçons ?.. Et puis ce serait une ressource pour plus tard ; mais maintenant, maintenant, pour payer notre hôtel ici...

— Mon Dieu ! m'écriai-je, en sommes-nous donc à ce point de détresse? Mais, mon ami, durant les deux mois que tu as passés à Montfort, n'as-tu pas économisé ta solde?

—Je ne l'ai pas pu, dit-il avec embarras et en rougissant ; j'avais quelques petites dettes antérieures, un ami à rembourser... Les quelques sous qui me restaient ont suffi tout juste aux dépenses de notre mariage et à celles du voyage depuis Montfort...

Quelque résignée que je fusse d'avance à supporter une vie de privation, je vous avoue, mes chers amis, que je ne m'étais point attendue à être obligée de lutter, dès mon entrée en ménage, contre la faim... et peut-être contre la honte. La frayeur que j'éprouvai à cette déclaration de mon mari fut si vive qu'elle m'arracha des larmes. Frédéric s'était jeté sur une chaise, sombre et silencieux ; moi j'errais par la chambre, ne sachant ce que je faisais. Tout d'un coup, je me souvins de la lettre de recommandation du curé, lettre dont je n'avais pas même regardé l'adresse. Je la tirai de la poche où je l'avais mise, et je lus sur l'enveloppe: « Au Révérend Père Athanase de Toulouse, capucin. » Je songeai à recourir à ses bons offices ; mais bien vite je réfléchis qu'un pauvre moine ne pourrait rien, ou pas grand chose, pour nos difficultés actuelles. Seulement, en replaçant avec tristesse cette lettre dans ma poche, j'y en sentis une autre, celle que l'abbé Brunard m'avait mise dans la main, à l'insu de Frédéric, au moment de notre départ. Je l'ouvris et j'y trouvai... un billet de mille francs, et à côté une dizaine de lignes que je parcourus rapidement. Je poussai un cri de joie qui éveilla mon mari de ses préoccupations pénibles et, courant à lui comme hors de moi-même, je lui mis le billet dans les mains et tombai à genoux pour remercier la Providence divine.

— Mais comment cela? me demanda Frédéric ébahi; Mille francs... Sur la banque de France! d'où tiens-tu tant d'argent?

— Du bon Dieu. Lis ce papier, lis!

Frédéric lut à demi-voix ce qui suit:

« Ne refusez pas, Elisa, d'accepter ce léger témoignage de l'affection d'un pauvre prêtre. Une personne pieuse m'a remis cette somme pour que je l'emploie à quelque bonne œuvre. Si elle peut vous servir dans les embarras que je prévois pour vous, elle vous appartient; sinon, partout où vous irez, vous trouverez toujours quelque pauvre honnête qui pourra l'utiliser. »

— Mais enfin, ceci est une aumône! dit avec emportement Frédéric, piqué d'un sentiment d'orgueil et parcourant la chambre d'un pas agité.

— Oui, répliquai-je, une aumône, mais qui n'a rien d'humiliant, parce qu'elle nous est faite sans motifs intéressés, sans ambition ni calcul de vaine gloire; parce qu'elle nous vient d'un ami vénérable, d'un père, d'un prêtre qui considère tous les hommes comme frères et comme enfants d'un même Dieu.

Frédéric se tut; mais il prit sa canne et son chapeau:

— Adieu, ma chère Elisa, dit-il avec un air de satisfaction qu'il ne pouvait contenir; je vais changer ce billet et je reviens de suite. Nous verrons alors à nous installer.

La conduite et les maximes de mon mari, si différentes de tout ce qui m'avait été inspiré et enseigné chez mon père, me convainquirent bien vite que les appréhensions de l'abbé Brunard n'étaient que trop fondées. Toutefois, j'avais confiance au bon sens de M. Délécour; je lui trouvais une certaine élévation et une sensibilité naturelle dont j'augurais favorablement, et j'espérais le dominer peu à peu par la douceur, la patience et la charité. Certes, je ne me flattais point de posséder tout ce qu'il fallait pour cela, mais je m'efforçais de l'acquérir. C'est sans doute parce

que je n'ai pas assez persévéré dans mes bonnes résolutions que le Seigneur m'a fait si longtemps attendre la
réalisation de mes vœux.

Et ici commence pour moi une série de misères que je
vous raconterais, mes bons amis, si je ne craignais de
vous retenir trop longtemps loin de vos occupations.

— Dites, dites toujours, madame, insistèrent d'une
même voix Antoine et Madeleine. Cela vous soulagera, de
décharger votre cœur... Pourvu cependant que la fatigue
ne soit pas trop grande.

— Et puis, ajouta Madeleine pour son propre compte,
je n'ai rien à faire pour aujourd'hui que de vous tenir
compagnie.

— Moi non plus, dit Antoine; je me suis arrangé pour
cela.

— C'est que, reprit Elisa, vos moments à tous deux sont
précieux... Et je suis si pauvre, quant à moi, qu'il me
serait bien impossible de vous donner le moindre signe
de ma reconnaissance... Peut-être, si je réussis à voir mon
père...

Les époux Martineau allaient se récrier lorsque le son
d'une voix bien connue fit lever en sursaut et les auditeurs
et la narratrice... Cette voix, aux accents fermes et vi-
brants, venait de se faire entendre dans la cour ; elle se
rapprochait en appelant Antoine.

— Mon père ! s'écria Elisa pâlissant; cachez-moi, Madeleine; je sens qu'en ce moment je n'aurais pas la force
d'affronter sa présence.

— Retirez-vous dans votre chambre, dit Madeleine;
il ne dépasse jamais cette cuisine.

Elisa disparut tremblante, pouvant à peine se soutenir.
Madeleine aurait bien voulu cacher aussi le petit Richard,
elle n'en eut pas le temps. Déjà l'enfant, ne voyant plus
sa mère, jetait les haut cris. Mais la jardinière le prit dans
ses bras, tandis qu'Antoine, son bonnet à la main, allait au-

devant du maître et que celui-ci pénétrait dans l'appartement.

— Je te cherchais, Antoine, dit le colonel; il faut que
demain tu sois à Clermont-Ferrand à l'heure de l'ouverture
du bureau de poste; j'attends des lettres excessivement
pressées.

— Les ordres de monsieur le comte seront exécutés,
répondit le jardinier qui restait debout contre la porte,
assez impatient de voir partir le nouveau venu.

— Mais qui est donc ce bambin si désolé? demanda le
colonel se tournant vers Madeleine.

— C'est, balbutia la jardinière, le fils d'une pauvre femme
qui l'a confié à mes soins.

— Ah! répliqua le colonel en souriant, à défaut d'enfants à vous, vous allez chercher ceux d'autrui, tant les
fonctions maternelles sont naturelles à une jeune femme...
N'est-ce pas cela, Madeleine?

Madeleine rougit et garda le silence. Cependant le
petit Richard, qui, cédant aux caresses de la jeune femme,
s'était enfin calmé, souleva sa tête blonde et tourna timidement les yeux vers le colonel. Celui-ci regarda à son
tour l'enfant et parut comme frappé d'un funeste souvenir. Son enjouement s'évanouit, son front se plissa, et,
sans rien ajouter, il partit brusquement.

La jardinière, qui ne manquait point de perspicacité,
comprit la raison de ce revirement subit et trembla en
songeant aux projets d'Élisa. Elle se proposa donc de lui
cacher cet incident, de peur d'affaiblir encore le peu de
force qui lui restait pour affronter ce qu'elle-même, Madeleine, dans sa rustique simplicité, appelait la sévérité
brutale du père.

Antoine, au contraire, tout à la joie de le voir parti,
courut à la chambre d'Élisa:

— Revenez, lui dit-il, revenez, il est parti et il n'y a
pas d'apparence que nous le revoyions ici de sitôt. C'est

tout de même singulier qu'il soit venu me parler en personne; d'habitude, quand il a besoin de moi, il me fait
appeler par quelqu'un de ses domestiques. Vous avez
bien fait de vous retirer, madame, car il m'a paru que son
visage annonçait la bourrasque; mais les bourrasques ne
durent pas, et à la première éclaircie...

— Oh ! mes amis, me trouver si près de mon père, entendre sa voix après cinq ans d'absence, bien que je me
sache rejetée et peut-être haïe par lui, quelle émotion ! Il
me semblait que je n'avais qu'à me présenter à lui pour
qu'il me pardonnât et me rendît son affection. Un moment
j'ai failli suivre l'impulsion de mon cœur... mais j'ai pensé
à la justice de sa colère, et le cœur m'a manqué...

En parlant ainsi, Élisa avait repris le petit Richard, qui,
en la revoyant, lui avait tendu les bras et s'était jeté sur
son sein. Elle le serrait tendrement comme pour chercher
dans l'affection du fils une compensation à celle que lui
refusait le père. Ensuite donnant un libre cours à ses larmes, qui désormais étaient son unique soulagement, elle
dit en regardant Richard :

— Pauvre petit, toi aussi peut-être un jour, quand tu
sauras que, par la faute de ta mère, tu as perdu les caresses et l'héritage de ton grand-père...

— Allons madame, s'écria Antoine en s'essuyant les
yeux, ne calomniez pas d'avance le cœur de ce pauvre
petit... ni même celui de monsieur le colonel. Par le ciel !
On voit des tigres s'apprivoiser, et vous doutez qu'il se
laisse attendrir ? Serait-il donc aussi dur que la lame de
son sabre, aussi cruel?..

— Ne parlez pas ainsi, Antoine; ma faute est trop grave
pour que j'aie le moindre droit à me plaindre de ses ri-
gueurs. Je n'ai rien à réclamer de sa justice, mais seulement de sa générosité, et il n'est pas obligé...

— Moi je prétends que si, interposa Madeleine qui
achevait de rallumer le feu prêt à s'éteindre; il n'avait

qu'à mieux garder sa fille, lui tout le premier, et à ne pas mettre la brebis sans défense à la gueule du loup... Mais continuez, madame, maintenant que nous voilà de nouveau seuls, apprenez-nous par quelles souffrances vous avez expié ce que vous appelez votre faute et qui est bien plutôt, foi d'honnête femme, votre malheur!

— Franchement, dit Élisa pensive, je regrette maintenant de n'avoir pas saisi cette première occasion de me présenter à mon père. En retrouverai-je bientôt une autre?.. Je ne dois pas abuser indéfiniment de votre charité, mes bons amis.

— Eh! pas tant de cérémonies! Vous nous fâcherez à la fin, s'écria Madeleine avec sa rondeur tout auvergnate; n'êtes-vous pas la fille de notre maître, de notre bienfaiteur? N'êtes-vous pas notre amie, ma compagne d'enfance? Et fussiez-vous étrangère mille fois, n'êtes-vous pas malheureuse?.. Nous voudrions être moins pauvres nous-mêmes, afin de vous recevoir d'une manière digne de vous; mais dès lors que vous avez accepté l'abri de notre toit, vous êtes chez vous, et vous ne sauriez nous refuser le plaisir de vous rendre notre hospitalité aussi tolérable que nous pourrons.

La vivacité et la franchise de ces protestations furent un baume sur le cœur d'Élisa, laquelle, soit pour mener ses projets à bonne fin, soit pour rétablir sa santé et celle de son fils, reconnaissait la nécessité d'avoir du temps devant elle. En signe de reconnaissance, elle embrassa tendrement la généreuse jardinière; puis elle reprit le fil de sa narration :

«Après cinq jours nous passâmes de l'hôtel au cinquième étage d'une maison de la rue Saint-Denis, où Frédéric avait trouvé un appartement assez convenable, quoique d'un prix modéré. Nous fîmes emplette du mobilier rigoureusement nécessaire à notre modeste ménage, et dès le lendemain j'entrai en fonctions, ce qui revient à dire

que je commençai à faire tout par moi-même. Il le fallait
bien : nos ressources ne m'auraient pas permis de me
faire aider. Cette vie de fatigue, si nouvelle pour moi, était
souvent assez dure ; je la soutenais néanmoins sans plaintes ni regrets ; parce que la tendresse de Frédéric me rendait tous les sacrifices tolérables, et que du reste, dans ma
position, c'était le moindre des maux que j'eusse à redou-
ter.

Mais je ne fus pas longtemps à m'apercevoir que tout
en restant convenable et même courtois à mon égard,
M. Délécour n'avait plus pour moi les attentions des premiers temps. Son amour allait s'affaiblissant comme une
lampe à laquelle manque l'huile.

Toutefois, à part quelques moments de mauvaise humeur, la première année de notre mariage s'écoula sans
que rien eût troublé sérieusement la paix du foyer domestique. Bien que Frédéric dépensât plus qu'il n'eût été raisonnable, nos finances s'étaient maintenues dans une
bonne situation. Le P. Athanase, auquel j'avais porté la
lettre de recommandation de l'abbé Brunard, m'avait introduite, comme maîtresse de musique, dans trois ou quatre familles riches de sa connaissance, et là je gagnais de
cent à cent cinquante francs par mois. Tu vois, Madeleine,
que si ma condition n'était pas enviable, elle pouvait être
considérée comme satisfaisante, d'autant plus que je jouis-
sais encore des conseils et des encouragements de l'excellent curé, dont la charitable sollicitude ne se lassa jamais
envers moi.

J'écrivis aussi, à plusieurs reprises, à mon père, mais je
n'obtins aucune réponse.

Sur ces entrefaites, je devins mère, événement qui fut
une grande joie pour mon mari et qui raviva sa tendresse
conjugale. Je n'avais qu'à exprimer un désir, à ce moment, pour qu'il s'empressât de le satisfaire. Je me berçai
alors de la douce espérance que ce gage de notre amour

fixerait à jamais la concorde et la bonne harmonie dans notre logis et donnerait aux plans d'avenir de Frédéric une direction meilleure. Aussi, me concentrai-je si complétement dans mes devoirs et dans mes rêves maternels que j'en oubliai pour ainsi dire les deux grands chagrins de ma vie : L'irritation de mon père, et l'impiété de mon mari.

Non seulement M. Délécour ne se rapprochait pas de Dieu, mais il semblait s'en éloigner chaque jour davantage. Quand je lui parlais du courage et des consolations qu'on puise aux pieds des autels, ou bien il m'écoutait avec une froide indifférence, ou bien il me répondait par des haussements d'épaules et de poignants sarcasmes. Les choses en vinrent à ce point que je dus renoncer, dans son intérêt comme dans le mien, à toute allusion à ce sujet.

Mais Dieu renversa bientôt ma sécurité présomptueuse, en brisant d'un souffle dans ma main le frêle roseau sur lequel je m'appuyais, L'enfant que j'avais mis au monde fut atteint de convulsions et mourut, à l'âge de deux mois. Ma douleur fut profonde mais résignée; chez mon mari, au contraire, elle se tourna en colère concentrée et en une sorte de défi perpétuel contre Dieu.

Frédéric devint aussi plus froid et plus taciturne à mon égard. Quelquefois, il me considérait fixement, puis, comme avec désappointement et dégoût, il regardait ailleurs, ou s'éloignait. Les fatigues de la maternité et mes soucis incessants avaient ébranlé ma santé et terni sur mes joues cette fraîcheur première qui autrefois l'avait séduit. Cela m'occasionnait une peine indicible; je craignais de perdre, avec ma beauté, tout attrait pour lui. A la vérité, il m'adressait bien encore, de temps à autre, quelque parole affectueuse destinée à dissiper mes inquiétudes; mais ces politesses passagères et sans expansion n'étaient plus l'effet d'un sentiment sincère et spontané; c'étaient des calculs d'une compassion stérile.

Alors se montra à mes regards, dans toute son ho
reur, le gouffre que je m'étais creusé de mes propr
mains, et je fus prise d'une si grande tristesse que
tombai malade et invoquai la mort comme une délivranc
Je n'avais cependant pas cessé de rester résignée à
volonté de Dieu; mais ce fut sans aucune joie que j'ente
dis le médecin déclarer un jour que l'énergie de ma je
nesse avait triomphé du mal.

Frédéric, depuis longtemps déjà, avait l'habitude
rentrer fort tard dans la nuit, pour je ne sais quell
raisons de service qu'il m'expliquait avec soin; mais
n'avait pas encore découché, sauf les jours de garde.
dater de la mort de notre enfant, non-seulement il dé
couchait, et sans me donner d'explication, mais il resta
absent des journées entières. Il était devenu si irascib
que je n'osais plus lui adresser la parole, à moins qu'
ne me parlât le premier.

Lorsqu'il rentrait, c'était souvent en compagnie d'hom
mes à l'aspect sinistre, avec lesquels il s'enfermait dan
un petit cabinet contigu à notre chambre à coucher
Là dedans se tenaient de longs colloques, et souvent de
disputes à voix haute qui arrivaient jusqu'à mon oreill
et me faisaient frémir des propos que j'entendais. Tou
ces personnages étaient affiliés à la secte des *amis di
peuple*, très-puissante alors, et dont les principaux chef
se nommaient, à ce que je compris, Armand Carrel et Guinard
Leur but était de renverser le gouvernement de Louis-
Philippe et de substituer la République à la monar-
chie.

Je savais donc que mon mari, officier au service de celu
contre lequel il conspirait, violait son serment et pouvai
être, un jour ou l'autre, pris comme traître et rebelle
Cette pensée m'était d'autant plus pénible que, par sa
conduite, il se mettait en opposition directe avec les principes d'honneur rigide de mon père et rendait plus diffi-

cile cette réconciliation qui était le plus ardent de mes vœux.

Naturellement, l'irrégularité et les déréglements de Frédéric apportaient le désordre dans notre économie domestique. Lui qui, dans le principe, me remettait à peu près toute sa solde, il me refusait maintenant quelques pièces de monnaie pour ma nourriture. Combien de jours j'ai passés mangeant du pain et buvant de l'eau, depuis que l'état de ma santé m'eut interdit de continuer mes leçons de musique! Sans une charitable dame qui m'avait confié l'éducation de sa fille et à laquelle j'avais raconté mes peines, j'aurais certainement succombé à l'excès des privations.

Pour comble de disgrâce j'appris du Père Athanase la mort de mon généreux protecteur, l'abbé Brunard. Je le pleurai amèrement, comme s'il eût emporté ma dernière espérance.

Telle était ma situation, lorsque, vers la fin de novembre 1833, par une nuit très froide et dans laquelle la neige tombait à gros flocons, j'entendis monter par notre escalier des pas nombreux mais légers, et presque sans bruit, accompagnés de paroles échangées à voix basse. Bien qu'il fût plus de minuit, je me trouvais encore levée, contre mon habitude, pour certains raccommodages que je n'avais pu finir dans la journée. Je mis un œil au trou de la serrure et je vis mon mari qui, précédant les autres, tirait la clef de sa poche pour ouvrir. Tant de monde, si tard et avec tant de précaution, cela excita ma surprise et ma curiosité. Je me retirai vivement, éteignis ma lumière et me jetai tout habillée sur mon lit.

Frédéric entra, jeta dans la chambre à coucher un regard rapide et sommaire ; ensuite il retourna sur ses pas et dit à ses compagnons : « Vous pouvez entrer. »

Je me relevai, et, par une fente de la porte de la chambre, je vis défiler dix hommes qu'à leur aspect et à leur costume je jugeai appartenir, deux exceptés, à la dernière classe du peuple.

CHAPITRE VI.

Une scène de sang.

—

— Et bien ? Votre femme ? demanda à Frédéric un homme qui tenait sous son bras un gros paquet.

— Elle dort, ne craignez rien. Suivez-moi tous, là, là, sans bruit, non pas à cause de ma femme, mais à cause des voisins ; j'ai une mansarde où personne ne s'avisera de nous déranger.

Ils se rendirent en effet dans une pièce écartée qui nous servait pour les débarras. Cette pièce était fort obscure, ne recevant de clarté que par une petite fenêtre qui ouvrait sur la cuisine. Il y avait là une table et ils y portèrent des chaises, une pour chacun. Ensuite ils fermèrent la porte avec un cadenas, et il se fit tout autour un profond silence.

Placée entre la curiosité de savoir ce qu'ils venaient faire et la crainte d'irriter Frédéric si j'étais aperçue, je ne savais à quoi me résoudre. Mes incertitudes s'accroissaient de deux autres sentiments contradictoires : d'un coté, le pressentiment que les faits dont j'allais être temoin ne pourraient qu'envenimer les plaies de mon cœur ; de l'autre, le vague espoir d'épargner peut-être à mon mari de nouvelles fautes et de nouveaux dangers. Enfin le devoir l'emporta sur la peur. Après une fervente invocation à la Vierge immaculée, je m'introduisis à tâtons dans la cuisine, montai sur un meuble qui se trouvait précisément au dessous de la petite fenêtre, appliquai mon regard à un coin de cette dernière et je vis... je vis et j'entendis des choses dont le seul souvenir me glace le sang dans les veines.

Au bout de la table, en face de mon poste d'observation,

était un homme de haute stature, aux mouvements souples et agiles, avec une barbe épaisse et très-longue. Ses compagnons l'appelaient, si je ne me trompe, citoyen Rabbe, et tous paraissaient obéir à l'autorité de sa parole et de ses gestes énergiques.

Sur la table, était étendu un agneau vivant dont on avait lié les jambes et le museau, pour l'empêcher de se mouvoir. A un signe de Rabbe, chacun tira un poignard et en appuya la pointe sur l'innocent animal, mais sans l'enfoncer. Dans cette étrange attitude, Rabbe prit la parole.

Sa voix était si voilée et si sourde qu'une grande partie de son discours n'arriva à moi que tronquée et inintelligible. Il parla de l'*Infâme* qu'on avait cru mort en 1793 et qui semblait renaître pour insulter à la Raison et à la Liberté humaines. Il se déchaîna avec emportement contre l'égoïsme et les contradictions d'un Dieu qui, après avoir créé l'homme tel qu'il est, lui fait une loi d'immoler les inclinations de sa chair et l'orgueil de son esprit ; il dénombra toutes les tyrannies qui pèsent sur le monde et déclara que de toutes la pire c'était Dieu. Mais l'heure de la véritable rédemption allait sonner, ajouta-t-il ; la *société des droits de l'homme* et celle des *Amis du peuple* couvraient désormais la France d'un immense réseau ; les prêtres, les nobles, les privilégiés allaient bientôt purger le sol de leur présence, à commencer par le traître Louis-Philippe, qui chaque jour violait ses serments prêtés jadis à la franc-maçonnerie et autres sociétés secrètes. En attendant ce jour désiré, il importait de nourrir la haine et de réchauffer la colère ; il fallait s'habituer au sang, afin de ne pas trembler ni regarder en arrière quand arriverait le moment de reprendre et d'achever l'œuvre interrompue des Jacobins.

« De l'audace, mes amis, et encore de l'audace, conclut-il en promenant autour de lui un regard enfiévré ; cette devise de Danton est profondément juste ; c'est la nôtre :

mais je lui préfère pour le moment, celle de Marat : « Du sang, et encore du sang ! » A l'œuvre donc ! aguerrissons-nous. Dans cet agneau, emblème du Christ, nous allons plonger nos poignards jusqu'à la garde et rassasier, non, raviver notre soif de vengeance ! »

Rabbe frappa le premier à la tête la douce victime qui tressaillit et s'agita légèrement, mais sans pouvoir crier ; après Rabbe tous les autres la traversèrent de coups en diverses parties du corps. Je tenais mes yeux attachés sur mon mari qui, pâle et muet, obéissait, lui aussi, au commandement du chef. J'étais en proie à une émotion extrême. Je tremblais comme une feuille au vent, et les battements de mon cœur étaient si violents, qu'ils me suffoquaient.

Chacun était pourvu d'un verre, pour recueillir le sang qui jaillissait des blessures de l'agneau ; et tous, après l'avoir rempli, regardèrent Rabbe et attendirent un nouveau signal : O mon Dieu ! pensais-je, les cannibales ! auront-ils le courage de boire ce sang ? Et Frédéric, l'homme que j'ai tant aimé, l'homme à qui j'ai confié ma destinée, prendra-t-il sa part de ce breuvage infernal ?.. Mon Dieu ! Mon Dieu, épargnez-lui un si grand crime, et à moi l'immense douleur de l'en savoir coupable !

— Frères, dit le chef portant son verre à ses lèvres, à nous ! ce sang est l'avant-goût du sang de nos ennemis, dont nous nous abreuverons aussi, c'est moi qui vous le jure ! Buvons à la mort des tyrans, et cimentons à la fois notre haine contre eux et notre fraternité républicaine entre nous !

Il dit et il vida d'un trait l'horrible coupe et promena circulairement autour de lui son regard impérieux qui provoquait des imitateurs.

Une figure qui ne me semblait point inconnue, rouge, imberbe, à la longue chevelure et aux traits cyniques, suivit la première l'exemple de Rabbe en ricanant ; les autres firent de même successivement.

Frédéric fut le dernier. Deux fois il porta son verre à sa bouche, et deux fois il détourna la tête, comme s'il n'eût pu surmonter son horreur et son dégoût. Il me semblait lire dans son attitude la lutte qui s'agitait au dedans de lui, et je suppliais anxieusement la sainte Vierge qu'elle lui obtînt la force de vaincre. Mais Rabbe, qui sans doute avait observé son hésitation :

— Ah! le modéré, le Girondin! dit-il de sa voix caverneuse et sarcastique. Citoyen Délécour, tu es bien avancé pour reculer... Après tout, c'est ton affaire; mais qui nous abandonne à mi-chemin nous trahit... Et malheur aux transfuges !

A cette menace, Frédéric leva de nouveau son verre. Il allait l'appliquer à ses lèvres, lorsque, malgré moi, je poussai un cri et tombai par terre, à la renverse.

Que m'arriva-t-il après cette chute? je l'ai toujours ignoré. Lorsque je revins à moi, je me trouvai couchée sur mon lit et toute glacée de froid. Ce que j'avais vu et entendu me paraissait un songe, et je m'étudiais à chasser de mon esprit les funestes fantômes dont j'étais agitée. Toute ma personne était en proie à un abattement extrême et très-endolorie, à cause des contusions que je m'étais faites en tombant. Je me glissai, vêtue comme j'étais, sous les couvertures, et je fus prise d'un engourdissement profond dont je ne m'éveillai qu'au grand jour.

O Antoine, ô Madeleine, quelle terrible nuit ! Je me figurais sortir de l'enfer, d'un conciliabule de damnés, et mon épouvante durait encore bien des mois après.

En me levant, j'aperçus sur une table à côté de mon lit une bourse et un billet tracé au crayon par mon mari. Frédéric me prévenait qu'il s'absentait pour toute une semaine et qu'il me laissait l'argent de la bourse pour mon entretien durant son absence. La somme était de cinquante louis d'or. Cinquante louis, mille francs ! pensais-je, d'où Frédéric peut-il tenir tout cela? Serait-ce, par hasard, le prix

de son crime ? Et, dans ce cas, devrais-je, moi, toucher cet
or et me rendre, en l'acceptant, complice d'une infamie ?
Non, non ; le bon Dieu pourvoira aux besoins de la pauvre
délaissée, comme il a fait jusqu'à présent, en me mettant
à même de me nourrir d'un pain honorablement gagné. Mais
ensuite, continuais-je à me demander, où sera-t-il allé ?
Hors de Paris, pour des raisons de service ? Cela serait bien
étrange, rien de pareil ne lui est encore arrivé depuis que
j'habite avec lui...

Plus je cherchais, et plus se confondaient mes idées, tellement que j'étais hors d'état d'en retrouver le fil et de les
débrouiller entre elles. Incapable de prendre par moi-même
un parti, je délibérai de me mettre à la recherche du
P. Athanase et de me confier à sa prudence, qui tant de fois
déjà m'avait consolée.

Je sortis en effet : mais je n'avais pas fait cent pas que
les forces me manquèrent et que je ne pus aller plus loin.
Il fallait que je fusse bien pâle, bien défaite, car les pas-
sants arrêtaient sur moi des regards de compassion. Je
songeai à rebrousser chemin, et déjà, à grande peine, j'a-
vais repris la direction de ma maison, lorsqu'un homme
m'offrit de me reconduire. Je reconnus aussitôt la figure
rougeaude, cynique dont l'aspect m'avait frappée la nuit
précédente. Une vague frayeur s'empara de moi, et je repous-
sai sèchement le bras qu'il m'offrait.

— Que craignez-vous donc, madame ? me dit-il d'un air
légèrement piqué de mon refus ; je ne veux vous faire aucun mal, bien au contraire...

— Je n'en doute nullement, monsieur, répliquai-je avec
fermeté, et c'est pour cela, que vous allez, j'espère, me
laisser tranquille. Merci, je suis tout près de chez moi.

— Je le sais, madame ; mais vous me paraissez si abattue
que je dois insister pour vous faire accepter mes services.
Eh ! Eh ! mademoiselle de Montfort, ce ne sera pas la première fois que j'aurai eu le plaisir de vous obliger.

«Je t'ai dit, Madeleine, que ce personnage ne semblait pas nouveau pour moi; aussi m'arrêtai-je afin de le regarder plus attentivement, je reconnus le fils de la vieille Marthe.

—Seriez-vous par aventure Ubald? lui demandai-je, plus décidée que jamais à me débarrasser de lui.

— Justement, répondit-il avec sa brutale effronterie. Je me rappelle toujours avec un sentiment de complaisance, la nuit où le beau sous-lieutenant, ma mère et moi, nous fîmes cette fameuse niche à ce vieil ours de colonel. Le coquin vous réservait à quelque aristocrate comme lui, à l'un de ceux qui exploitent le prolétaire et s'engraissent de la sueur du peuple: vous avez préféré un brave démocrate, et vous avez bien fait, citoyenne: moi, voilà deux ans que j'ai quitté les montagnes natales pour m'attacher au sort de votre mari.

— Comment? Seriez-vous militaire?

— Militaire? Allons donc! Je sers la patrie et je vis sur l'argent de la patrie; mais je n'ai jamais voulu endosser la livrée du despotisme. Votre mari a bien fait, lui aussi, de quitter le métier de soldat pour se consacrer entièrement à la rédemption du peuple.

J'appris alors, pour la première fois, que Frédéric n'appartenait plus à l'armée; mais je dissimulai et ma surprise et mon dégoût de subir les familiarités d'un homme tel qu'Ubald.

— Pensez-vous, lui demandai-je, espérant en obtenir quelque renseignement de plus, pensez-vous que M. Délécour revienne bientôt?

— Vraiment je ne sais. La mission dont il est chargé est délicate... Mais j'oublie que ces affaires-là ne concernent pas les femmes.

— Cependant, repris je, l'endroit où il se rend n'est pas si loin...

—C'est vrai, poursuivit Ubald: de Paris à Lyon il y en a pour moins de deux jours; mais le plus long du voyage n'est pas sur la grande route. Suffit... ne me faites pas causer; ça pourrait me coûter cher, et à vous aussi. Ce que je puis faire pour vous, c'est de me mettre entièrement à votre disposition.

L'audace croissante de ce hideux protecteur me donna la force de lui dire :

— Mon mari est absent; ni vous ni personne ne mettrez les pieds chez moi avant son retour.

Et comme il persistait :

— Laissez-moi, monsieur, ou bien j'appelle un sergent de ville et je vous consigne entre ses mains.

— Là, là, pas d'esclandre, la belle dame ! répliqua-t-il ; je m'aperçois que le sang des Montfort bout encore dans vos veines, moi qui vous croyais démocratisée... sans quoi, la nuit dernière... suffit, je m'entends. Mais une occasion manquée se retrouve, entendez-vous ? et vous passerez sous le niveau, Mademoiselle Elisa, vous y passerez avec tous les autres aristos d'Auvergne et d'ailleurs...

Je le laissai exhaler ces menaces sauvages et m'éloignai, non sans m'être retournée pour m'assurer qu'il ne me suivait plus.

Vous vous souvenez, Antoine, quel homme détesté et méprisable c'était que cet Ubald, lorsqu'il habitait encore ici, comment personne ne pouvait le souffrir, et comment mon père le chassa de sa présence. Son séjour à Paris lui avait permis d'acquérir non pas des manières, les loups ne s'apprivoisent pas, mais de l'audace : c'était toujours le rebutant personnage d'autrefois, mais plus dangereux.

Je me traînai comme je pus à mon cinquième étage et m'enfermai chez moi, résolue à ne plus sortir que le lendemain, de très-bonne heure, afin d'aller à l'église et de me procurer le peu dont j'avais besoin pour vivre. Il me restait encore une pièce de cinq francs et quelque menue monnaie d'une dernière charité de la dame que j'ai men-

tionnée ; je me proposai de ne pas me servir d'autre argent
que de celui-là, et de m'arranger de manière à le faire durer jusqu'au retour de Frédéric. J'y réussis, car, plus que le
pain, mon aliment fut la prière, dans laquelle je trouvais
ma principale force. Je priais surtout pour la conversion
de mon pauvre Frédéric, non seulement par acquit de conscience, mais parce que, malgré tout, je l'aimais encore !
Le monde n'avait plus à m'offrir ni espoir ni consolation.
Je prévoyais un avenir pire que le passé ; aussi je ne demandais plus rien à Dieu que le courage de souffrir avec
résignation jusqu'au bout, en expiation de mes péchés et
pour le salut de ceux qui m'étaient chers. Je n'invoquais
point la mort ; mais je l'espérais, comme le terme de mon
martyre. Une seule chose attristait pour moi cette perspective désirable d'une fin prochaine : c'était le regret de
mourir sans avoir obtenu la bénédiction de mon père.

Au bout de huit jours, Frédéric revint, selon sa promesse.
Il était de si bonne humeur que jamais je ne l'avais vu
d'une gaîté pareille. Il était habillé de neuf et tout indiquait
une amélioration dans sa fortune. Il m'embrassa affectueusement, s'affligea de ne pas trouver sur mon visage la
fraîcheur que donnent la santé et le contentement, et
m'annonça que dans un mois nous irions nous établir à
Lyon, où il avait trouvé dans une maison de commerce un
emploi très-avantageux.—Je ne t'ai pas encore dit, ma bonne Elisa, ajouta-t-il, que j'ai jeté aux orties la défroque militaire, afin de tenter la fortune par une autre voie. J'avais
espéré un instant de faire mon chemin dans l'armée ; mais
les faveurs que le despotisme prodigue à ses adulateurs,
mais la morgue, ou plutôt la basse jalousie de certains camarades qui affectaient de m'éviter, mais bien d'autres
raisons encore m'ont découragé. Je ne suis point né pour
ramper, vois-tu, ni pour patauger dans les bas fonds so-
ciaux. A d'autres de vivre de peu ; moi j'aspire plus haut.
Mon nouvel emploi ne me donnera guère moins de cinq

cents francs par mois. Qu'en penses-tu ? En es-tu contente, mon amie ?

— Sans doute, Frédéric, si cela peut contribuer à ta félicité, que je désire par-dessus tout autre chose.

—Certainement, je serai heureux, puisque je serai riche; et tu seras heureuse aussi.

— Pourvu que tu m'aimes ! ... m'écriai-je avec l'élan d'une affection si longtemps contenue et qui trouvait enfin l'occasion de s'épancher.

— Evidemment, ma chère, pourvu que, de ton côté, tu n'exiges pas de moi un amour trop sentimental. Les langueurs et les petits soins ne vont pas à mon caractère ni à mes principes. Tout ce qui comprime la liberté des sens et de l'esprit est contraire à la nature. Ton éducation, je le sais, s'effarouche de ces idées nouvelles. Tu as été élevée dans un mysticisme qui pouvait avoir du bon aux époques barbares, mais qui est un anachronisme aujourd'hui.

La tristeste que réveillèrent en moi ces dernières paroles me fit payer cher le soulagement momentané que venait d'éprouver mon cœur. Toutefois je dissimulai, de peur de provoquer sa colère ; je savais du reste par expérience qu'il ne pouvait rien résulter de bon, pour lui ni pour moi, d'une conversation prolongée sur un pareil sujet.

Je lui rendis la bourse qu'il m'avait laissée en partant et, malgré ses instances, je refusai absolument de la garder. Que m'importe le superflu, lui dis-je, dès lors que j'ai le nécessaire de chaque jour ? Mais lui il ne se contenta point de me reprocher une parcimonie que rien ne justifiait maintenant; il dépensa une grande partie de la somme à m'acheter des vêtements plus en rapport, selon lui, avec notre nouvelle position. Il allait jusqu'à m'obliger à prendre un fiacre chaque fois que je sortais de la maison, car il professait, à la vérité, des idées démocratiques, mais en attendant le jour où elles fussent universellement appliquables, il ne dédaignait pas de prendre sa part des priviléges.

Si son humeur s'était améliorée, je n'en pouvais dire autant de sa conduite. J'étais de nouveau des journées entières sans le voir, sans savoir même où il était. Je ne lui parlais point, à moins qu'il ne m'adressât la parole. Je tâchais seulement que, lorsqu'il rentrait, rien ne lui manquât de ce qu'il pouvait désirer. Il ne voulait pas, disait-il, me rompre la tête de ses affaires, puisqu'il trouvait bon que de mon côté j'agisse à ma guise. En effet, je dois l'avouer, bien que mes principes fussent si différents des siens et qu'il me vît assidue aux actes de piété qu'il qualifiait de joug odieux et d'exploitation de l'homme par l'homme, il fut toujours conséquent avec lui-même en me laissant pleine liberté.

La seule défense qu'il me fit, ce fut de rechercher les parents de ma famille et de renouer avec eux la moindre relation. Il ne me fut point difficile de lui obéir : ma répugnance naturelle étant déjà fort vive à m'humilier devant eux et à leur faire connaître des malheurs dont j'étais la première responsable.

Frédéric dut penser sans doute plus d'une fois à l'immensité des sacrifices que j'avais faits pour lui. Sa nature n'était point mauvaise. Mieux dirigé dès l'enfance, il eut certainement fait un autre usage de ses facultés brillantes. Du moins il n'employa jamais à mon égard aucun traitement brutal, comme en avaient à subir, malheureusement, les femmes de plusieurs de ses amis. Il est vrai que ces dernières, avec lesquelles je n'avais du reste aucune relation, n'étaient généralement retenues auprès d'eux par aucun lien régulier.

Le jour du départ approchait, et je ne voulais pas quitter Paris sans emporter la bénédiction du P. Athanase. Je me rendis donc à son couvent; il m'encouragea vivement à persévérer dans mes bons propos et à compter sur la miséricorde de Dieu; puis il me donna une lettre pour une religieuse de Saint Vincent de Paul de Lyon et il m'annonça qu'il espérait me voir lui-même dans cette ville à son re tour d'un prochain voyage à Rome. Le séjour de la capitale n'avait rien qui pût me la faire regretter. Cependant je ne pus me défendre, en songeant à la quitter, d'un sentiment de tristesse profonde. Il me semblait courir au-devant de nouvelles et plus graves douleurs ; et lorsqu'arriva le jour du départ, j'éprouvai une angoisse mortelle. Des projets de mon mari, de son emploi véritable, je ne connaissais absolument rien. Le peu que j'en devinais ne servait qu'à alimenter mes funestes prévisions.

Nous vendîmes de notre mobilier ce que nous ne pouvions emporter, et le 16 janvier 1834, nous partîmes pour Lyon. Ubald nous y attendait à l'arrivée de la diligence ; il appela une voiture où nous montâmes et qui nous conduisit à une maison de la place des Jacobins. La vue de ce malheureux Ubald raviva tous mes pressentiments, et l'idée d'avoir à me trouver en contact avec lui m'inspira une telle appréhension que je n'osai jamais le regarder en face.

CHAPITRE VII.

Nouvelles infortunes.

—

Notre habitation nouvelle était, sinon confortable, au moins très-décente. Frédéric l'avait prise toute meublée ; il la payait, me dit-il, huit francs par jour. Ulbald, non content de nous avoir accompagnés, s'employa au transport de nos malles et se mit à ranger nos meubles, comme s'il devait rester notre familier. Le déplaisir que j'en éprouvai fut si vif que je ne pus m'empêcher d'en parler à mon mari. Non, m'écriai-je dans la chaleur de mon indignation, je ne serais pas venue, si j'avais su que vous m'obligeriez à voir souvent cet homme.

Frédéric parut surpris de mon animation inusitée; mais il ne s'en fâcha point. Au contraire, il me prit à part et me dit :

—Élisa, ne fais pas attention à lui; il ne restera pas avec nous : je lui chercherai dès ce soir un logis dans le voisinage. Mais il m'a rendu de grands services ; il peut m'en rendre encore, et je te saurai gré, en attendant, de ne pas te départir à son égard de ta courtoisie habituelle.

Je le remerciai sincèrement de sa condescendance, et comme il insistait sur la nécessité de trouver quelqu'un qui m'aidât dans les gros ouvrages de la maison, j'obtins de chercher moi-même cet aide prétendu indispensable et de m'arranger à ma guise.

Le soir même, je me rendis chez les Sœurs de charité, dont la maison était peu éloignée de notre demeure, et je remis la lettre du P. Athanase à sœur Rosalie : c'était l'adresse qu'il m'avait donnée.

Je ne saurais exprimer l'empressement et la bienveillance de l'accueil qui me fut fait. Encouragée par tant de bonté, je n'hésitai pas à demander par quel moyen je pourrais me procurer une servante honnête et qui pût me servir à la fois d'aide et de compagnie.

L'excellente religieuse réfléchit un instant : Madame, s'écria-t-elle, votre requête ne pouvait m'arriver plus à propos. Nous avons ici une jeune fille du nom de Béatrice, orpheline élevée dans notre école; elle est sans emploi pour le moment et nous serions charmées de la placer dans une bonne famille. Tenez, si vous ne craignez pas d'attendre quelques minutes de plus, je vais la faire appeler et vous la jugerez vous-même.

Sœur Rosalie était une femme de cinquante ans environ, assez bien faite, mais dont le visage ne conservait que les traits principaux d'une beauté détruite moins par l'âge que par les fatigues. Elle jouissait d'une grande réputation de sainteté et beaucoup de personnes avaient recours soit à ses prières, soit à ses conseils.

Son aspect affable et modeste, la dignité de son maintien, sa conversation sobre mais pleine de sens, et par-dessus tout son inépuisable charité la rendaient si respectable que personne n'eût osé mal parler d'elle, au moins publiquement. Elle m'inspira dès l'abord une telle confiance qu'en attendant l'orpheline je lui ouvris entièrement mon âme ; elle en eut du reste bien vite pénétré tous les replis, grâce à sa profonde connaissance du cœur humain.

Une demi-heure me suffit pour l'aimer comme une mère. De son côté elle montra une grande émotion au récit de mes aventures et plus d'une fois je vis ses yeux humides. Ainsi s'établit entre nous cette réciproque et suave intimité que peut seule créer, même entre personnes qui ne se sont jamais vues, la charité de Jésus-Christ.

Cependant arriva la jeune fille. Elle me plut et consentit volontiers à me suivre. Moins jeune que je ne l'avais supposée, elle approchait de trente ans, avait l'esprit très-éveillé et connaissait bien le monde ; choses précieuses pour moi, vu les circonstances particulières de ma maison.

Je priai également sœur Rosalie de m'indiquer un bon confesseur qui ne fût pas trop éloigné de chez moi ; elle me nomma un frère Thomas, des Mineurs Observantins, et je la quittai très-consolée.

A la suite de ces premières dispositions, je me sentis plus tranquille et je me figurai pouvoir envisager l'avenir en face avec plus de calme, quelque trouble et incertain qu'il s'annonçât. Je trouvai en rentrant mon mari qui, ne m'attendant peut-être pas si tôt, se montra surpris et contrarié. Il se retira avec une liasse de papiers dans une chambre qu'il s'était réservée pour en faire son cabinet de travail et qui avait une issue particulière sur l'escalier.

Etant redescendue un instant, je ne me rappelle plus pourquoi, je croisai sur la porte, en remontant, Ubald, qui s'en allait tenant un paquet sous le bras et qui m'arrêtant au passage, me dit avec une voix et des gestes dont je fus toute saisie :

— Madame, c'est vous qui me faites chasser d'ici ; mais cette injure crie vengeance et je me vengerai.

En parlant ainsi il disparut. Je compris qu'il en était venu avec Frédéric à des paroles acerbes et qu'il m'imputait ce qui avait pu lui être dit de désobligeant. Ces menaces furent pour moi une nouvelle source d'inquiétude, bien que je m'efforçasse de n'y voir qu'une vaine forfanterie.

Mais que faisait Frédéric à Lyon ? Comment gagnait-il l'argent qu'il me laissait en abondance, et les sommes plus considérables encore qu'il devait dépenser pour son propre compte ? Je n'osais le lui demander, mais je le devinais trop. Toutefois, comme je me doutais bien que cette fortune mystérieuse et pour ainsi dire improvisée ne durerait pas toujours, je me proposais de ne dépenser que le nécessaire et de mettre secrètement le reste en réserve. Cette résolution passa en habitude lorsque je soupçonnai que j'allais être mère pour la deuxième fois. L'idée d'avoir un fils était pour moi remplie de tristesse quand je songeais aux privations réservées probablement à sa jeunesse, quand je songeais surtout aux mauvais exemples du père ; mais, d'autre part, elle ranimait mon courage et me rendait l'espoir de rattacher un jour mon mari, par les liens de la famille, à une vie plus correcte et moins dissipée. Hélas ! il me fut aisé de voir dès lors que je me faisais illusion ; car lorsque j'annonçai mon état à mon mari, non seulement il ne m'exprima aucune satisfaction de cette nouvelle, mais il m'écouta en silence, puis me tourna les épaules comme si la chose lui eût été complétement indifférente. Cependant elle ne l'était pas, je le reconnus à la mauvaise humeur qu'il me témoigna durant plusieurs jours.

Il était évident que le peu de bons sentiments qui lu
restaient achevait de disparaître dans la vie désordonnée
qui était la sienne ; mais pouvais-je me plaindre, moi qu.
avais rempli ce calice d'amertume, d'être obligée de le boire
jusqu'à la lie ? Non ; je priais seulement le Seigneur et sa
sainte Mère de soutenir ma résignation.

Sur ces entrefaites arriva la journée du 12 février, dans
laquelle quatre mille ouvriers en soie quittèrent les ateliers
sous prétexte d'insuffisance de salaire. Grande fut l'épouvante dans la ville, parce que chacun devina dans cette
suspension de travail l'œuvre des sociétés secrètes et les présages d'une révolution politique

Frédéric était alors très-occupé. Il ne rentrait que pour
passer les nuits dans son cabinet en longues et secrètes con-
férences avec des inconnus. L'agitation était dans son esprit comme chez tout le monde ; mais, contrairement aux
autres, la nouvelle de la reprise des travaux huit jours après
ne contribua nullement à le calmer, On parlait beaucoup
de la fusion de la *Société mutuelle des travailleurs lyonnais*,
laquelle n'était dans son principe qu'une association de bienfaisance, avec celle des *Droits de l'homme*. Toujours est-il
que l'une et l'autre étaient l'objet des adulations les plus
basses et les plus affectées de la part des journaux révolutionnaires dont je trouvais plus d'une épreuve dans le cabinet de Frédéric.

Le gouvernement ne s'endormait point comme il avait
fait deux ans auparavant en des circontances analogues.
Il y avait à Lyon une telle concentration de troupes que la
ville ressemblait à un vaste camp. A puyée de forces aussi
respectables, la Préfecture crut pouvoir afficher un décret
sur les associations et faire incarcérer quelques ouvriers
des plus turbulents. Ces précautions rigoureuses, bien loin
d'intimider les factieux, ne servirent qu'à leur fournir un
prétexte. On persuada aux *mutualistes* que leur associa-

tion était ménacée, et, dès ce moment, ils firent franchement cause commune avec les républicains.

Dans la matinée du 9 avril, les places et les principales
rues de la ville se trouvèrent occupées par la milice décidée à dissiper les attroupements et à châtier les rebelles.
Ceux-ci n'en construisirent pas moins des barricades, et, vers
dix heures, le canon commença à gronder. On combattait de
part et d'autre avec acharnement, mais l'infériorité d'ar-
mement des insurgés ne pouvait permettre aucun doute
sur l'issue de la lutte.

Toutes les maisons étaient fermées, et, si l'on voyait une
fenêtre s'ouvrir, c'était pour laisser passer le canon d'un
fusil ou quelque projectile qu'on lançait sur les soldats.
Ceux-ci, exaspérés, enfonçaient les portes, envahissaient les
habitations et massacraient coupables et innocents. Sur
les toits, des groupes de femmes, de vieillards et d'enfants
poussaient des cris et augmentaient la terreur et la confusion.

Je ne savais absolument rien de mon mari, mais je devinais trop bien où il était; je me figurais le voir dans quelqu'une de ces mêlées féroces où l'on combattait corps à
corps, faire preuve d'un courage désespéré et tomber victime de son audace ; je tremblais comme une feuille, et,
dans l'exaltation de la peur, je courais de tous côtés par
la maison, tantôt pleurant, tantôt priant, tantôt regardant
avec discrétion à travers les vitres, mais n'osant les ouvrir.
La troupe tirait sur toute fenêtre qui s'ouvrait.

La lutte fut particulièrement chaude et obstinée sur la
place des Jacobins. L'église de ce nom, tout entourée de
barricades, était un des centres de l'insurrection. Je pouvais
voir sans sortir ce spectacle horrible auquel me ramenait
malgré moi l'espoir de découvrir mon mari ou d'apercevoir quelqu'un qui m'en pût donner des nouvelles. En effet,
dans la matinée du 12, la troupe ayant, par un mouvement
de concentration, laissé libre la place du côté où je me trou-

vais, je vis passer un homme armé que j'avais remarqué
une fois dans le cabinet de mon mari, et qui courait vers
le faubourg de Vaise.

J'ouvris précipitamment la fenêtre, et, me penchant au
dehors :

— Eh! lui criai-je, Monsieur, auriez vous vu Frédéric
Délécour ?

— Il est là, dans l'église, répondit-il sans s'arrêter ;
il se bat comme un lion.

Je refermai la fenêtre et ne détachai plus mon regard de
l'église, dont les abords retentissaient du bruit de la fu-
sillade.

Finalement, la troupe ayant balayé tous les obstacles,
fit sauter de dessus ses gonds la porte de l'édifice sacré et
pénétra sous la voûte avec toute la furie d'une aveugle
vengeance. Ce qui s'y passa, je ne saurais vous le dire. Je
vis seulement d'une porte latérale sortir une douzaine
d'hommes, dont deux se dirigèrent vers ma maison. Je
crus, dans un de ces derniers, sous le masque de sang et
de poudre qui le couvrait, reconnaître mon mari.

A cet aspect, la joie et la terreur m'agitèrent terriblement. J'envoyai Béatrice faire ouvrir en toute hâte la
porte de la rue ; moi-même, incertaine encore, je restai
le visage collé contre les vitres. Mon mari, car c'était bien
lui, leva les yeux, me reconnut et me fit signe qu'il voulait entrer.

Mais tandis qu'on lui ouvrait, celui qui l'accompagnait
passa derrière lui, leva le bras et, le frappant de toute sa
force dans le dos, le fit rouler sur le sol.

Cet homme était le misérable Ubald ; il se vengeait
ainsi de l'affront qu'il disait avoir reçu de moi quelques
jours auparavant.

Je ne m'étais pas rendu compte du premier coup de ce
qui venait de se passer ; je supposais que Frédéri était
tombé par suite d'un accident ou de sa précipitation à ren-

trer; mais, ayant couru au devant de lui sur l'escalier, je le vis aux bras de Béatrice et du concierge, qui le transportaient. Je poussai un cri et tombai évanouie.

En recouvrant mes sens, je volai au lit de Frédéric et donnai par mes larmes un libre cours à ma douleur. Mais combien miséricordieusement Dieu tempère les amertumes par les consolations! Je trouvai au chevet du blessé cet ange de bonté, sœur Rosalie, qui toute la matinée, bravant les plus graves périls, avait parcouru les rues ensanglantées par la guerre fratricide et porté de maison en maison et de barricade en barricade les secours de sa charité. Au moment où elle passait devant notre maison, un voisin sans doute la lui avait indiquée comme venant de s'ouvrir pour un blessé, et elle était montée avec empressement.

En reconnaissant sœur Rosalie, je me jetai dans ses bras sans pouvoir proférer une parole; mais je sentis renaître en moi l'espérance et mes forces abattues. Frédéric lui-même paraissait extrêmement touché des soins de la religieuse et de ses manières aimables. Il semblait comprendre, pour la première fois peut-être, la différence qu'il y a entre la charité désintéressée qui s'inspire de l'amour de Dieu et cette fraternité menteuse qui se nourrit d'ambitions personnelles et de haine contre ceux qu'elle nomme privilégiés.

Frédéric souffrait beaucoup. Le sang qu'il perdait l'avait grandement affaibli, et déjà se manifestaient les symptômes d'une violente inflammation à l'abdomen, où il se plaignait de souffrir cruellement. Il eût été plus urgent de courir appeler un prêtre qu'un médecin; et déjà sœur Rosalie sortait pour chercher l'un et l'autre, lorsque nous entendîmes dans l'escalier un grand bruit de gens qui montaient, puis qui sonnaient chez nous avec fracas et ébranlaient la porte à coups redoublés.

J'allai ouvrir, suivie de Béatrice, et je me trouvai face à face avec huit ou dix soldats qui tenaient leurs bayonnettes en avant et criaient comme des forcénés: « C'est ici, c'est ici ! Il y a ici un insurgé ; livrez-le nous, ou malheur à vous ! »

Béatrice voulait les arrêter par force ; elle fut légèrement blessée d'une bayonnette dans le bras. Moi je me jetai à genoux devant eux, les suppliant d'épargner mon mari ; ils me renversèrent par côté et s'élancèrent, criant toujours, jusqu'à la chambre où gisait Frédéric. Mais là ils rencontrèrent sœur Rosalie :

— Au nom de Dieu, retirez-vous, leur cria-t-elle en couvrant le blessé de son corps ; que venez-vous faire ici? Achever un ennemi qui ne peut plus se défendre? Le bel exploit pour des chrétiens et pour des soldats français ! Vous ne toucherez pas à cet homme, c'est moi qui vous le dis ; vous n'y toucherez pas, à moins que vous ne m'ayez frappée la première et que vous ne passiez sur le cadavre de sœur Rosalie !

Ce nom de sœur Rosalie, qui était en grande réputation dans les hospices militaires, fit tomber comme par enchantement la fureur des soldats. « Sœur Rosalie! s'écria l'un, Dieu nous préserve de faire du mal à sœur Rosalie! — Sœur Rosalie, ajouta un autre ; mais je l'ai vue plus d'une fois à mon chevet quand j'étais malade à l'hôpital! » A ces mots, ils se retirèrent sans bruit, mais non sans avoir donné à la bonne sœur des signes manifestes de respect et même de sentiments pieux.

Le calme de la religieuse était pour mon courage un exemple et un appui souverains. Sans elle j'aurais succombé sous le poids des émotions terribles dont il plut au Seigneur de châtier mes fautes, dans ce jour funeste.

Après avoir exploré, d'un coup d'œil, la place et annoncé qu'elle était complétement libre de troupes (l'insurrection ayant été écrasée sur tous les points, ainsi que je l'appris plus tard), sœur Rosalie sortit enfin pour chercher un médecin et un prêtre. Elle trouva le premier dans une pharmacie voisine. Celui-ci s'empressa d'accourir, sonda la blessure, appliqua un premier pansement et déclara que le cas était grave, très-grave, et qu'il reviendrait aux premières heures de la nuit.

Je passai le reste du jour à côté de Frédéric, lequel n'éprouvait aucun soulagement du pansement du médecin. Lorsque j'avais fait pour lui le peu que je pouvais, je priais en silence et demandais à Dieu qu'il me le conservât, mais qu'après tout sa sainte volonté fût faite et non la mienne.

Frédéric me regardait sans proférer une parole ; mais ses regards et quelquefois un léger branlement de sa tête m'indiquaient qu'il n'ignorait point le péril de sa situation. J'essayai à plusieurs reprises de l'entretenir de la miséricorde divine, de la caducité des espérances humaines, de la vanité de la vie présente et des béatitudes éternelles de la vie future : il paraissait insensible, comme s'il ne m'eût pas entendue. Toutefois je ne voulais pas désespérer encore de le tirer de son apathie religieuse.

La foi, incontestablement, était profondément assoupie dans son cœur, mais non morte. Dans ses pires moments, alors qu'il abandonnait toute pratique religieuse, il avait gardé à son cou une médaille de la Vierge immaculée, dont j'eus moi-même à renouveler plusieurs fois le cordon usé. Je me flattais que ce faible signe de religion supposait dans son cœur une dernière étincelle qui pourrait se rallumer à la présence de la sœur et du prêtre.

En attendant leur arrivée, qui tardait beaucoup au gré de mes désirs, je choisis un moment ou le malade me parut endormi et, m'agenouillant devant l'image de la sainte Vierge que j'avais emportée de ma chambrette de jeune fille, je fis à voix basse la prière suivante, ou à peu près :

« Vierge sainte, Mère de mon Dieu, vous savez quelle « pauvre et inutile créature je suis. Eh bien, faites que « votre divin Fils accepte l'offre que je lui fais de ma vie en « échange de celle de mon mari, afin que ce dernier vive

« et se sanctifie et qu'il ne soit pas séparé de moi durant
« l'éternité ! »

Cela dit, je me relevai tout doucement, et je vis que Frédéric s'essuyait furtivement les yeux, tâchant de dissimuler
l'émotion que lui causait ma prière.

Au bout d'un instant, il me fit signe de m'approcher et
me demanda si Lyon était tranquille.

—Tout-à-fait tranquille, lui répondis-je.

—Malheur ! reprit-il avec une animation qui dépassait
ses forces, notre triomphe est encore ajourné ! Que vont
devenir Poujol, Martin, Bertholon, Baune ?.. Le roi-citoyen
les fera fusiller... Et ce scélérat d'Ubald qui, en guise de
remercîments de mes bienfaits, m'a assassiné... malédic-
tion ! Oh ! si je survis !..

— Tu lui pardonneras, Frédéric, suggérai-je, tu lui pardonneras, car tu redeviendras chrétien, et tu vivras pour
ta femme et pour ton enfant, et non plus pour des chimères
qui t'ont coûté si cher...

— Pardonner? Moi ! répliqua-t-il ; et la douleur ne lui
permit pas d'achever sa pensée autrement que des yeux ;
mais là je pus lire une sorte de serment de haine dont je
fus atterrée.

Béatrice vint annoncer la présence d'un monsieur qui
demandait à parler à monsieur Délécour. Cette visite me
parut suspecte ; j'aurais voulu l'empêcher à tout prix.

— Ne lui avez-vous donc pas dit qu'il est malade ?
demandai-je à Béatrice ; répondez-lui qu'il revienne un
autre jour. Aujourd'hui on ne peut le recevoir.

— Pardon, qui que ce soit, interposa Frédéric, faites-
entrer.

Faute de pouvoir mieux, j'allai au devant de l'importun
visiteur et le suppliai d'abréger autant que possible et de
ne parler qu'avec la plus grande discrétion. Il me le promit sans s'arrêter. C'était un homme de taille athlétique,
au front spacieux, au regard excessivement mobile, à la

barbe longue et inculte. Ses vêtements annonçaient qu'il n'appartenait point à la classe ouvrière, et leur désordre était tel qu'ils semblaient sortir d'une lutte corps à corps :

— Je t'ai vengé, Délécour ! s'écria-t-il avec un accent féroce et dès en entrant. J'ai vu, en sortant de l'église après toi, le traître qui t'a frappé dans les reins ; je l'ai poursuivi jusqu'à l'entrée de l'allée de l'Argue, où il cherchait un refuge ; je l'ai saisi par le cou, et je lui ai montré ta maison pour lui faire comprendre de quel crime j'allais le punir, et je lui ai enfoncé dans le cœur ce poignard que voici. Le misérable reptile s'est traîné jusqu'au bas du perron de l'allée, puis il n'a plus bougé ; je l'ai poussé du pied, et certain qu'il était mort, je me suis éloigné, car il ne fait pas bon attendre la troupe.

A ce sauvage récit, les yeux de Frédéric étincelèrent de joie. Ne pouvant parler, il serra la main de ce démon et y appliqua des baisers réitérés.

— Courage, ami, reprit l'inconnu avec emphase ; si tu succombes, ton nom demeurera éternellement parmi ceux des héros tombés pour la patrie et pour le rachat de l'humanité. Si le présent nous échappe, l'avenir est à nous. En mourant, nous aurons frappé au cœur le Fanatisme ; nous aurons agrandi la sphère de l'Idée ; nous aurons inscrit nos noms au Panthéon de l'humanité. Pour moi, je te le jure, si je tombe dans les mains des bourreaux de la Liberté, par le génie de Robespierre, je mourrai digne d'elle, et de toi, et de tous mes amis !.. Adieu.

Il lui serra de nouveau la main et partit.

Ce fanatique qui débitait d'aussi belle phrases contre le fanatisme, parut avoir détruit mes dernières espérances de la conversion de mon mari. La vue et les déclamations de ce malheureux avaient ranimé chez Frédéric les sauvages instincts de la haine et de l'impiété ; immobile et impuissant dans son lit, il rugissait pour ainsi dire intérieurement, comme un animal féroce frappé à mort qui

ne pouvant déchirer le chasseur, mord et déchire le trait
dont il est atteint.

Je n'avais jamais si bien compris à quel degré d'abru-
tissement pouvait descendre l'homme sans Dieu, et je me
sentais humiliée de voir tombé aussi bas celui auquel
j'étais unie par les liens d'un sacrement. Paris m'avait
fait l'effet d'un repaire de démons; mais à Lyon il me
semblait assister à leur triomphe. J'en éprouvai une consternation si grande que je ne pouvais plus supporter la
vue de Frédéric, d'autant que les traits de son visage se
décomposaient à vue d'œil et qu'il devenait méconnaissa-
ble. Je dus, en conséquence, appeler Beatrice et la prier
de ne plus me laisser seule, jusqu'au retour de sœur Rosalie que j'attendais avec tant d'anxiété.

Le soleil commençait à baisser, et l'état du malade ne
cessait pas d'empirer. Une fièvre ardente le consumait;
il ne faisait plus aucun mouvement, sinon pour me demander à boire, et ressemblait moins à un homme vivant
qu'à un cadavre. Je n'osais lui adresser la parole, et lui,
de son côté, il gardait une impassible taciturnité. Ce silence, dans lequel n'habitait point l'esprit du Seigneur,
me faisait frissonner; je me figurais assister à l'agonie d'un
maudit, et être moi-même enveloppée dans cette malédic-
tion. Mon imagination, toujours prompte à s'enflammer,
me représentait vivement l'énorme faute que j'avais com-
mise en me livrant à un pareil homme; mon esprit se
remplissait de fantômes; un invincible sentiment d'abandon
et de désolation ôtait tout ressort à mes facultés, si bien
que je me sentais incapable non-seulement d'agir, mais de
coordonner mes pensées.

Je fus secouée de cette espèce de léthargie morale par le
carillon répété de la sonnette; je me levai en sursaut,
courus à la porte et reconnus sœur Rosalie.

La bonne religieuse, frappée de mon air de consternation, dont elle devina bien vite le motif, m'embrassa

affectueusement, et, avec le suave langage de la charité,
me reprocha mon peu de foi dans la miséricorde infinie
de Dieu. Ces exhortations me raffraîchirent le cœur et me
firent rougir de ma faiblesse.

— Il est au plus mal, annonçai-je à demi-voix à sœur
Rosalie; je tremblais que vous n'arrivassiez trop tard...

— Vous avez raison, ma chère enfant, répondit-elle; j'aurais dû revenir plus tôt. Mais j'ai rencontré d'autres malheureux en route et je suis loin d'avoir, hélas! dans le
service de Dieu, l'activité que réclameraient les circonstances... Que voulez-vous? Dieu suppléera à l'infirmité
de mes efforts.

— Et ramenez-vous un prêtre? demandai-je d'un voix
tremblante.

— Ma fille, ce n'est pas sans peine que j'en ai trouvé un.
Tous ces messieurs sont dispersés, un peu partout, dans les
fonctions de leur saint ministère. Mais la Providence m'a
favorisée enfin plus que je n'osais l'espérer, car lorsque
j'entrais dans une maison de la rue Neyret, j'en ai vu
sortir... devinez qui?.. le Père Athanase, de passage à
Lyon à son retour de Rome, et qui sera ici dans quelques
minutes.

— Soyez béni, mon Dieu! m'écriai-je avec un transport
de joie ineffable. Ah! sœur Rosalie, quelles heures terribles j'ai passées depuis votre départ!

Et ici, la retenant un moment dans l'antichambre, je
lui racontai sommairement ce qui était arrivé, les dispositions peu satisfaisantes de Frédéric, mes terreurs et mon
désespoir.

— Je doute fort qu'il accueille le P. Athanase, ajoutai-je
tristement.

— Courage, Elisa, courage et confiance! dit la religieuse.
Dieu est tout-puissant.

— Mais vous, ma sœur, mon unique amie, vous ne me
quitterez point, n'est-ce pas? vous assisterez jusqu'au bout

cette pauvre abandonnée qui n'a personne ici... ni ailleurs, pour la soutenir et l'aider? Pour l'amour du ciel, ayez pitié de moi, ma sœur! sans vous je ne sais pas ce que je deviendrais...

Elle m'embrassa de nouveau, me serra contre son sein avec une tendresse toute maternelle, et me dit:

— J'ai prévenu votre désir, Elisa; j'ai demandé à mes supérieures la pemission de ne pas rentrer au couvent ce soir et de rester auprès de votre mari autant qu'il sera nécessaire. Je viens passer la nuit avec vous.

CHAPITRE VIII.

Le moment de la grâce.

—

Cette annonce de la bonne sœur me mit, comme on dit, du baume dans le sang. J'introduisis la religieuse dans la chambre du blessé, dont la respiration pénible lui causa une douloureuse surprise.

Il était couché à la renverse, immobile et les yeux fermés. Sœur Rosalie le considéra un instant, puis se retira avec une certaine expression d'horreur qu'elle réprima aussitôt. Elle s'agenouilla au pied du lit; je l'imitai, et nous recitâmes ensemble à voix basse la prière : « Souvenez-vous », au moyen de laquelle on avait obtenu, me dit-elle, beaucoup de conversions désespérées.

S'étant relevée, la pieuse femme s'approcha de nouveau de Frédéric. Celui-ci ouvrit les yeux, la reconnut, et, d'une voix faible et caverneuse :

— Je suis mal, bien mal.

Pour réponse, elle lui essuya le front avec un mouchoir et parla du médecin qui ne pouvait tarder.

— Pas besoin de médecin, reprit-il ; qu'on me laisse mourir en paix.

— La paix n'est pas de ce monde, répliqua-t-elle ; la paix habite là-haut. Si Dieu avait résolu de vous appeler à cet immortel séjour où ne se voient plus ni les injustices, ni les inégalités, ni les trahisons, ni les déceptions amères que vous avez pu rencontrer ici-bas, ne vous soumettriez-vous pas avec respect à sa volonté sainte ?

Tandis qu'elle essayait ainsi de lui parler le langage que peuvent comprendre ces réformateurs humanitaires dont les intentions valent quelquefois mieux que les théories, je me tenais debout à côté d'elle, et je respirais à peine, tant j'épiais anxieusement le sens de toute parole, de tout mouvement de mon mari.

Sur le visage de la religieuse, on lisait ce calme serein qui est le propre de ceux dont tous les désirs et toutes les espérances reposent en Dieu. Son regard s'élevait parfois vers le ciel, comme pour y chercher lumière et conseil, et ses paroles coulaient de sa bouche comme si elles eussent été inspirées. Je me rappelle tout ce qu'elle dit ; je me le rappelle comme si c'était hier.

Frédéric ne répondait pas, voulant peut-être peser ce qu'il dirait : Non, murmura-t-il enfin, ne me parlez pas de Dieu, je n'en connais pas d'autre que l'humanité. La rédemption ? elle est à refaire, à refaire au rebours de celle du Christ ; elle consistera dans l'affranchissement absolu de la pensée, des affections et des sens, toutes choses que votre Dieu a mises sous le joug.

— Mon ami, reprit la sœur, tout cela serait bon si ce n'était pas Dieu qui fût le maître ; mais il l'est, et non pas l'homme : vous ne le voyez que trop en ce moment. Mais Dieu est mieux qu'un maître, c'est un ami, c'est un père.

Ah ! si vous vous jetiez dans les bras de son amour, au lieu de discuter misérablement contre lui !.. Mais à quoi bon désormais vous courroucer contre Dieu et contre la société? Cela se pouvait comprendre quand vous aviez devant vous un long et riant avenir, quand les plaisirs et les vanités du monde pouvaient séduire encore votre imagination...Mais dans ce moment suprême, où tout semble vous échapper, n'éprouvez-vous pas le besoin de vous appuyer sur quelque chose de solide et d'impérissable?.. Dites, ne sentez-vous pas dans le fond de votre conscience une voix plus forte que les préjugés, une voix qui proclame que votre âme est immortelle et que vous serez jugé sur le bien ou sur le mal que vous aurez fait?

— Si je devais être jugé comme catholique, je serais irrévocablement perdu. Jésus a eu dans ma personne un de ses plus inplacables ennemis. Une réconciliation entre nous, à la dernière heure, c'est impossible.

— Pauvre Monsieur Délécour, je vous plains ! vous imitez les Juifs : vous maudissez Jésus sans le connaître. Mais s'il était Dieu et sa bonté infinie, croyez-vous qu'elle ne suffirait pas à couvrir la multitude de vos fautes? Impossible, dites-vous, une réconciliation avec lui ! Oui, sans doute, sur la base de nos folies et de nos vices ; l'infinie perfection ne saurait s'abaisser au niveau de nos misères pour les partager. Mais elle peut nous relever jusqu'à sa propre hauteur. Ah ! si, reconnaissant sincèrement vos erreurs, vous vous prosterniez devant Dieu avec humilité, comme il convient à la créature devant son créateur, ô mon ami, avec quel empressement il vous accueillerait, lui qui vous a racheté de son sang sur la croix, lui qui nous a raconté la touchante histoire de l'enfant prodigue, lui qui a promis un salaire aux ouvriers de la onzième heure comme à ceux de la première !

Frédéric s'agitait sur sa couche douloureuse. Il paraissait vouloir répondre; la religieuse s'arrêtait pour l'écouter; mais il ne prononçait que des mots incohérents, lesquels révélaient plutôt de l'inquiétude que de l'obstination dans ses erreurs.

Sœur Rosalie me jeta un coup-d'œil qui signifiait : « Espérons! » et, sans doute pour lui laisser le temps de réfléchir sur ce qu'il venait d'entendre, elle se tut, m'emmena dans la chambre voisine et me dit : « Prions ». Nous récitâmes ensemble plusieurs fois l'Oraison dominicale et l'*Ave Maria*. Mais comme le blessé gémissait et se démenait dans son lit en poussant de longs soupirs, la pieuse sœur revint encore à lui et s'écria d'une voix attendrie, par la pitié :

« Seigneur, que n'appesantissez-vous votre main sur moi qui, prévenue de vos grâces dès mon enfance, y ai si peu répondu, plutôt que sur ce malheureux dont tout le crime a été de se tromper sur la route qui mène à vous!

Frédéric dirigea sur la religieuse un regard ému ; puis, comme pour cacher cette émotion, il tourna la tête du côté opposé sans proférer une parole.

Sœur Rosalie, dont la prudence n'était pas inférieure à la charité, ne voulut pas insister davantage pour le moment, et, avec une suavité digne d'elle :

— Je m'aperçois, dit-elle, que vous avez besoin de repos ; je cesse donc de vous importuner. Nous allons attendre dans la chambre d'à côté l'arrivée du médecin.

— Non, non, ne vous en allez plus, répliqua Frédéric avec une certaine vivacité. La solitude m'est trop pénible.

— Pauvre ami! reprit la sainte femme, vous avez raison. Pour une âme incrédule, en ce moment où s'effacent toutes les illusions qui lui rendaient la vie précieuse, où le monde ne peut rien pour elle, parce qu'il n'est pas au pouvoir du monde de la suivre au-delà du tombeau, pour une âme incrédule, en un pareil moment, la solitude doit être vraiment pleine d'épouvante. Ah ! si vous étiez chrétien, si vous regardiez la vie comme un dur exil et la mort comme le commencement de la délivrance, vous n'auriez pas peur de la solitude. Jamais le chrétien n'est seul ; il a toujours auprès de lui son Dieu qui soutient son courage, le console dans ses tribulations, le purifie par la douleur, le sanctifie par les sacrements et l'accueille enfin dans l'éternelle félicité.

— Vous dites de fort belles choses, sœur Rosalie ; mais moi qui me suis tenu tant d'années loin de votre Dieu, je ne saurais comprendre votre langage. Mon âme est fermée à vos inspirations comme mon esprit à vos arguments ; l'unique sentiment que j'éprouve, c'est une espèce d'horreur à l'approche du néant dans lequel je vais retomber.

— Le néant ? Périsse sur vos lèvres ce blasphème horrible ! Vous croiriez-vous par hasard sorti du néant ? Et quand donc avez-vous vu le néant produire quelque chose ? Laissez les mots vides de sens aux niais qui se paient de mots ; vous n'avez pas été créé par le néant, monsieur Délécour, pas plus que vous ne vous êtes créé vous-même. Consultez votre esprit qui aspire continuellement à la possession du vrai ; sondez votre cœur si prompt à s'enflammer pour tout ce qui est bon, noble et généreux ; suivez les élans de votre imagination vers le beau, l'harmonieux, le sublime : vous sentirez bien que toutes ces facultés élevées qui sont en vous y ont été déposées par un être supérieur, en un mot par Dieu. Et si Dieu est votre auteur, votre maître, le type premier de votre âme faite à son image, pourquoi refusez-vous de courber devant lui votre front superbe, de reconnaître vos erreurs passées, de lui consacrer enfin le peu d'heures qu'il vous laisse pour vous repentir ?

La véhémence et l'affection que sœur Rosalie mit dans ces dernières paroles touchèrent profondément le cœur de Frédéric. La prétendue philosophie qu'il avait apprise dans les conciliabules des sociétés secrètes et dans les

livres des sectaires ne lui fournissaient aucune arme sérieuse à opposer à la philosophie de cette pauvre femme
qui n'avait jamais étudié que le catéchisme, la vie des
saints et quelques livres de dévotion mais qui, je dois
l'ajouter, avait en outre beaucoup observé le cœur humain.

Il était manifeste que les passions, sources premières de
ses erreurs, se taisaient peu à peu dans l'âme de mon
mari, et que son orgueil expirait sous le poids de sa propre impuissance. Dès lors, la voix de la vérité, aidée de
la grâce, pouvait retrouver l'accès de son intelligence, et
l'espoir obstiné que je conservais d'une conversion devenait raisonnable. J'en éprouvais une joie que je ne saurais
exprimer. Je bénissais mes souffrances passées, si elles
devaient obtenir enfin une aussi large compensation.

Béatrice annonça l'arrivée du médecin.

L'homme de l'art n'eut pas besoin d'un long examen
pour fixer son opinion sur l'état du malade. Il nous pré-
vint sans ambages qu'il était temps d'administrer les derniers secours de la religion si le blessé était homme à les
recevoir.

Frédéric fit un effort, et s'adressant au médecin :

— Ainsi donc, Monsieur, si j'ai bien compris ce que vous
venez de dire à voix basse, c'en est fait de moi. Hélas ! je
la sens aussi qui m'échappe, cette vie si vigoureuse hier
et si pleine d'espérances !...

Le médecin ne répondit rien, fit à sœur Rosalie un
salut plein de révérence et partit.

Mais comme il sortait, il se croisa dans l'escalier avec
le P. Athanase. Celui-ci avait été retardé en chemin. On
l'avait appelé d'une fenêtre pour confesser un ouvrier
frappé à mort, et qu'il avait vu succomber peu d'instants
après.

J'allai à sa rencontre, et grande fut la consolation que
j'éprouvai à le revoir en un pareil moment :

— Soyez le bienvenu, mon père, lui dis-je. Le Seigneur vous envoie pour achever l'œuvre si bien commencée par sœur Rosalie.

— Ah! tant mieux, dit-il; monsieur Délécour est donc disposé à me recevoir?

— J'espère que si, bien qu'à vrai dire... Tenez, je vais appeler sœur Rosalie, elle appréciera mieux que moi ce qu'il convient de faire.

J'appelai la religieuse, qui sortit pour parler au prêtre, et je la remplaçai auprès du malade.

Frédéric ne s'aperçut probablement pas tout de suite de la substitution. Il me regardait d'un œil fixe et immobile, comme s'il ne m'eût pas reconnue. Lorsqu'il remarqua que c'était moi, il me demanda si sœur Rosalie serait long-temps absente.

— Non, mon bon Frédéric, elle reste ici jusqu'à demain matin.

— Et toi, pauvre Elisa, comment vas-tu? Que de tribula-tions je te cause... et t'ai causées!

— Ce n'est rien que les tribulations: Dieu nous les en-voie pour nous purifier et nous rendre dignes d'être réunis à lui. Bénie soit donc la main qui nous frappe, pourvu que nous sachions en profiter.

— Ah! oui, heureux qui a la foi! dit Frédéric. Moi aussi, dans ma jeunesse, je l'ai eue comme toi... mais aujourd'hui, après tant d'années passées à la méconnaître, à la bafouer, à l'extirper en moi... Elisa, j'ai tari dans mon cœur les sources des affections saintes; il est trop tard!

— Ne parle pas ainsi, Frédéric. Le repentir est un don de Dieu, qui l'accorde à quiconque le demande sincèrement. Prions ensemble, Frédéric, afin qu'il nous fasse miséricorde à tous deux!

Il ne répondit rien d'abord; mais il reprit au bout d'un instant.

— Elisa, tu vas avoir un enfant. Rappelle souvent à ce

pauvre petit quel père il eut, afin qu'il ne l'imite point...
Non, non, ne lui parle jamais de moi : il maudirait ma
mémoire !...

Il ne put continuer : l'émotion lui coupa la parole.

Son visage devenait d'une pâleur extrême; ses yeux
perdaient le reste de vivacité qu'ils avaient conservé jusqu'alors. Une sueur abondante lui baignait le front, et des
sanglots fréquents entrecoupaient sa respiration. Tout
m'annonçait que le mal était à sa dernière période et qu'il
n'y avait plus une minute à perdre.

Je courus prévenir le P. Athanase et sœur Rosalie, qui
reconnurent aussitôt que je ne m'étais point trompée.

Un nuage de tristesse voila le front de la religieuse à
l'aspect du malade. Elle me regarda d'un air de compassion
et, se tournant tristement vers le prêtre, elle chuchotta :
Je crains que le ciel n'ait abandonné ce malheureux; ensuite, s'approchant de Frédéric :

— Monsieur Délécour, il y a ici un bon Père capucin
appelé tout exprès par nous pour remplir auprès de vous
les devoirs de son ministère...

Frédéric ouvrit démésurément les yeux pour voir la personne qu'on lui annonçait; après quoi, sans aucun signe
qui indiquât les dispositions de son âme, il les referma et
ne bougea plus.

— Père Athanase, dit la religieuse comme une personne
à bout de ressources et d'espérance; faites ce que le Seigneur vous inspirera; nous vous aiderons de nos prières.

Le pieux capucin approuva du geste et parut mettre
toute son âme dans une muette et fervente invocation,
tandis que nous sortions, sœur Rosalie et moi, et le lais-
sions seul avec le mourant.

Oh ! comment vous dépeindrai-je les angoisses qui me
déchirèrent pendant que j'attendais le résultat de cette
tentative pour ainsi dire désespérée ! J'éclatais en sanglots
dans les bras de la sœur qui, m'ayant forcée à m'asseoir

se prit à pleurer avec moi. Au moindre bruit que j'entendais ou croyais entendre dans la chambre du malade, je me levais en sursaut, haletante et tremblant de tous mes membres. J'étais impatiente de revoir le P. Athanase et, dans le même temps — tant j'avais besoin d'illusion ! — je redoutais de le revoir et de recevoir de sa bouche la funeste nouvelle que Frédéric persévérait dans son impénitence.

Enfin, après trois mortels quarts d'heure, la porte s'ouvrit et j'y vis apparaître une figure sérieuse, mais toute rayonnante de joie. C'était celle du saint prêtre qui nous appelait :

— Victoire ! victoire ! disait-il ; venez remercier avec nous la Vierge immaculée. Elle a chassé le démon, et notre malade est en grâce avec Dieu !

Je renonce à vous décrire, ô mes amis, ce que nous éprouvâmes, la sœur et moi, à cette triomphante nouvelle. Nous entourâmes Frédéric et le baignâmes de nos larmes. Il pleurait, lui aussi, serrant dans ses bras le crucifix que, de temps à autre, il baisait ardemment. Sur ce visage naguère sombre et décoloré, se montrait toujours, il est vrai, la douleur, mais une douleur calme, sans amertume et sans haine, une douleur sereine comme l'espérance, tendre comme la charité.

— Dieu, nous dit-il péniblement, en s'interrompant pour respirer, Dieu a opéré un miracle dans ce cœur endurci. Je comprenais bien la vérité des raisonnements de ma femme et de sœur Rosalie ; mais l'orgueil de l'esprit résistait en moi et y étouffait le remords. Que Dieu vous récompense tous ! Je vais mourir, mais je meurs content. La vie n'a plus rien qui me retienne. En vivant, je craindrais que mes inclinations perverses, fortifiées par l'habitude, ne m'éloignassent de nouveau de mon Dieu. Seigneur Jésus, mon sauveur et mon maître, je vous offre ma vie, ne pouvant plus vous donner d'autre témoignage de mon bon vouloir : je vous l'offre en expiation de mes péchés innombrables !

Il voulait continuer ; mais la violence du mal l'en empêcha.

— Reposez-vous, mon ami, lui dit le P. Athanase ; n'épuisez pas ainsi vos forces. Parlez à Dieu ; vous le pouvez sans remuer les lèvres, et préparez-vous dans le silence et dans le recueillement à recevoir la divine eucharistie. Lorsque Jésus reposera dans votre cœur, il achèvera de le purifier ; il échauffera votre charité renaissante, raffermira votre foi et votre confiance, et vous le remercierez à loisir d'avoir rompu autour de votre cœur les filets du démon. Oh oui ! vous le remercierez, car au lieu de l'enfer et de la haine éternelle, c'est le séjour du pur amour et de la pleine lumière qui va accueillir votre âme. Vous quitterez vos rêves fragiles, quelques amis peut-être, et une épouse chrétienne qui, elle au moins, j'en ai la plus entière confiance, ira vous rejoindre un jour ; mais en échange vous trouverez Dieu, vous le verrez face à face, et vous jouirez pour jamais de sa présence, en compagnie des anges et des saints.

Le P. Athanase descendit pour chercher le saint viatique. Nous demeurâmes, la sœur et moi, à ranger la chambre et à disposer toutes choses pour l'auguste visite qu'il nous avait annoncée.

J'étais bien affligée de perdre un époux que j'aimais, de rester seule au monde et abandonnée ; mais sa perte était largement compensée par l'inestimable faveur de son salut. Nous respections religieusement le silence que le malade s'était imposé. Je priais mentalement, en union avec sa pensée, mais je ne me fusse point permis de le troubler s'il ne m'eût appelée lui-même.

— Elisa, aide-moi ; j'ai tellement oublié les prières de mon enfance... Dis-moi quelque chose qui me puisse exciter à la componction.

Et comme j'hésitais, cherchant une prière dans ma mémoire, sœur Rosalie vint à mon secours, et, lentement, avec un accent pénétré, en récita une qui ne pouvait être plus belle ni mieux choisie. La ferveur de la sainte religieuse donnait à ses paroles je ne sais quoi d'émouvant et de solennel qui vous ravissait. Frédéric écoutait, et des larmes coulaient silencieusement de ses yeux.

— Oh ! quelles douceurs, quelles consolations on trouve dans la foi ! s'écria-t-il quand la sœur eut terminé. Elisa, quelle révolution s'est opérée en moi depuis tantôt ! Non, je ne suis plus le même homme.

Ces exclamations furent suivies d'un nouveau silence dont il avait grand besoin et qui ne fut interrompu que par l'arrivée du P. Athanase, du curé de la paroisse portant le saint viatique caché sur sa poitrine dans un petit sachet et sous les plis de son manteau, et d'un homme qui les accompagnait pour achever, s'il était nécessaire, les dispositions exigées par la pieuse cérémonie. Le curé avait jugé prudent d'apporter ainsi les saintes espèces clandestinement, parce que l'ordre était encore mal assuré dans la ville.

J'allumai deux flambeaux sur une petite table couverte d'une nappe blanche, tandis que le curé revêtait un surplis et une étole, et nous nous agenouillâmes tous devant le souverain créateur des mondes, présent sous les apparences d'un peu de pain.

Le curé prit dans ses mains l'hostie consacrée, et récita les paroles du centenier : « Seigneur, je ne suis pas digne que vous entriez dans ma maison... » paroles dont l'Eglise fait précéder l'administration du sacrement. Mais Frédéric lui fit signe de suspendre, et força pour ainsi dire son corps de ranimer un instant ses dernières facultés pour attester les sentiments de son âme. Dieu parut seconder ce pieux désir, car le mourant trouva encore assez de force, à notre grand étonnement, pour nous faire entendre à tous les paroles suivantes :

— Oui, je suis indigne, ô mon Dieu, de vous recevoir. Mais puisque j'ai déposé mes impuretés aux pieds de votre ministre, et que vous-même venez à moi, je vous recevrai, Seigneur, avec toute l'humilité d'un pécheur repentant. Vous aviez entouré mon enfance d'exemples et d'enseignements pieux qui auraient dû me préserver si j'avais été moins précoce pour le vice; vous m'aviez donné un père honnête et une mère qui était un ange par la dévotion. Et vraiment, Seigneur, quand je vous reçus pour la première fois, ce fut dans la sincérité d'un cœur innocent et pur. Mais combien peu durèrent ces bonnes dispositions! De mauvaises lectures et de mauvais camarades eurent bien vite changé mes jours en un tissu de débordements.

Ici il s'arrêta pour reprendre haleine. Je le suppliais du regard de s'épargner de nouvelles fatigues. Au lieu de m'écouter, il souleva péniblement une de ses mains vers moi et poursuivit :

— Elisa, Dieu m'a pardonné; me pardonnes-tu? Je fus bien coupable envers toi. Jeune fille innocente et qui ne savais pas le premier mot des iniquités de ce monde, je t'ai arrachée à l'amour de ton père, à l'éclat d'une haute fortune et d'une grande position; j'ai immolé ton bonheur à mon égoïsme; j'ai violé en même temps toutes les lois de la reconnaissance et de l'hospitalité. Ah! j'avais réussi, à force de sophismes, à me faire illusion sur les crimes que je commis alors; mais aujourd'hui ils m'apparaissent dans toute leur monstrueuse horreur!

— Ne parlons plus de cela, Frédéric; tu as le pardon du bon Dieu; moi, je n'ai pas eu besoin de te donner le mien : je t'aimais!

— Hélas! reprit-il, t'ai-je vraiment aimée, moi, pauvre Elisa? J'ose pourtant affirmer que oui, mais j'avais encore plus d'ambition et de vanité que d'amour. Ta fortune et ton nom furent de tes attraits ceux qui me séduisirent les premiers; je comptais sur eux comme sur un marche-pied pour ma carrière, et quand j'ai vu que ton père ne consentirait jamais, j'ai eu l'indignité de te sacrifier quand même. Et alors tu es devenue une entrave pour mes calculs d'avenir, un objet de secrète irritation. Mais si je ne t'ai pas aimée comme tu le méritais, je n'ai cessé de t'estimer. Ta résignation et ta douceur inaltérables, car tu as dû bien souffrir, Elisa, m'ont obligé à respecter au moins tes malheurs que seul j'avais causés. C'est à toi, après Dieu, que je dois la grâce inestimable de mon retour à la religion.

Il fut obligé de s'arrêter encore : la douleur et l'émotion étant plus fortes que sa volonté; mais il surmonta de nouveau l'une et l'autre :

— Adieu, Elisa, reprit-il en sanglotant; nous ne nous reverrons plus que là-haut!... L'avenir te résrve encore bien des chagrins : l'abandon, la pauvreté, le veuvage, à vingt ans, avec un enfant sur les bras... Et c'est encore à moi que tu auras le droit de faire remonter la responsabilité de tous ces maux! Mais je prierai pour toi, Elisa, et pour notre fils, afin qu'il soit préservé des écueils où j'ai péri. Ah! Elisa, s'il sera riche un jour, s'il héritera de la fortune des Montfort, cela m'importe bien peu: mais qu'il soit chrétien, Elisa, qu'il soit chrétien! Forme-le de bonne heure à l'esprit de sacrifice et d'humilité que j'ai eu en horreur, mais sans lesquels, je le vois bien, il n'y a de paix en ce monde ni pour les sociétés, ni pour les individus... Encore un mot pour ton père, Elisa. Si jamais tu te retrouves en sa présence, ne plaide pas les circonstances atténuantes en ma faveur. Dis-lui que je fus coupable, que je m'avoue coupable, que je suis mort en pleurant ma faute et en implorant sa bénédiction... Et maintenant, Seigneur Jésus, je suis prêt à vous recevoir. Venez, ô mon maître, ô mon consolateur suprême. Il me semble en ce moment que je voudrais avoir encore cent ans à vivre, afin de vous les consacrer... Mais je présume peut-être trop de la persévérance de mes bons sentiments actuels. Seigneur, que votre volonté s'accomplisse!...

Il se recueillit un instant et reçut l'hostie sainte: ensuite il s'abandonna entièrement au bonheur de posséder son Dieu, et nous n'entendîmes plus une parole de lui, si ce n'est les noms sacrés de Jésus et de Marie, qu'il murmurait parfois. Nous voyions aussi, au mouvement léger de ses lèvres, qu'il s'efforçait de répéter, après sœur Rosalie ou le P. Athanase, les invocations pieuses que ceux-ci lui suggéraient; mais le son de sa voix n'arrivait plus à nos oreilles.

Le curé jugea le moment venu d'administrer l'extrême-onction. Il fit sur le mourant des onctions sacrées, puis il le bénit et s'en alla, appelé auprès d'un autre blessé.

Il venait à peine de sortir que Frédéric tourna péniblement les yeux vers moi, comme pour m'adresser encore un adieu. Ce fut son suprême effort. Son regard demeura fixe et sa poitrine exhala paisiblement le dernier soupir.

Son visage qui, trois heures auparavant, m'avait inspiré de l'effroi et presque de l'horreur, calme et paisible maintenant, attestait la sérénité que la grâce divine avait faite dans ce grand coupable.

La perte de Frédéric, je le répète, me fut extrêmement sensible. Non-seulement je l'aimais, plus peut-être que je ne réussis à vous le faire croire, mais il me laissait seule au monde, sans aucun moyen de subsistance et près de devenir mère. Cependant ma tristesse était bien tempérée par la pensée de sa fin édifiante et par la confiance qu'il était heureux là-haut, et qu'il y priait pour moi et pour la pauvre créature que j'allais mettre au monde.

Je me flattais en outre que le repentir de Frédéric, mon extrême dénûment et la vie de l'innocent orphelin, si Dieu lui prêtait la vie, adouciraient peut-être le ressenti:

6

ment de mon père, et par m'obtenir ma grâce. Sœur Rosalie et le P. Athanase me confirmaient dans cet espoir
et m'encourageaient de tout leur pouvoir. Si bien que je
finis par reprendre confiance et par attendre du temps, ou
plutôt de la main de Dieu, les secours dont j'avais si grand
besoin.

Sœur Rosalie m'engagea à rester à Lyon au moins
jusqu'après mes couches; alors je serais en état de me
rendre auprès de mon père.-

Je cherchai donc une habitation plus retirée et plus
modeste. Je vendis tout ce qui ne m'était pas indispensable, et en réunissant le prix de cette vente, les petites
épargnes que j'avais déjà faites et quelque peu d'argent
que je trouvai dans le secrétaire et les vêtements de mon
mari, je parvins à réunir à peu près de quoi vivre pendant deux ans, sans recourir à la charité de personne. Je
songeai à congédier Béatrice; mais cette excellente fille
s'était attachée à moi par mes malheurs. Elle voulut absolument partager ma mauvaise fortune, et je lui sus un gré
infini de me continuer ses services et son amitié, au
moins pendant quelque temps.

Cinq mois après la mort de Frédéric, je donnai le jour
au petit Richard, que vous voyez ici. Les privations et les
angoisses dont j'avais souffert au commencement de ma
grossesse, avaient fait craindre une délivrance prématurée; mais Dieu ne le permit point. Toutefois, le pauvre enfant naquit si frêle et si délicat, que chacun le jugeait
perdu. A mes transes maternelles pour sa conservation
s'ajouta le regret de ne pouvoir le nourrir de mon propre
lait, ma faiblesse ne me permettant pas de remplir ce devoir si cher à un cœur maternel. Je dus le confier à une
nourrice étrangère, ce qui ne contribua nullement, comme
vous pouvez le supposer, à accroître mes ressources déjà
si modiques.

Dès que je fus suffisamment remise de mes couches, j'écrivis à mon père une longue lettre dans laquelle je lui racontai la mort édifiante de Frédéric. Je lui parlai de mon veuvage et de ma pauvreté, comme aussi de la gentillesse du petit Richard. Je le suppliai enfin de daigner consoler et relever par son pardon une fille coupable mais repentante et souverainement malheureuse.

Quel fut le sort de cette lettre ? Je l'ignore : elle resta sans réponse comme toutes les autres.

Depuis la mort de l'abbé Brunard, je n'avais reçu qu'une lettre de Montfort; elle était de la vieille Marthe Goffinet, ou pour parler plus exactement, de quelqu'un qui me l'avait écrite en son nom, la mère d'Ubald étant complètement illettrée. Elle me reprochait la mort de son fils comme si j'en avais été la cause, et jurait de se venger, à moins toutefois que je ne trouvasse le moyen de l'indemniser de ce qu'elle avait perdu en perdant Ubald.

En entendant mentionner cette lettre de Marthe, Antoine et Madeleine se regardèrent l'un l'autre d'un air de stupeur et d'effroi, comme si Elisa eût été vraiment menacée de quelque péril imminent. Mais les signes d'intelligence qu'ils échangèrent furent si rapides qu'ils échappèrent à Elisa.

L'infortunée veuve termina ainsi sa narration : Je présumai que le secrétaire choisi par Marthe s'était sottement amusé à vouloir me faire peur, ou que si les sentiments exprimés par lui étaient réellement ceux de la vieille femme, il fallait les attribuer moins à la malice du cœur qu'à la douleur de la pauvre vieille à la mort de son fils. Je fis une prière pour elle, demandai à Dieu qu'il daignât la consoler et jugeai inutile de lui répondre.

Au bout d'une année, je retirai de chez la nourrice le petit Richard, dont la santé chancelante me donnait les plus graves inquiétudes, je me flattais que mes soins maternels compenseraient pour lui avec avantage un lait étranger et mercenaire. Effectivement, après six moi, il me parut sensiblement fortifié et capable de supporter un voyage. D'autre

part, mon petit pécule touchait à sa fin. Sur le conseil de
sœur Rosalie et de deux ou trois autres personnes, que la
bonne religieuse avait intéressées à moi, je me décidai à ne
pas différer davantage la tentative suprême dont je caressais
depuis longtemps l'idée.

Sœur Rosalie m'accompagna à la diligence de Clermont-
Ferrand et m'obligea, en m'embrassant une dernière fois,
à accepter encore une petite somme qu'elle me dit lui
avoir été remise à mon intention. Elle fut bien inspirée :
la rigueur de la saison m'a forcée d'attendre près de huit
jours à Clermont avant d'entreprendre le trajet de Montfort, pour lequel il n'y a pas de diligence. Je suis même
partie trop tôt, faute de ressources, et, sans la rencontre
de mon vieil ami Antoine, je ne sais ce que je serais devenue. Tu vois, Madeleine, où ma conduite une première erreur, et qui sait quelles en seront encore les funestes conséquences ?

Elisa se tut, s'essuya les yeux, en quoi elle fut imitée par
les époux Martineau, et prit dans ses bras le petit Richard
qu'elle dévora de caresses passionnées :

— Pauvre créature, s'écriait-elle, tu es l'enfant du malheur, et le malheur est peut-être le seul héritage que j'aie
à te laisser !

Le lecteur me permettra de placer ici une observation.
On aurait tort de se figurer qu'Elisa, faible comme nous
l'avons trouvée, fît tout d'un trait, ainsi que nous, le récit
que nous venons d'achever, ni que ses auditeurs l'écoutas-
sent les bras croisés et comme des statues. Il y eut plus
d'une interruption, plus d'une exclamation, ici de douleur,
là de suprise, que nous avons cru devoir omettre, afin de
ne pas distraire le lecteur de ce qui l'intéressait davantage.
La narratrice fut également plus d'une fois obligée de se
reposer, et plus d'une fois aussi le petit Richard coupa
sans façon le fil de l'histoire, en obligeant tout le monde
à s'occuper de lui.

Nous n'avons pas non plus noté à mesure certains regards, hochements de tête et autres signes mystérieux échangés furtivement entre Madeleine et Antoine, toutes les fois qu'Elisa avait mentionné ses projets de réconciliation avec son père. Le couple compatissant hésitait à lui révéler des événements ignorés d'elle et peu faits pour l'encourager.

Une circonstance inattendue tira Antoine et Madeleine de leur perplexité.

CHAPITRE IX.

Horrible complot.

—

Comme Elisa terminait son récit, le soleil se couchait et la lune, qui se levait dans un ciel pur et serein, commençait à éclairer de ses rayons les pentes blanchies des monts circonvoisins.

Les époux Martineau s'étaient rendus un instant l'un à l'écurie, l'autre au poulailler. Elisa, restée seule avec son fils, qui pleurait de sommeil, le promenait par la maison et tâchait de le tenir éveillé, en attendant un œuf frais que Madeleine était allée chercher.

Le hasard voulut qu'en passant d'une chambre à l'autre, elle ouvrît une porte qui conduisait, par un petit corridor, à une vaste serre de construction récente dans laquelle s'étalait une très-riche collection de fleurs étrangères. Cette nouveauté surprit Elisa; elle se demandait comment les goûts de son père avaient pu changer si radicalement, lui qui autrefois se préoccupait si peu d'aménités et d'élégance.

Sa surprise redoubla lorsqu'elle entendit une voix familière à son oreille, la voix de mademoiselle Elvire, son ancienne institutrice, laquelle, après le fatal mariage, avait été congédiée et était retournée en Bretagne : c'était du moins ce que le vénérable abbé Brunard avait écrit à Elisa.

Cette voix venait de l'extrémité opposée de la longue orangerie, et quelquefois se mêlait à une autre voix féminine aussi, mais moins connue d'Elisa. La conversation paraissait très-animée ; et comme en ce moment Richard se tenait tranquille, ayant trouvé sous sa main un rameau d'oranger d'où pendaient quelques fruits, Elisa, protégée par l'obscurité croissante et par une grande caisse de fleurs, ne résista point à la curiosité d'écouter ce qui se disait.

Les paroles d'Elvire étaient énergiques, vibrantes et se distinguaient avec la plus grande facilité ; il n'en était pas ainsi de celles de l'autre personne qui s'exprimait d'un ton bas, obséquieux et souvent incompréhensible. Un triste pressentiment agitait le cœur d'Elisa : la présence d'Elvire au château ne pouvait lui être de favorable augure.

— Mais ne te serais-tu pas trompée par hasard ? demandait Elvire.

De la réponse de l'interlocutrice, Elisa ne put saisir que ces mots :..... Reconnue à la voix.

— A tout prix, il faut l'empêcher de voir le colonel ; si elle rentrait ici, j'y serais trop malheureuse.... il faut l'écarter, il faut l'écarter, ou je ne réponds de rien. Le colonel, depuis quelque temps, paraît occupé d'elle d'une façon inquiétante.

— Madame..... Vengeance..... tels furent les seuls mots de la réponse qui arrivèrent jusqu'à Elisa.

— Vieille Marthe, reprit Elvire avec agitation, ne viens pas faire un malheur ici, ne viens pas me créer de nouveaux embarras, autrement.....

— Vengeance ! vengeance ! répliqua l'interlocutrice.

Elisa tendit vainement l'oreille ; elle n'en put saisir

davantage, car les deux voix, tout en continuant, s'éloignèrent.

Ce colloque jeta la consternation dans l'âme d'Elisa. Malgré tant de déceptions déjà éprouvées, malgré une si longue habitude de souffrir, cet incident, qui rendait si problématique le succès de ses dernières espérances, rouvrit en un moment toutes les plaies de son cœur. Avoir été si longtemps battu par l'orage, avoir enfin pénétré sur un fragile esquif à l'entrée d'un port, touché de la main l'amarre à laquelle on va s'attacher, et se sentir repris par la lame et rejeté en pleine mer, c'est assurément une situation terrible, et c'était la situation d'Elisa.

Elle referma la porte de l'orangerie et, remettant son fils à Madeleine qui l'attendait et dont l'attention fut immédiatement absorbée par les soins qu'il réclamait, elle se retira dans sa propre chambre sans rien dire, mais en proie à l'agitation la plus vive :

— Que peut-elle faire ici, cette Elvire depuis si longtemps partie du château ? Marthe l'a appelée « madame » ! Elle est donc mariée ? Mariée avec qui ?.... serait-ce avec mon père ? Grand Dieu ! c'était ce qui pouvait m'arriver de pire. Et de qui parlaient-elles ? Il s'agissait d'un complot.... contre qui ?. Contre une personne qui désire voir le colonel; cette personne ne peut-être que moi. On veut m'empêcher de parler à mon père, c'est donc qu'on a intérêt à nourrir son irritation contre moi. Marthe, la vieille Marthe qui me croit responsable de la mort de son fils, c'est elle qui est chargée d'ourdir la trame impie et de m'arracher ma dernière espérance. Mais qui donc leur a fait connaître ma présence au château? Je suis arrivée de nuit, et seuls les époux Martineau....Ah! mon Dieu, je m'en souviens maintenant. Au pied de la montagne, là où la route se bifurque, j'ai demandé le chemin du château à une vieille femme qui était à sa fenêtre.... cette femme, ce sera Marthe. et elle m'aura reconnue d'instinct.

Tout entière à ces noirs fantômes qui s'entassaient dans son imagination, Elisa laissa Madeleine coucher le petit Richard; mais dès que l'excellente femme, craignant de troubler les réflexions où elle la voyait plongée, fut retournée dans la cuisine, la veuve désolée se jeta avec passion sur l'enfant endormi, l'arrosant de ses larmes et le baisant mille fois. Puis, craignant de l'éveiller, elle se releva et se remit à examiner sa situation, pour voir si elle était vraiment aussi désespérée qu'elle lui avait paru au premier coup-d'œil.

— J'ai tort peut-être. Elles n'ont pas prononcé mon nom; rien ne me prouve qu'il fût question de moi. Comment admettre que la vieille Marthe m'ait reconnue à pareille heure? C'est tout au plus si nous avons échangé quatre mots. Non je m'égare avec mes soupçons injurieux et peu charitables......

Mais s'ils étaient fondés.... Hé bien! j'ai un moyen de rassurer Elvire : je lui déclarerai que mon intention n'est point de rester en maîtresse au château, mais uniquèment d'avoir la bénédiction de mon père et de partir aussi pauvre personnellement que je suis venue, pourvu toutefois que l'éducation de mon fils soit assurée. Je travaillerai de jour, je travaillerai de nuit, je reprendrai mes leçons de musique, je chercherai une place de sous-maîtresse dans un pensionnat, je me soumettrai à tout. Les seules privations auxquelles je ne puisse me décider, ce sont celles qui menacent mon enfant.

Pour moi, continuait-elle, que pourrai-je désirer encore lorsque mon père m'aura pardonnée? Il y a deux ans, j'étais la femme d'un malheureux repréhensible de bien des manières; l'irritation persistante de mon père était plus que légitime; aujourd'hui, bien loin de rougir du nom de Frédéric, j'en suis fière, car s'il est d'un homme de commettre des fautes, les expier est le propre d'un héros.

Mon père lui-même sera édifié de ses derniers moments et la piété désarmera la justice.

Ces pensées diverses affluaient dans l'esprit d'Elisa, non avec la suite et dans l'ordre où nous les avons exprimées, mais confusément et par soubresauts. Elles ressemblaient à des points lucides, dans une atmosphère ténébreuse et troublée, ou mieux encore à des feux follets qui brillent et s'évanouissent dans la nuit. La crainte et l'espérance se heurtaient si violemment dans son esprit qu'elles finirent par y rendre impossible toute réflexion posée, toute conjecture raisonnable.

Elle aurait voulu précipiter le dénouement, se transporter à l'instant chez Elvire, lui déclarer ses projets, l'attendrir par ses malheurs et la rendre médiatrice de sa réconciliation.

— A moins qu'elle n'ait un cœur de pierre, elle ne résistera pas à mes larmes, pensait-elle.

Mais ensuite le souvenir du caractère froid et impénétrable d'Elvire, qu'elle avait connue jadis comme son institutrice, la fit renoncer à ce premier mouvement trop impétueux. Elle craignit qu'Elvire ne saisît cette circonstance pour la faire bannir par violence ou par ruse des abords du château.

Elle rêva alors de se présenter à l'improviste au colonel, de se jeter à ses pieds, d'arracher de sa bouche le mot « pardon », et de s'éloigner ensuite, fût-ce pour jamais. Mais comment le surprendre à une heure si tardive, où les portes du château étaient déjà fermées, et où le colonel ne recevait plus personne? Hélas! concluait-elle, que n'ai-je été assez maîtresse de mon émotion ce matin, lorsqu'il est venu appeler Antoine! C'était le bon moment; et je l'ai laissé échapper; et maintenant, qui sait?...

Et l'infortunée se heurtait de nouveau au mur d'airain d'une situation sans issue.

Madeleine, inquiète de la durée des méditations de son

ancienne maîtresse, revint à propos les interrompre. La
trouvant agitée, les yeux rouges et le visage tout bouleversé, elle lui demanda, avec un respectueux mais tendre
intérêt, s'il lui était survenu quelque nouveau sujet de
chagrin. Elisa raconta à la jardinière le colloque entendu
dans l'orangerie.

— Madeleine, ma bonne Madeleine, tu ne m'avais pas
dit qu'Elvire est encore ici, qu'on l'appelle « Madame » et
qu'elle est — me trompé-je ? — la femme de mon père ?...

Le silence de Madeleine fut pour la pauvre veuve une
affirmation qu'elle ne se trompait pas.

— Madeleine, ce n'est pas bien, de me cacher ainsi ce
qu'il m'importe le plus de savoir.

— Que voulez-vous ? chère madame, je n'osais pas...
répondit enfin Madeleine. J'avais supposé d'abord que
vous étiez au courant de tout ce qui s'est passé ici depuis
votre départ ; ensuite, lorsque j'ai vu qu'après la mort de
l'abbé Brunard, personne ne vous avait plus donné de
nouvelles du château, je me suis dit que vous aviez toujours le temps d'apprendre un malheur de plus. Vous
étiez déjà si accablée ! Oui, madame, un malheur de plus,
j'ai bien raison de l'appeler ainsi, puisqu'il double et
triple vos embarras. Figurez-vous, madame, que Mlle Elvire était partie depuis deux ou trois ans déjà, et que personne ne songeait plus à elle parmi les domestiques de
Monsieur le comte, lorsque, tout d'un coup, l'été dernier,
voici venir maçons, tapissiers, menuisiers, peintres, qui
s'abattent sur le château comme une nuée de sansonnets
sur un cerisier, et qui vous font des modestes appartements du colonel un palais digne d'un prince. Qu'y a-t-il ?
Que va-t-on faire ? Que ne fera-t-on pas ? Chacun disait la
sienne. Parmi les faiseurs de suppositions, il s'en trouva
bien qui soupçonnèrent un mariage ; mais les habitudes
de plus en plus retirées de Monsieur et la douleur qu'il
avait laissé voir après la mort de Madame la comtesse,

votre mère, tout cela faisait que ceux qui annonçaient de secondes noces étaient traités de mauvaises langues. L'opinion commune, c'était que Monsieur vous avait rendu ses bonnes grâces, et que tous ces préparatifs avaient pour but de vous faire une réception et une installation digne de vous. Nous en étions bien contents, nous tous, pauvres gens qui vous avions vue grandir et pour ainsi dire élevée; vous n'aviez que des amis, Madame, parmi les anciens du château; et puis tout était si triste ici, depuis que Monsieur y vivait seul, que nous nous réjouissions, rien qu'à la pensée d'un changement.

Ah! bien oui, notre joie était bien folle! reprit Madeleine en s'essuyant les yeux avec un coin de son tablier. Voilà qu'un jour Monsieur, qui était parti l'avant-veille en grand équipage, revient avec cette raide et sèche Mademoiselle Elvire, et nous la présente comme « Madame la comtesse ». Nous n'en pouvions croire nos yeux ni nos oreilles; nous faisions tous, comme on dit, des mines longues d'une aune; mon Antoine, pour ne pas parler des autres, traita ce mariage de « blague » lorsque je le lui annonçai. Mais quand nous vîmes congédier Nanon, la fille de votre nourrice, et la vieille Charlotte, laquelle ne plaisait pas à « Madame », lorsque nous entendîmes comme on menaçait les récalcitrants et tous ceux qui avaient l'air de manquer d'empressement, il fallut bien nous rendre à l'évidence. Ah! mon Dieu, quel revirement, quel revirement, quand j'y pense! Vous ne reconnaîtrez plus trace du calme patriarcal d'autrefois, ni des habitudes populaires qui avaient mis les Montfort en bénédiction, depuis des siècles, chez les pauvres gens du voisinage.

— Mais, mon père, comment se trouve-t-il de ce changement? demanda Elisa avec un accent de douleur profonde; est-il du moins heureux?

— Eh! bien fin qui le saurait, Madame. Comment voulez-vous qu'on lise dans le cœur d'un homme si bon,

c'est vrai, mais si peu expansif? Tenez, un exemple :
Votre départ a dû lui faire bien du chagrin : eh bien! nous,
autres, nous ne remarquâmes presque pas d'altération sur
son visage ni dans ses manières. De même, lors de son
mariage. Toutefois, Antoine prétend qu'aujourd'hui Monsieur parle encore moins qu'avant, et que toutes ces nou-
veautés lui donnent sur les nerfs. Moi, je serais assez de
l'avis d'Antoine, car la nouvelle femme de chambre, que
vous ne connaissez point, m'a parlé une fois de certains
accès de mauvaise humeur de Monsieur. Or, chacun sait
que jadis le caractère de Monsieur était toujours aussi
égal, aussi uni qu'une allée fraîchement râtissée et où personne n'a encore posé le pied.

— Quels sont ceux de nos anciens serviteurs qu'il a
encore auprès de lui ? demanda Elisa.

— Le cuisinier Paul Lamblin, et nous deux, pas davantage. Et encore, si je suis bien renseignée, ce n'est pas à
madame Elvire que nous sommes redevables de n'avoir
pas fait notre paquet comme les autres; au contraire. Mais
Monsieur aurait montré les dents, à ce que nous a confié
Paul Lamblin, qui tient la chose de la femme de chambre;
il a dit « Non », tout court, et Madame n'a pas osé revenir
à la charge.

— Sans doute, ajouta Elisa rêveuse, si le bon Dieu n'a
pas voulu que vous quittiez le château, c'est en considération de ces deux malheureux, mon fils et moi, dont vous
êtes les derniers amis sous le toit de leurs ancêtres.

— Malheureusement, reprit Madeleine, que pouvons-
nous faire? Que savons-nous de ce qui se passe? Rien, ou
à peu près rien. Madame Elvire a ses confidentes, et ce
n'est pas moi; c'est surtout... le croiriez-vous? C'est la
vieille Marthe que Monsieur avait autrefois renvoyée du
château et qui y a rapporté depuis quelques mois son museau ratatiné de guenon en colère...

— Assez, assez, Madeleine, interrompit Elisa; dire du

mal d'autrui, ce n'est pas ce qui nous avancera beaucoup. Et puis tu élèves la voix de façon à nous trahir ; or, je ne veux pas qu'on me sache chez toi. Prions plutôt pour nos ennemis, si nous en avons, afin que Dieu les convertisse et qu'ils cessent de mal faire... Mais enfin, comment m'y prendrai-je pour revoir mon père ?... Mon père marié avec mademoiselle Elvire !... Pauvre Richard, voilà donc où aboutissent toutes nos espérances et tous nos projets d'avenir ! Toi aussi, mon doux innocent, tu auras à pâtir des conséquences de ma folie ! Dieu veuille que tu n'en arrives jamais à maudire ta mère !

— Par pitié, ne parlez pas ainsi, s'écria Madeleine, se rapprochant vivement d'Elisa et lui baisant les mains. Calmez-vous. Je ne me dissimule point l'aggravation de difficultés qui résulte pour vous du second mariage de Monsieur le comte, mais le mal n'est pas si grand que nous devions regarder votre cause comme perdue. Ne comptez-vous donc pour rien la justice qui est de votre côté et qui fera que certainement le bon Dieu s'y mettra aussi ?

Le pâle visage de la fille du comte, à ces encouragements naïfs, se couvrit d'une vive rougeur, comme si elle se fût reproché sa faiblesse. Elle releva sa noble et douce figure, fixa ses grands yeux bleus sur un crucifix suspendu à la muraille, et reprit avec gravité :

— Tu as raison, Madeleine ; tu vois combien vite ma foi vacille, et combien facilement j'oublie que le chemin du ciel est celui des tribulations. Moi, à qui Dieu n'a pourtant jamais manqué, au milieu même de mes plus grandes épreuves, voici que je te scandalise par le triste spectacle de mes faiblesses. Ma fragile nature, dans laquelle l'imagination a toujours, hélas ! prédominé sur la raison, s'est révoltée pour la millième fois contre la grâce, comme si les leçons du passé étaient déjà perdues pour moi. Pardonne-moi, mon amie ; j'espère, dans l'avenir, faire meil-

7

leur usage de mon expérience et me rappeler que la vie
nous a été donnée non pour jouir des biens et des plaisirs
de ce monde, mais pour porter notre croix avec Jésus, afin
de régner avec lui dans le ciel.

Celui qui eût vu Elisa prononçant ces paroles, se fût
fait une idée de la vertu que peut inspirer la foi chrétienne.

Lorsqu'elle avait quitté la maison paternelle, les principes et les sentiments catholiques étaient déjà, à la vérité,
fortement implantés dans son âme ; mais ils ne s'y trouvaient qu'à l'état de germes qui devaient se développer et
fructifier sous la bienfaisante influence de la souffrance.
Son cœur, naturellement disposé au bien, devait se raffermir par l'habitude du devoir péniblement accompli. En
outre, pauvre et délaissée de tous, sauf de ceux qui, comme
elle, pratiquaient la loi du Christ, elle avait appris à aimer
la foi chrétienne par le contraste que la dégradation et
souvent la perversité des amis de son mari, grands amis
du peuple en théorie, mais âpres égoïstes en pratique, faisaient avec l'humble mais effective charité de l'abbé Brunard, du P. Athanase et de sœur Rosalie. N'oublions pas
d'ajouter que, dans son malheur, elle avait profité de ses
longues heures d'isolement pour se nourrir de pieuses et
solides lectures qui n'avaient pu que raffermir ses nobles
sentiments.

Aussi, lorsqu'il lui arrivait de plier sous le fardeau, ce
n'était jamais pour longtemps ; elle trouvait bien vite, dans
un appui supérieur à la faiblesse de la nature, la force de
se relever et de reprendre sa laborieuse carrière. Telle
était, à vingt-et-un ans, cette Elisa de Montfort autrefois
si chancelante. Le raffermissement de son caractère fut
pour elle un grand bonheur, car elle n'était pas encore au
terme de ses épreuves.

Le petit Richard, en poussant quelques plaintes inarti-
culées qui alarmèrent la tendresse maternelle, interrompit

le colloque d'Elisa et de Madeleine. La seconde s'en alla, dans le dessein de s'occuper des préparatifs du souper, tandis que la première visitant et rangeant les couvertures de l'enfant, se mit à chanter à demi-voix afin de le rendormir, bien que ses goûts ne fussent guère aux chansons pour le moment.

Lorsqu'elle quitta la chambre à son tour, en marchant sur la pointe des pieds, elle trouva dans la cuisine Antoine et Madeleine en grande conversation, ou pour parler plus exactement, Madeleine causant toute seule sur un ton des plus animés, tandis qu'Antoine, grillant de lui répondre, mais ne pouvant réussir à placer un mot, gesticulait et se démenait de toutes ses forces pour réclamer son tour de parole.

— Çà, mes bons amis, qu'est-il donc arrivé ? demanda la jeune dame avec sa familiarité ordinaire qui n'excluait point la dignité.

Les deux époux, un peu honteux de s'être laissé surprendre dans cette altercation peu édifiante, se levèrent ensemble comme pour dissiper la mauvaise impression que leur ancienne maîtresse aurait pu en concevoir. Elisa, du regard, interrogea Madeleine, qui avait la parole et qui la gardait avec un soin si jaloux. La digne jardinière ne se le fit pas répéter. Elle reprit le fil de son discours, mais sans en modérer sensiblement la véhémence, en sorte que le jardinier recommença ses pantomimes, et qu'Elisa eut bien du mal à saisir quelque chose dans ce conflit.

— Tu t'es conduit comme un niais, disait Madeleine. Il fallait lui tourner les épaules, ou l'envoyer au diable, son ami...

— Mais pourtant, interrompait Antoine tantôt frappant du pied, tantôt se croisant les bras sur la poitrine, mais pourtant si...

— Il n'y a pas de *mais* ni de *si*, continuait Madeleine ; tu as gâté toute l'affaire. Dieu de Dieu ! si je m'étais trouvée là, moi, elle en aurait vu de belles !

— Ça dépend, reprenait le mari levant et baissant alternativement la tête.

— Me laisseras-tu parler, enfin ! s'écria Madeleine qui pourtant ne faisait pas autre chose.

— Là, là, voilà bien comme elle est ; il n'y en a que pour elle et elle prétend que c'est moi qui l'empêche de...

— Chacun son tour, mes bons amis, intervint Elisa en recommandant de la main la patience à Antoine. Voyons, laissez expliquer Madeleine, puisqu'elle a commencé. Je n'ai pas encore pu deviner de quoi il s'agit.

— Certes, il faudrait être bien fin pour deviner, s'écria Antoine ; car ce déluge de paroles...

— Laisse-moi dire, reprit Madeleine, triomphante de la priorité que lui accordait Elisa ; tu t'embrouilles toujours dans un tas de choses inutiles, toi...

— Mais enfin, j'y étais, s'exclama Antoine avec un geste désespéré ; c'est moi qui ai vu et pas toi.

—Ah ! s'il en est ainsi, cela change la question, dit Elisa posant un doigt sur la bouche de Madeleine ; c'est naturellement le témoin qui doit être le narrateur.

Madeleine n'osa pas répliquer, et Antoine, triomphant à son tour, commença avec un air de haute importance :

— Pour ça, c'est possible que j'aie fait une bêtise, comme tu le prétends ; mais quant à raconter les choses ainsi qu'elles se sont passées, il n'y a que moi. Or donc, pour commencer par le commencement, vous saurez que je sifflotais tout seul, dans mon écurie, sans penser à rien, ou plutôt non, je sifflotais machinalement, car je pensais à votre pénible histoire, madame. Je préparais ma bête pour partir demain à la première heure, selon l'ordre de Monsieur le Comte, lorsque tout d'un coup j'entends une voix qui me salue, par mon nom, à la porte de l'écurie :—Bonjour, monsieur Martineau, comment ça va-t-il ? — Mais, pas mal, que je réponds avant d'avoir pris garde qui c'était. Et là-dessus, voilà l'autre qui entre sans façon et qui se met en devoir de causer. Or, devinez qui était cet autre ? Ni plus ni moins que cette vieille sorcière de Marthe, que je n'ai jamais aimée, et que je déteste depuis la lettre qu'elle a écrite à madame Elisa.

— Pardon, elle ne m'a pas écrit, mais fait écrire, et ses vivacités d'expression étaient jusqu'à un certain point excusables au moment de la perte de son fils, observa Elisa qui se repentit d'avoir répété aux époux Martineau la conversation d'Elvire et de Marthe.

— Soit, reprit Antoine ; je ne veux pas vous contredire. Toujours est-il que cette affreuse vieille, avant que j'aie eu le temps de me retourner, se trouvait derrière moi et me disait tout bas à l'oreille : « Bon courage, Antoine ; non-seulement le colonel est disposé à pardonner à sa fille, mais il ne désire rien tant que de la reprendre auprès de lui. » Moi, sans songer à mal, je me retourne vivement et je lui demande dans l'explosion de ma joie : « Vrai ! Marthe, vous êtes sûre de ce que vous me dites-là ? » Mais au rire affreux de la vieille, je vis bien que j'avais parlé trop vite. Seulement ce qui était dit, était dit. Le moyen de le rattraper ?... — Certainement, certainement, que je dis vrai, reprit-elle d'un ton très-sérieux ; à preuve les lamentations de Madame la comtesse. La belle-mère tremble que la belle-fille ne lui enlève le cœur de Monsieur le comte. Madame juge naturellement les autres d'après elle-même ; elle connaît bien peu, n'est-ce-pas ? cette douce Mademoiselle Elisa, qui est si incapable de donner de l'ennui à qui que ce soit. Tout de même, il ne faudrait pas perdre de temps, mais se présenter sans plus de retard à Monsieur. Voici déjà deux jours perdus, Antoine, deux jours à ne rien faire. Voyez-vous, Antoine, nous avons tous nos ennemis. Or, qui peut vous répondre que personne ne profitera de l'intervalle pour surprendre la bonne foi de Monsieur et changer le miel en vinaigre ? Encouragez donc Mademoiselle ; qu'elle aille droit à son père, dès demain. Vous saurez bien lui en trouver le moyen, vous, Antoine, ou bien votre femme. Je vous dis tout cela en confidence; il ne ferait pas bon pour moi, si Madame la comtesse le savait... mais la pauvre Mademoiselle méconnaît ses meilleurs amis. Tenez, pas plus tard qu'avant-hier, lorsqu'en passant devant ma maison elle s'est arrêtée pour me demander sa route, si elle avait daigné m'expliquer son affaire et accepter mes petits services, aussi vrai que c'est moi qui l'ai aidée à sortir d'ici jadis avec ce fameux officier, je lui aurais déjà fourni l'occasion d'y rentrer. Mais encore une fois, gardez-moi le secret, Antoine; si je ne savais quel homme vous êtes, je ne serais pas si franche avec vous. Je tremble rien qu'à la pensée que Madame Elvire... Enfin, ne me faites pas perdre le peu de secours qu'elle me donne. Si mon Ubald vivait encore, ce serait une autre paire de manches ; je m'en moquerais de ses secours; mais Ubald est mort, ça change ma position du tout au tout... Adieu, Antoine, je suis déjà bien en retard ; au revoir demain. »

Et en parlant de la sorte elle m'a quitté.

— Mais vous, que lui avez-vous dit, Antoine? demanda Elisa.

— Moi, plus rien, et c'est de cela que ma femme me gronde. Abasourdi de ce flot de paroles, confus d'avoir déjà trop parlé et ne voulant pas m'exposer à regretter encore une fois la promptitude de ma langue, je réfléchissais, je cherchais. Et puis elle me disait de si belles choses que je ne pouvais me figurer qu'elle ne fût pas aussi sincère, aussi bien intentionnée que moi. Vrai, ma femme a raison, je suis un imbécile, une bûche, un âne bâté... je mériterais une volée de coups de poing...

— Vous méritez toute mon estime, reprit Elisa en lui appuyant familièrement une main sur l'épaule; mon bon Antoine, votre franche et ingénue simplicité est à mes yeux plus précieuse que les finesses de la prudence humaine. Soyez satisfait de n'avoir pas dit de mensonge et laissons le reste au bon Dieu. Qui sait ? moi, je suis confiante aussi, comme vous, et peut-être avez-vous mal jugé des intentions de Marthe en les supposant méchantes.

Ensuite, se tournant vers Madeleine :

— Laissons cela, poursuivit-elle, pensons au moyen d'aborder mon père. Je voudrais que ce fût demain, pour abréger l'ennui que je vous cause.

Madeleine qui, par suite des éloges donnés à Antoine, se voyait passée au second plan et craignait de décheoir dans l'esprit d'Elisa, saisit cette occasion pour affirmer de nouveau son dévouement et protester de la peine qu'elle lui faisait en parlant ainsi. Elisa, pour toute réplique, l'embrassa, et, la prenant par la main, la fit asseoir à côté d'elle devant la petite table. Antoine prit place en face des deux jeunes femmes, et la délibération fut régulièrement ouverte sur ce qu'il convenait de faire.

Sur le visage toujours pâle d'Elisa respirait une sérénité singulière, dont les époux Martineau étaient tout étonnés, ne pouvant s'expliquer que le calme lui revînt juste au moment où redoublaient les difficultés. Ils oubliaient que Dieu, dans sa bonté, ne permet point que les tribulations dépassent la mesure de nos forces, et que lorsqu'il aggrave les premières, il augmente les secondes en proportion. Elisa en était un exemple. Certes, elle n'avait pas cessé de craindre, et l'avenir ne lui semblait pas moins incertain qu'une heure auparavant ; mais elle l'envisageait avec plus de sang-froid ; sa résignation et sa foi en Dieu lui inspiraient une confiance toute nouvelle, et plus l'orage se rapprochait, plus elle se sentait assurée de le vaincre.

— Voyons, mes bons amis, commença-t-elle lorsqu'ils furent tous autour de la table, quelle est, selon vous, la meilleure marche à suivre ?

Les époux Martineau s'entre-regardèrent ; ni l'un ni

l'autre n'osait, dans une affaire de cette importance, ouvrir
un avis qui, s'il était mauvais, pouvait entraîner les conséquences les plus graves. Madeleine elle-même qui, dans
toute autre occasion, se fût empressée de réclamer le pas
sur son mari, se borna à demander : Eh bien, qu'en penses-tu, Antoine?

— Je pense, répondit le chef de la communauté, je
pense... Il n'acheva point, mais il fixa ses yeux tout grand
ouverts sur ceux de sa femme, comme pour deviner ce qui
se passait en elle.

Madeleine, obligée de payer de sa personne, mit ses
deux coudes sur la table et appuya sa tête dans ses mains,
afin de mieux recueillir ses idées. Au bout d'un moment,
elle releva vivement la tête :

— Voilà! s'écria-t-elle, j'ai une idée! Il faut recourir à
Paul Lamblin le cuisinier. Antoine et moi, depuis que
Madame Elvire gouverne ici, nous avons été mis de côté.
Nous n'apercevons plus la face des maîtres, sinon quand
nous les rencontrons se promenant au jardin, ou quand Ma-
dame commande un bouquet de fleurs, ou quand Monsieur
charge Antoine de quelque commssion. Mais ces éventuali-
tés-là sont fort incertaines ; on ne peut compter là-dessus.
Les autres serviteurs, tous nouveaux, ne connaissent que
Madame Elvire et aucun ne se risquerait à lui déplaire.
Tandis que Paul... Que dites-vous de Paul, chère Madame?

Et Madeleine reportait d'Elisa à Antoine et d'Antoine à
Elisa un regard triomphant.

— Paul est certainement une bonne pâte d'homme, et
très-affectionné à ma famille.

— Ajoutez, s'exclama Antoine qui venait d'adopter l'inspiration de sa femme et qui mettait à l'appuyer une telle
chaleur qu'on eût dit qu'elle n'appartenait qu'à lui seul,
ajoutez à cela que toutes les fois qu'il m'est arrivé de causer de vous avec Paul, je l'ai vu s'attendrir jusqu'aux
larmes sur votre sort et sur la dureté de votre père.

— Or donc, continua Madeleine, Paul voit Monsieur tous les matins, au moment où il lui sert son café dans le petit salon, à côté de la cuisine. Monsieur descend presque toujours seul; il déjeune et puis il s'en va fumer un cigare sous les châtaigners : c'est son habitude.

— Excellente, excellente inspiration, reprit Antoine avec un enthousiasme croissant. Papa Lamblin prend Madame Elisa dans sa cuisine, la cache dans quelque coin où personne ne la puisse voir, et tandis que Monsieur, assis dans son fauteuil, sirote son café et son petit verre, la fille s'élance de sa cachette, et tombe aux genoux du père, lequel l'embrasse, et la bénit, et se fait un devoir de vouer à un oubli éternel un passé qui n'est agréable ni pour lui ni pour elle. N'est-ce pas cela ?

L'excellent jardinier, en esquissant le récit anticipé de cette scène attendrissante, ne doutait point que les choses dussent se passer comme il les décrivait et pas autrement.

Madeleine fut vivement tentée de protester contre cette intrusion de l'orateur qui se permettait de faire ainsi lui-même les honneurs d'un projet lumineux dont il n'avait point la paternité; mais elle craignit d'affliger Elisa en recommençant l'altercation conjugale à peine apaisée. Elle se contenta donc de couper court aux descriptions de son mari :

— C'est bon, c'est bon! déclara-t-elle ; Paul n'est pas un imbécile : fions-nous à lui pour l'agencement de l'entrevue. Il s'agit seulement de lui expliquer la chose, car il ignore la présence de notre jeune maîtresse...

— Pas difficile, reprit le jardinier; Paul sort de son gîte au moment où les renards et les chouettes regagnent le leur. Le soleil le trouve toujours levé; ainsi demain, en partant pour Clermont, je me charge de lui faire la leçon.

— Pourquoi pas ce soir? Pourquoi pas tout de suite ? dit Madeleine. Il ne faut jamais remettre au lendemain ce qu'on peut faire le jour même.

— C'est que papa Lamblin n'est pas moins prompt à se coucher qu'à se lever, et voilà déjà sept heures qui sonnent...

— N'importe, nous avons encore une ou deux bonnes heures devant nous, et puis tu connais papa Lamblin, bon homme, au fond mais pas hardi du tout. Il a besoin qu'on lui explique les choses par le menu, de façon à dissiper toute hésitation et toute équivoque possible.

Madeleine accompagna ces derniers mots d'un sourire malicieux dont son mari comprit facilement la signification.

— Je vois où tu en veux venir, Madeleine ; tu as l'air de craindre que la commission et la finesse qu'elle exige ne dépassent mes forces. Eh bien, soit, allons ensemble chez Paul Lamblin ; ta langue si bien affilée ne sera pas de trop.

Madeleine accepta avec empressement et se mit incontinent en devoir de chercher, pour sortir, son châle à carreaux rouges.

Elisa, qui avait écouté en silence jusque-là, sans approuver ni désapprouver, remercia chaleureusement ses hôtes de toutes les preuves d'affection qu'ils lui prodiguaient. Elle leur souhaita de réussir et, tandis qu'ils s'éloignaient, elle se mit en prière pour demander à Dieu, quoi qu'il arrivât, le courage de se résigner à sa volonté.

Parmi les conditions du succès, il y en avait une capitale, c'était le secret, du moins à l'égard d'Elvire. Mais déjà cette condition faisait défaut, sans qu'ils s'en doutassent, à nos dignes amis.

Ils avaient été épiés, et un quart d'heure après qu'ils eurent conclu, Elvire connaissait mot pour mot toute la délibération et se préparait à déjouer leurs plans.

CHAPITRE X

Quelques explications rétrospectives

—

Ici nous demanderons au lecteur la permission de suspendre un instant le développement de notre histoire et de le ramener quelques pas en arrière, afin de lui mieux faire connaître certains de nos personnages, ceux qui vont prendre maintenant dans le drame un rôle prédominant.

Nous ne retracerons point la vie et le passé du comte de Montfort. Après ce que nous en avons dit déjà, il nous suffira d'ajouter que ce noble héritier d'une grande race, après avoir avec son père suivi les frères de Louis XVI, par point d'honneur autant que par sympathie, dans l'émigration, refusa par fierté de profiter de l'amnistie accordée aux émigrés par le premier consul. Il ne voulut cependant point rester au service des potentats armés, non plus contre la révolution, mais contre la France. Devenu complètement maître de ses actes par la mort de son père, il passa en Amérique et gagna ses épaulettes dans l'armée fédérale ; mais la nouvelle du rétablissement de Louis XVIII lui rendit intolérable le séjour de l'étranger ; il demanda et obtint aisément d'entrer dans l'armée française avec le grade qu'il avait alors, celui de capitaine.

Admis enfin à prêter un serment selon son cœur, c'est-à-dire en même temps à la France et au Roi, il déclara qu'il n'en prêterait plus jamais d'autre. Et il tint parole, nous l'avons vu, à la chute de Charles X. Il était du reste assez riche pour se permettre une retraite prématurée. Une partie de ses biens, qui n'avaient pas trouvé d'acqué-

reurs sous la République, lui avaient été rendus, et la part
qui lui échut de l'indemnité des émigrés lui permit de
relever la splendeur de son château de Montfort.

. Il venait de se marier lorsqu'il quitta l'Amérique; la
naissance de sa fille, qui coïncida avec son retour en
France, mit le comble à son bonheur. Mais il perdit sa
femme peu de temps après, et, pour l'éducation de la
jeune Elisa, cette perte devait être irréparable.

Le colonel de Montfort avait un cœur excellent, mais il
aurait cru s'avilir en le laissant trop apercevoir. Soigneu-
sement drapé dans les formes d'une discipline toute militaire, il ressemblait toujours et partout, en présence de
ses domestiques aussi bien qu'avec sa fille, à un commandant à la tête d'un détachement. Il parlait peu, sou-
riait à peine du coin des lèvres et fort rarement; quant à
rire ou à pleurer, s'il était, comme les autres, sujet à ces
faiblesses humaines, personne ne pouvait se vanter d'en
avoir été témoin. Sa jalousie n'était guère moindre pour
le décorum de sa maison que pour celui de sa propre personne. Il ne savait ni pardonner, ni dissimuler un mécontentement, ni revenir sur ses décisions, et l'on ne se rappelait point de lui avoir entendu dire « Oui », après qu'il
avait dit « Non » une première fois.

Malheureusement, à côté de cette raideur, et peut-être
à cause d'elle, il avait une loyauté naïve à l'excès et qui
rendait sa confiance facile à surprendre. Ses voyages lui
avaient peu servi à connaître les hommes, parce qu'il ne
se livrait jamais à eux et n'obtenait point qu'ils se livras-
sent à leur tour. On a vu comment il fut trompé par le
sous-lieutenant Délécour, et l'on soupçonne déjà qu'il
n'était guère plus heureux du côté d'Elvire.

Il avait pris chez lui cette jeune personne par charité,
ou plutôt par sympathie politique, en raison de son titre
de fille d'un chef breton ruiné pour la cause de la légiti-
mité. Elvire, souple, adroite, médiocrement jolie et avec

cela fort ambitieuse, n'eut pas plus tôt connu le caractère
du comte, qu'elle s'appliqua à en imiter non les bonnes,
mais les mauvaises qualités. C'était le plus sûr moyen de
lui plaire. La petite fille confiée à ses soins et dont elle com-
primait sans cesse l'expansion enfantine, souffrait beaucoup
de l'excès de sa fermeté glaciale et, sans l'intervention
fréquente de l'abbé Brunard, son cœur eût risqué d'en
être perverti ; mais l'institutrice obtenait auprès du père
la renommée d'une femme de tête, d'une maîtresse ferme :
elle ne demandait rien de plus.

L'admiration du comte alla même si loin que, grâce à
l'isolement où était son cœur depuis la mort de la comtesse,
il se figura aimer Elvire ; mais la jugeant trop voisine de
roture pour l'épouser, il délibéra, en lui-même, bien entendu, de la renvoyer. Il renonça à ce projet par crainte
de paraître se contredire ; car c'était lui qui l'avait appelée.

Toutefois, ses sentiments intérieurs ne furent pas si
bien cachés qu'ils échappassent complètement à la rusée
bretonne. Sûre de son empire, elle se garda bien d'en
triompher. Elle attendit, patiente, soumise, mais de plus
en plus rigide, des propositions de mariage qui ne venaient
point, et qui ne pouvaient venir tant qu'Elisa serait au
château.

Un instant, par lassitude ou par dépit, elle interrompit
le savant blocus qu'elle avait mis autour du cœur du colonel ; ce fut dans l'espoir d'enlever d'assaut celui du sous-
lieutenant Délécour. Mais ce dernier, autre assiégeant,
avait porté ailleurs ses vues. Dès qu'Elvire s'en aperçut, elle rentra rapidement dans ses anciennes lignes de
circonvallation, et favorisa de tout son pouvoir des manœuvres coupables qu'il lui eût été bien facile de déjouer, comme c'était son devoir.

La douleur qu'elle étala, après l'évasion, fut une douleur concentrée, impassible, comme celle du comte, et elle
n'en parut à celui-ci que plus profonde et plus sincère.

Elvire s'attendait alors à se voir appelée à combler, dans
la vie et dans la maison du colonel, le vide qu'y avait
laissé une fille à jamais bannie de sa présence. Au bout de
quelques mois, voyant que rien ne changeait dans sa
situation, elle se résolut à frapper un grand coup, allégua
les convenances et un conseil formel donné par l'abbé
Brunard, ce qui était vrai, et bref, demanda la permission de retourner en Bretagne. A sa grande surprise, le
comte la combla de cadeaux et de louanges, mais la laissa
partir.

Elle s'éloigna, la rage dans le cœur, se reprochant d'a-
voir sottement sacrifié ses plus belles années à une chimère.
Elle ne se doutait pas que cet éloignement même allait décider la victoire en sa faveur, et que l'absence amènerait ce
que sa présence n'avait pu obtenir.

Le colonel, après avoir successivement perdu toutes ses
habitudes et toutes ses affections, lutta plus de trois années contre les suggestions de son imagination blessée;
mais son existence n'était plus tolérable. Se jugeant déshonoré par sa fille, il avait interrompu toute relation
avec ses anciens amis, ne répondait plus à aucune
lettre, et lisait à peine la *Quotidienne*, son journal fidèle
comme lui. Il ne sortait que le soir, comme s'il eût fui la
lumière, et c'était pour se promener dans les endroits les
plus retirés de ses domaines. Seul, l'abbé Brunard obtenait encore quelquefois d'être reçu par lui; mais ayant
eu l'audace, et avec récidive, de lui parler d'Elisa, le bon
abbé se vit bientôt évité comme les autres. Lorsqu'il
mourut, on trouva à côté de son testament une lettre
adressée au comte de Montfort; le comte ne put se refuser
à la lire; elle lui arracha quelques larmes, dans le silence
du cabinet, et ce fut tout.

Lui-même gardait dans son secrétaire une lettre écrite
depuis longtemps, mais qu'il ne pouvait se déterminer à
envoyer à son adresse. Cette lettre était pour Elvire; elle

contenait une demande de mariage, en quatre lignes, et sollicitait une réponse nette, prompte et décisive.

Il la mit enfin lui-même à la poste, à Clermont-Ferrand, le lendemain d'un jour où sa solitude lui avait semblé plus lourde que jamais.

Nous nous dispenserons d'ajouter que la réponse eut toutes les qualités de promptitude et de clarté qu'il avait souhaitées. « Je suis comme vous, disait Elvire; il n'est pas besoin d'avoir été militaire pour abhorrer les ambiguités et les tâtonnements. »

Seulement, à peine arrivée au terme de ses vœux, l'artificieuse femme crut pouvoir se débarrasser de la contrainte de son rôle, et le comte découvrit avec surprise que le fond de son cœur était aussi sec que ses manières, et que, si Madame la comtesse Elvire ressemblait à Mademoiselle Elvire l'institutrice, c'était de fort loin.

Non contente de faire le vide autour de lui et de supprimer tout ce qui, de près ou de loin, pouvait rappeler la pauvre Elisa, elle poussa l'audace jusqu'à réinstaller au château Marthe Goffinet. Le colonel se plaignit vivement, fit observer qu'il avait renvoyé lui-même cette femme à la suite d'événements douloureux qu'il ne voulait pas rappeler autrement, et finit par déclarer qu'il ne souffrirait point qu'on lui donnât une chambre sous son toit. La nouvelle comtesse, dont la fermeté, jadis si prisée, était plus fictive que celle de son mari, ne répliqua rien, mais ne cessa pas pour cela de voir la vieille mégère à toute heure du jour. Le mari, d'autre part, comprit qu'il fallait faire la part du feu et s'accommoder pour souffrir le moins possible d'un orgueil et d'une insolence tracassière qui avaient désormais droit de cité à Montfort. Mais la pensée de sa fille absente lui revint bien souvent à la mémoire.

Si Elvire se plaisait tant en la compagnie de Marthe, ce n'était pas uniquement à cause des flatteries grossières dont l'accablait celle-ci, bien que ces flatteries, à défaut

d'autres plus honorables, fussent toujours les bien venues ;
c'était surtout en raison de son animosité contre Elisa.
Marthe ne lui pardonnera jamais, pensait-elle, et c'est
une commère madrée, qui a les yeux partout. Tant qu'elle
fera la garde autour de nous, nous ne courons aucun
danger de la part de mon ancienne élève.

Elle avait recommandé à Marthe d'éviter les autres personnes du château, mais de ne jamais hésiter à lui apporter sur-le-champ les nouvelles qu'elle pourrait recueillir.
A cet effet, elle lui avait indiqué le petit escalier par lequel
la cuisine communiquait avec l'appartement de Madame
la comtesse. Paul Lamblin poussa les hauts cris ; mais
Elvire lui imposa silence : « Eh quoi ! prétendez-vous,
Lamblin, contrôler mes actions et entraver ma charité ?
Marthe, la pauvre Marthe, doit être libre de s'adresser à
moi toutes les fois qu'elle en a besoin. Et elle le sera, entendez-vous, papa Lamblin ? ou bien vous sortirez d'ici. »
Le cuisinier courba humblement la tête pendant que Marthe relevait la sienne avec impudence.

Le colonel sortait deux fois par jour par ce petit escalier
que nous venons de mentionner : la première, le matin,
un peu avant huit heures, pour prendre son café dans un
petit salon contigu à la cuisine, avant de faire sa promenade habituelle sous les châtaigniers ; la seconde, le soir,
une heure avant le coucher du soleil, au moment où il vi-
sitait tantôt l'une, tantôt l'autre de ses métairies. Marthe
choisissait ces intervalles d'absence du colonel pour venir
voir Madame. Dans les cas urgents, elle se présentait à
n'importe quelle heure ; mais alors Paul Lamblin avait
ordre d'explorer l'escalier avant de l'introduire.

CHAPITRE XI.

Espérances trompées.

—

Le soir même où Elisa et les époux Martineau tinrent
conseil sur les moyens d'amener la réconciliation du père
avec la fille, Marthe Goffinet frappa, tout essoufflée, à la
porte de Paul Lamblin, et le pria, avec sa politesse la plus
étudiée, de vouloir bien faire prévenir Madame la comtesse
qu'elle avait à lui parler.

— Bah ! s'écria le cuisinier, dont le front naturellement
jovial et rubicond se rembrunit à l'aspect de la vieille,
bah ! vous attendrez bien jusqu'à demain.

— Non pas, l'affaire est pressante, très-pressante.

— Est-il possible ! reprit Paul ; vous sortez de chez Madame il n'y a peut-être pas plus d'une heure, et vous revenez déjà à la charge ! Vous ne pouvez donc pas laisser les
gens tranquilles ?

— Je fais mon devoir, monsieur Lamblin, dit sèchement
la vieille, froissée d'un accueil si peu empressé; si vous ne
faites pas le vôtre, il vous en cuira.

Paul comprit qu'il fallait céder plutôt que de s'exposer
à la piqûre du dard que ce serpent en jupons cachait sous
ses doucereuses apparences. Il répliqua en allumant une
chandelle :

— Enfin, puisque vous y tenez tant... Les objections
que je faisais, ça n'était pas pour vous, mère Goffinet, mais
pour Madame, qui réellement ne reçoit jamais à une heure
si tardive.

Et il sortit, son flambeau à la main, par la porte du petit escalier.

Une minute après, il reparut et dit à Marthe de monter.

Au moment où entra la vieille, Elvire était assise ou pour mieux dire couchée sur un vaste canapé où elle avait l'habitude de passer dans une solitude oisive les premières et les plus ennuyeuses heures de la soirée. Plus tard, elle se rendait au salon où le colonel arrivait aussi avec les hôtes du château.

Lorsqu'il n'y avait pas d'étrangers (et c'était presque toujours), Madame se mettait à une petite table d'un côté du foyer, à broder ou à lire quelque roman; Monsieur, de l'autre côté, lisait sa *Quotidienne* et un journal de Clermont-Ferrand, le tout sans qu'il s'échangeât une seule parole. A dix heures précises, le colonel tirait un cordon, un domestique se présentait, regardait son maître en silence et puis se retirait de même : cela signifiait qu'il n'y avait plus aucun ordre à donner, et que chacun pouvait aller dormir. Madame se levait, marquait l'endroit où elle en était restée de sa lecture, et se retirait dans son appartement où l'attendait sa femme de chambre pour la déshabiller, et où son mari la suivait à vingt-cinq minutes précises de distance. Telle était la règle invariable, exacte comme une pendule, ou mieux, comme la fermeté de ces deux personnages luttant l'un avec l'autre de flegme et d'impassibilité.

— Eh bien ! Marthe, demanda anxieusement Elvire, qui désormais laissait de côté, dans ses relations avec ses inférieurs, le calme auquel elle devait son titre de comtesse, eh bien! que se passe-t-il qui puisse te ramener chez moi si tard ? Explique-toi vite, car voici le moment où je dois passer au salon; Monsieur le comte m'y attend peut-être déjà, et il pourrait se douter de quelque chose.

Tout en parlant de la sorte, elle s'était levée, avait fait deux pas vers la porte et s'assurait que cette dernière était fermée exactement.

— Voici l'affaire en deux mots, répondit Marthe à voix

basse. Mes soupçons étaient bien fondés ; j'ai surpris la pie
au nid.

— Où et comment cela ? s'écria Elvire avec impétuosité, mais sans élever le ton plus que son interlocutrice.

— Elisa est chez les époux Martineau et, qui pis est,
demain elle doit se présenter au colonel...

— Il faut empêcher cela, Marthe, coûte que coûte...
Mais comment as-tu découvert ?...

— Par Antoine ; l'imbécile s'est laissé prendre au premier piége que je lui ai tendu et m'a confirmé la présence
d'Elisa. Le reste, je l'ai trouvé par moi-même. En vous
quittant, ce soir, au lieu de rentrer chez moi, je me suis
assurée que personne ne m'épiait et j'ai pénétré dans la
seconde cour du château, sur laquelle ouvre une des fenêtres de la cuisine des Martineau. J'ai été bien inspirée. Les
volets étaient mal joints, et l'on entendait de là tout ce
qui se disait dans la cuisine où l'on parlait à haute voix
et sans la moindre précaution.

— Et l'on disait ?...

— On est convenu, après une délibération interminable,
qu'on se servirait de Paul, demain matin, à l'heure où
Monsieur descend prendre son café dans le petit salon,
pour cacher la fille et la présenter au père.

— Tout est perdu s'il la voit, s'écria Elvire ; puis elle
ajouta en fixant ses yeux noirs et perçants sur ceux de la
vieille : Il faut empêcher cela, Marthe, il faut empêcher
cela !

— Certes oui, il faut l'empêcher et, par tous les diables,
nous l'empêcherons ! Il ne la verra pas ! il ne la verra
pas !

Marthe prononça ces paroles sur un ton à peine intelligible, en serrant les lèvres et en caressant de la main
son menton pointu. Elle semblait se parler à elle-même
et recueillir ses idées. Soudain, elle releva la tête et ses

yeux eurent un éclair infernal qui fit frissonner jusqu'à la
comtesse Elvire :

— A moi, dit-elle, à moi le soin de vous débarrasser
de cette importune... Elle est née sous une mauvaise
étoile... elle ne vous empêchera plus longtemps de dormir
tranquille...

— Que veux-tu dire? demanda Elvire en pâlissant, je
lis dans ta pensée des choses qui me font peur...

— Peur? répliqua la vieille; auriez-vous des scrupules,
par hasard?... Madame Elvire, ce n'est pas d'aujourd'hui
que nous nous connaissons... Allons, ma fille, courage!
Qui veut la fin veut les moyens. Du reste, c'est moi qui
prends la responsabilité de tout ce qui peut arriver; je ne
vous compromettrai pas, me comprenez-vous?...

L'horrible vieille appuyait une de ses mains décharnées
sur l'épaule de la comtesse et la forçait à subir la hideuse
familiarité de son regard hardi et de son visage grima-
çant.

— Marthe, pour l'amour de Dieu, renonce à ce projet
infernal. J'aime mieux tout dévoiler au colonel.

— C'est cela, ricana la vieille, vous vous arrangerez
comme cela à l'amiable, entre vous, et Marthe demeurera
sans vengeance! Si je vous savais capable de cette trahison à mon égard, madame Elvire!... Moi je ne connais
pas d'accommodement possible entre Elisa et moi... Le sang
de mon fils crie... Il faut du sang pour l'apaiser.

— Tu en demandes trop, dit la comtesse résolûment;
moi, je ne saurais te suivre jusque-là. Eloigne la fille de
mon mari, bien : tu peux compter sur ma reconnaissance
éternelle; mais la tuer, non, je m'y refuse formellement.

Marthe regarda Elvire avec étonnement; elle cherchait
à démêler sur son visage si ce refus était sincère ou seulement joué. La première interprétation prévalut sans doute dans son esprit, car elle jugea prudent de dissimuler à
son tour:

— Puisque vous vous y opposez, Madame la comtesse, j'obéirai et je suis désolée de vous avoir déplu. Excusez la douleur d'une mère qui a perdu son unique fils à l'occasion d'une femme, et qui se trouve en présence de cette femme odieuse...

Le calme relatif de ces paroles rassura Elvire. Elle n'en comprit pas moins, beaucoup mieux qu'elle n'avait fait jusqu'alors, la brutale scélératesse de son associée et la honte aussi bien que les dangers d'une pareille association. Elle-même ne valait guère mieux ; mais elle répugnait aux violences, et elle voulait se contenter de ruse, de trahison, sans doute parce que la trahison et la ruse lui avaient suffi jusqu'à ce jour pour arriver à ses fins.

— Marthe, reprit-elle, je te sais gré de ta docilité. Tu m'as rendu un service signalé par ton adresse non moins que par ton zèle. Nous recauserons demain des moyens de faire partir Elisa ; pour le moment, il ne s'agit que d'empêcher l'entrevue du matin... Eh bien ! je me crois en mesure d'y parvenir seule, sans que tu aies besoin de t'en occuper.

—Deux sûretés valent mieux qu'une, murmura Marthe.

— Non, continua Elvire, laisse-moi faire, j'ai mon plan tout trouvé. A demain, vers neuf heures. En attendant voici un témoignage de ma satisfaction.

Elle lui mit dans la main une pièce d'or, que la vieille rejeta avec mépris sur la table :

— Je n'ai jamais refusé vos dons, Madame ; mais aujourd'hui je dois repousser cet or qui serait le prix non d'un service rendu, mais d'un service refusé. Je l'accepterai demain soir... quand je l'aurai mérité.

Elle laissa Elvire sur cette déclaration ambiguë, ouvrit lestement la porte par où elle était entrée, et sans même prendre le temps de saluer la comtesse, glissa plus lestement encore jusqu'au bas de l'escalier, laissant Elvire en proie à la stupeur et à mille pressentiments terribles.

Huit heures sonnaient à l'horloge du château, lorsque les époux Martineau traversèrent la pelouse pour se rendre à la cuisine, qui se trouvait de l'autre côté du parc, en face de leur maisonnette. Autour d'eux tout était silence, et une lune sans voile illuminait la calme solitude. Les châtaigniers projetaient jusque vers le château leurs ombres épaisses; mais leurs vastes branches dépouillées de feuilles laissaient pénétrer, sous la profondeur du bois, de larges rayons de lumière qui dissipaient les ténèbres.

Antoine et Madeleine marchaient sans bruit, l'œil au guet. Ils approchaient du château, lorsque tous deux s'arrêtèrent d'un même mouvement; ils se montrèrent une ombre rapide qui venait de pénétrer sous les châtaigniers et de se perdre dans leur profondeur.

— As-tu vu? demanda Madeleine à voix basse.

— Oui, c'est quelqu'un qui vient de se cacher dans le massif.

— Jésus Seigneur, s'écria Madeleine tremblante, si c'était un fantôme?

— Je vais voir, répliqua Antoine prenant sa course du côté où il avait vu l'apparition. Mais il eut beau parcourir le bois, faire le tour des plus gros troncs d'arbre et s'arrêter pour prêter l'oreille de temps à autre, il n'aperçut et n'entendit rien.

Après un quart d'heure d'infructueuses recherches, il revint vers Madeleine, qui l'attendait immobile à la même place, n'ayant eu le courage ni de le suivre ni de retourner sur ses pas.

— Il faut que ce soit le diable en personne, ou que j'aie eu la berlue, dit Antoine, en s'essuyant le front; j'ai fouillé, j'ai écouté: rien! Nous nous serons trompés. Mais vite, ne nous amusons plus en route, si nous ne voulons arriver trop tard.

Madeleine était assez brave en plein jour; la nuit c'était autre chose, en raison de certaines histoires de revenants que sa grand'mère lui avait racontées jadis à propos d'un ancien comte de Montfort. En cette circonstance, elle était bien moins disposée à suivre son mari plus loin qu'à le prier de la ramener à la maison ; mais elle n'eut pas le temps de formuler sa requête. Paul Lamblin, ayant entendu du bruit dehors, venait d'ouvrir sa porte.

— Qui va là ? criat-il en découvrant nos deux personnages debout sur la pelouse.

— Papa Lamblin, dit Madeleine accourant, c'est nous ; nous avons besoin de vous parler en secret.

Paul reconnut la voix et avança une main pour accueillir les arrivants.

Madeleine entra, un doigt sur la bouche :

— Pas de bruit, papa Lamblin, nous en voulons à vous, mais à vous tout seul. Refermons la porte.

— Diable ! murmura le digne cuisinier se grattant au-dessous de l'oreille, il y a du mystère là-dessous. Pourvu que... J'ai besoin de ma place, moi aussi ; je n'ai pas d'autre gagne-pain. Vous êtes de bien braves gens, vous autres ; mais avec les meilleures intentions du monde, on peut se rompre le cou.

— N'ayez pas peur, mon cher Paul, dit Antoine ; il s'agit d'une bonne œuvre, mais dont vous n'aurez point à vous repentir.

Pendant ce temps les deux époux Martineau s'étaient rapprochés du fourneau, comme des gens disposés à s'installer dans la cuisine, si bien que le premier occupant du logis se vit dans la nécessité de leur offrir à chacun une chaise, ce qu'il fit de bonne grâce, mais à contre-cœur.

Paul Lamblin, originaire du canton d'Uri, était un ancien soldat de la garde suisse de Louis XVI ; inutile d'ajouter qu'il n'était plus de première jeunesse. Après la catastrophe du 10 août 1792, il avait renoncé à la carrière des armes et rejoint en Allemagnes le comte de Montfort, dont il avait été longtemps l'unique domestique ; mais s'élévant

en grade à mesure que son maître montait en fortune, il
était parvenu successivement à l'emploi de chef de cuisine
et de majordome. Le colonel avait en lui la plus entière
confiance, et plus que de la confiance, une affection conso-
lidée par quarante années de vie commune. Aussi avait-il
refusé péremptoirement à sa seconde femme de se défaire
de ce vieux serviteur. Mais Paul n'avait pas été sans connaître quelque chose de ce refus, et, par suite, de la demande à laquelle il avait servi de réponse; or, comme en
renonçant au feu des batailles pour s'attacher entièrement
à celui des fourneaux, sa nature s'était complètement adoucie et qu'il ne gardait plus qu'un souvenir très-lointain des
ardeurs belliqueuses de sa première jeunesse, il ne se sentait nullement disposé à entamer une lutte ouverte contre
la comtesse Elvire. Il était donc profondément reconnaissant au colonel de sa fermeté, mais il tenait à éviter que cette vertu de son maître fût de nouveau mise à l'épreuve, et
pour cela il s'ingéniait à satisfaire sa nouvelle maîtresse, à
plaire à tout le monde et à ne se mêler d'aucune affaire autre que celles de son département spécial.

Les airs effarés de Madeleine lui causèrent dès l'abord
une impression de vague inquiétude :

—Eh bien! mes enfants, dit-il avec un geste d'impatience mal contenue, voyons, qu'y a-t-il pour votre service?
Dépêchez-vous.

Il était facile de dire: « Dépêchez-vous » mais la chose
elle-même l'était beaucoup moins, surtout en face de l'accueil peu encourageant de Paul. Antoine et Madeleine
avaient chacun dans la tête assez d'idées, mais comme
elles se pressaient sur leurs lèvres pour sortir toutes ensemble, il en résultait que pas une ne se présentait intelligible ; cet embarras n'était point fait pour rassurer Paul,
lequel debout, la bouche ouverte et les yeux attachés
tantôt sur le mari, tantôt sur la femme, se demandait s'ils
n'avaient point l'un et l'autre perdu la raison.

— Patience! patience! papa Lamblin, proféra enfin Madeleine; laissez-nous souffler. Il nous a fallu un bien grave motif, allez, pour venir vous trouver si tard, et braver les revenants, comme celui que nous venons de rencontrer.

— Un revenant? s'exclama Paul ouvrant de plus en plus ses yeux gris.

— C'est-à-dire .... écoutez... ne croyez pas... balbutiait Antoine; il nous a semblé voir une ombre glisser sur l'herbe et se perdre dans les châtaigniers, j'ai couru pour la rattraper; mais elle a disparu sans que j'aie pu savoir où ni comment.

— Ça commence mal, répliqua Paul, ça commence mal! Les apparitions, voyez-vous, c'est toujours d'un fâcheux augure.

— Mais puisque je n'ai rien trouvé, insista Antoine, c'est que peut-être il n'y avait rien. Laissons donc cette affaire de côté. A supposer que ce fût une âme du purgatoire, venue pour chercher des prières, eh bien! je lui ferai dire une messe demain à Clermont-Ferrand, et elle s'en ira consolée.

Cette promesse d'Antoine plut aux deux autres et leur mit un peu de calme dans l'esprit. Aussitôt Madeleine, qui ne voulait pas se laisser éclipser par son mari, entama avec résolution l'énoncé de l'ambassade :

— Nous avons, dit-elle, tout en faisant tourner entre ses doigts les ciseaux attachés à sa ceinture, nous avons chez nous une pauvre veuve avec un bambin d'un peu moins de deux ans qu'il s'agirait de présenter demain à M. le comte.

— Une pauvre veuve, un petit enfant à recommander à la charité du patron! s'exclama Paul dont l'anxiété se soulagea par un grand soupir, ce n'est que cela? La montagne en travail enfante une souris, comme dit M. le comte. Vous n'aviez pas besoin de vous déranger pour si peu avant demain matin.

8

Madeleine ouvrait la bouche pour s'expliquer ; mais Paul, qui se sentait rassuré et auquel l'idée de secourir une pauvre femme dans l'embarras déliait la langue, se répandit en une longue élégie sur le triste sort des veuves et des orphelins, élégie qu'il termina par un dithyrambe en l'honneur de la charité du comte de Montfort. Il parla ensuite de sa propre affection pour son maître, de ses longs et fidèles services, du temps où il lui accommodait de la choucroûte en Allemagne, et du bison en Amérique ; bref, il n'y eut pas d'autre moyen de l'interrompre que de se lever pour faire semblant de partir. Mais comme il souhaitait le bonsoir à Madeleine, celle-ci changea brusquement le cours de ses idées et reprit en se rasseyant :

— Papa Lamblin, vous ne m'avez pas laissé finir; l'affaire est beaucoup moins simple qu'elle ne vous paraît ; bien plus, je la crois excessivement épineuse, et c'est pour cela que nous avons recours à vos lumières.

— Disposez de moi, ne vous gènez pas, répliqua le cuisinier s'imaginant que, dans la pire des hypothèses possibles, la question ne pouvait dépasser les limites ordinaires d'une œuvre de charité.

— Savez-vous de qui il sagit, je vous le donnerais en mille..... interrompit Antoine.

— Cette veuve, continua Madeleine se rapprochant de Paul et lui parlant dans l'oreille, cette veuve, n'est autre que mademoiselle Élisa, la fille de monsieur le comte, et l'enfant est...

— Juste ciel ! Que m'annoncez-vous là, s'écria le cuisinier faisant un bond sur sa chaise, mademoiselle Élisa, que j'ai tenue toute petite sur mes genoux, mademoiselle Elisa qui nous fut si malheureusement enlevée il y a cinq ans, mademoiselle Elisa... Ah !

Il resta bouche béante, en proie aux sentiments les plus divers et les plus contradictoires, qu'on pouvait voir se dessiner tour à tour sur sa figure. C'était d'abord la joie et l'affection sans mélange ; ensuite la compassion, à la pensée des infortunes dont il savait vaguement qu'elle avait souffert ; puis le regret au souvenir du ressentiment non encore apaisé du comte, enfin l'épouvante en songeant à l'aversion de Madame la comtesse. En effet, Madame n'agréerait jamais, elle, le retour de la fugitive, plus malheureuse que coupable ; mais, implacable et dure comme on la connaissait, elle ne manquerait point de comprendre dans sa haine et sa vengeance tous ceux qui auraient contribué à déranger à ce point ses calculs jaloux.

Cette dernière impression, celle de la peur, finit par dominer toutes les autres dans l'esprit du pauvre Lamblin, si bien qu'il abaissa les yeux vers la terre, se mit à branler la tête en signe de désapprobation, prononça le mot de « prudence » et n'ajouta plus rien.

Mais Madeleine, qui savait combien, au fond, il avait bon cœur, n'était nullement disposée à le laisser s'endormir sur ce sentiment égoïste :

— Eh quoi ! Monsieur Lamblin, refuseriez-vous de tendre une main secourable à la fille de nos maîtres, à l'unique héritière des Montfort, simplement parce qu'elle a été victime de la séduction d'autrui, parce qu'elle est pauvre, parce que tout le monde l'abandonne ? Auriez-vous le cœur de la laisser mourir de chagrin et de besoin, là, à votre porte, avec son enfant ? En quoi consiste donc votre dévoûment si vanté à la famille de Montfort, s'il n'est pas suffisant pour vous faire braver même le plus petit danger, dans un moment où elle aurait si besoin de vous ?

— Il faudrait voir la pauvre dame, ajouta Antoine jugeant qu'il était temps de faire éprouver à son tour au cuisinier la vertu de sa propre éloquence : il suffit de la voir pour deviner ce qu'elle a dû éprouver d'infortunes ! Elle qui, il y a cinq ans, était la fraîcheur et la gaîté même, la voilà maintenant pâle, amaigrie, toujours les larmes aux yeux, réduite, avec son fils encore plus souffreteux qu'elle, à mendier un abri et un morceau de pain pour ne pas mourir de faim et de soif!

A mesure que les deux interlocuteurs avançaient dans leur description pathétique, le mouvement négatif de la tête de Paul allait se ralentissant. Il finit même par cesser tout-à-fait, au moment où Paul tira de sa poche un énorme mouchoir qu'il s'appuya sur les yeux, sans doute pour essuyer ou pour cacher des larmes.

— Madeleine, empressée de chanter victoire et de s'en attribuer les honneurs, se tourna vers son mari :

— Je te l'avais bien dit, Antoine; notre ami et voisin est un homme avisé, prudent, qui sait discerner le danger là où il existe, mais qui sait, au besoin, le braver. Nous aussi, pauvres gens que nous sommes, nous avons fait pour Mademoiselle Élisa le peu que nous avons pu ; mais nous ne sommes pas aussi familiers que vous avec les maîtres; nous les voyons moins souvent, et puis nous ignorons l'art du beau langage et les convenances, tandis que vous, qui avez tant voyagé...: Une parole de vous, Monsieur Lamblin, vaut plus que cinquante de nous autres, pauvres jardiniers qui n'avons jamais bougé de notre trou.

Paul écoutait sans interrompre, et non sans plaisir, nous devons l'ajouter, les compliments emmiellés de Madeleine. Mais il ne formulait pas non plus son assentiment. Il avait l'air de mûrir quelque projet dans sa pensée.

Il releva enfin son regard, jusque-là toujours baissé, et le fixant sur celui de Madeleine, avec une expression de joie rayonnante :

— J'ai une idée, Madeleine ; voisin Antoine, j'ai une idée splendide qui va tout arranger pour le mieux.

— En vérité! s'écrièrent en chœur les époux Martineau charmés d'en être quittes pour si peu.

— Écoutez, mes enfants, commença le brave cuisinier,

je suis vieux et je n'en ai plus pour bien longtemps. Dans ma longue carrière de chef de cuisine j'ai pu économiser quelques sous. Si j'avais une femme et des enfants, ça serait naturellement pour eux. Mais comme je suis sans parents, je ferai bien volontiers don de ce que je possède à mademoiselle Elisa. Vous supposez bien que je ne suis pas millionnaire, mais ça lui suffira tout de même, à elle et à son fils, en attendant de meilleurs jours.

— Cette proposition fait le plus grand honneur à votre belle âme, papa Lamblin, reprit Madeleine; mais je regrette de vous dire que si vous vous en tenez là, c'est à peu près comme si vous ne faisiez rien. Sans doute notre ancienne maîtresse n'est pas insensible à la pauvreté, surtout pour son enfant; mais ce qui la tourmente le plus, c'est la privation de l'amour paternel. Elle ne vous demande qu'une seule chose : que vous la présentiez à Monsieur le comte.... le reste viendra de soi.

—Eh! eh! eh! vous autres femmes vous ne doutez de rien: et si la langue suffisait pour dénouer les affaires humaines, les hommes pourraient aller se reposer. Mais j'ai un peu d'expérience et j'ai appris, quelquefois à mes depens, à ne pas fourrer le doigt entre l'arbre et l'écorce, à ne pas enfoncer la main dans les ruches, fût-ce pour en tirer le miel, en d'autres termes à ne pas me mêler de ce qui ne me regarde point. Vous devriez bien comprendre que je ne suis qu'un serviteur comme vous. Avec le colonel, on ne badine pas, et il y a des points sensibles auxquels il ne permet à personne de toucher, pas plus à moi qu'aux autres. Savez-vous ensuite comment se sont passées les choses à l'égard de cette malheureuse évasion ?

— Oh! pour cela, soyez tranquille, nous vous raconterons tout, dit Madeleine. Vous verrez que s'il y a eu de la faute de la fille, il y en a bien en aussi un peu du père, et beaucoup de madame la comtesse d'à-présent.

— Justement, continua Paul baissant la voix et regar-

dant autour de lui, cette maison n'est plus ce qu'elle était
il y a cinq ans! Alors un vieux serviteur pouvait se permettre quelques libertés; mais aujourd'hui, pour un oui
ou pour un non, pan! à la porte. J'ai failli y passer, moi
aussi, et vous comprenez, à mon âge.....

Paul s'était levé. Il parcourait à grands pas sa cuisine,
s'arrêtant tantôt devant Madeleine, tantôt devant Antoine,
pour leur faire mieux remarquer les points saillants de son
discours.

— Si la réconciliation du père et de la fille s'effectuait,
observa judicieusement Madeleine, cela raffermirait votre
position ici et il faudrait bien, bon gré, mal gré, que Madame prît la chose en douceur.

— En douceur! en douceur!... répliqua impétueusement
le cuisinier, y en a t-il encore ici de la douceur, depuis que
cette femme est devenue comtesse de Montfort? Je n'ai pas
l'habitude de me plaindre des maîtres, mais..... vous ne
savez pas tout. Si je devais vous répéter tout ce que voient
ces yeux, ce que ces oreilles entendent! Ah! pauvre Mademoiselle Elisa, comme sa belle-mère l'arrange! Vous êtes
bien heureux vous autres de demeurer au-delà du parc et
de n'avoir jamais affaire avec certaines drôlesses, certaines
vieilles sorcières qui mettraient le feu aux quatre coins
du pays si elles pouvaient.

— Vous voulez parler de la veuve Goffinet, demanda
Antoine.

— Je ne nomme personne, je ne tiens à compromettre
ni moi ni les autres, affirma Paul avec une grande solennité. Tenez, ce soir encore, la misérable est restée en conversation avec Madame jusqu'à huit heures. Qui nous dira
ce qui s'est manigancé là-dedans? ajouta le vieillard entre ses dents, en indiquant de la tête l'appartement d'Elvire. Pour moi, je crois qu'elles n'étaient pas seules, ces
deux femmes; le diable devait s'y trouver en tiers.....
mais, je le répète, Paul Lamblin voit, entend et se tait

Antoine et Madeleine commençaient à désespérer d'arriver à leur but. Toutes les raisons mises en avant par Lamblin, et particulièrement celle du conciliabule infernal dans le cabinet de la comtesse, les auraient ébranlés eux-mêmes s'ils eussent été moins décidés.

Madeleine se leva donc et, se disposant tristement à partir :

— Bonsoir, papa Lamblin ; nous retournons vers cette malheureuse, non pour la consoler, mais pour mettre le comble à ses chagrins. Le bon Dieu voit nos intentions ; il voit les besoins de notre bien-aimée maîtresse et il nous aidera même contre le diable, puisqu'il paraît que le diable s'avise d'y vouloir mettre la queue ; quant à nous, qui n'avons pas encore amassé de quoi vivre et qui perdrions plus que vous, père Lamblin, en perdant notre place, nous n'abandonnerons pas le malheur et l'innocence, quoi qu'il arrive.

Paul se tenait debout au milieu de la cuisine, immobile, la tête basse et tout pensif. Il voyait clairement l'inanité des excuses de sa prudence. Du fond de sa conscience, une voix lui criait qu'il devait autre chose que des offres inacceptables à la fille de ses maîtres, à celle qu'il avait aimée jadis comme sa propre fille. Le reproche, quoiqu'indirect, formulé par Madeleine, lui traversa le cœur comme une lame ; la générosité des époux Martineau le fit rougir de sa propre pusillanimité, et il appliqua de nouveau sur ses yeux son mouchoir qu'il avait remis dans sa poche.

— Arrêtez, dit-il, en retenant la main d'Antoine qui appuyait sur le loquet de la porte pour l'ouvrir ; encore un moment, je vous prie ! vous êtes venus pour me déchirer le cœur, et puis vous m'abandonnez ! Si j'ai parlé tout-à-l'heure comme je l'ai fait, ce n'était point pour refuser de prendre ma part de votre bonne action ; c'était pour vous faire voir que j'apprécie autrement que vous les difficultés de l'entreprise. Ma conviction est que nous allons donner

un coup de bâton dans l'eau ; mais je n'aurai pas le remords
d'avoir refusé de m'associer à vous.

Les deux époux avaient enfin triomphé du timide vieillard et ce fut avec empressement qu'ils le félicitèrent et le
remercièrent. Mais comme Madeleine, très-pénétrée de la
position délicate de Paul, désirait l'épargner autant que possible, comme elle craignait en outre un nouvel accès de
terreur qui aurait pu tout compromettre, elle crut avoir
trouvé un moyen de concilier la prudence et la charité :

—Nous n'avons jamais douté, papa Lamblin, de la bonté
de votre cœur, et votre résolution ne nous surprend point.
Je pense toutefois que vous n'avez pas tort de vouloir
procéder avec précaution. S'il vous arrivait quelque désagrément, cela serait bien pénible non seulement à vous,
mais surtout à Mademoiselle Elisa. Ecoutez-moi bien : je
crois que vous pourriez faire énormement, sans avoir l'air
de rien faire du tout.

—Oh! alors ça me va! dit le vieillard dont le visage se rasséréna subitement; dans ces conditions disposez librement
de moi; je suis tout à vous et à Mademoiselle.

— La petite porte du dehors pourrait être ouverte au
point du jour, demanda Madeleine.

— Evidemment, répondit Paul.

— Bien, ayez soin qu'elle le soit. Et celle de la chambre
qui touche à votre cuisine?

— Elle est toujours ouverte.

— Y a t-il dans cette chambre un paravent?

— Toujours, au moins en hiver.

—A quelle heure Monsieur descend-il prendre son café?

—A huit heures précises.

—Bravo ! tout est pour le mieux. Demain matin, avant
huit heures, Mademoiselle entre dans votre cuisine. Vous
n'êtes pas obligé de l'apercevoir, si ça vous gêne ; vous
avez le nez sur vos casseroles et ne remarquez point ce qui
se passe derrière vous. Elle traverse lestement, entre dans

l'autre chambre, se cache derrière le paravent, et, dès que son père arrive, se montre, se jette à ses genoux..... vous devinez le reste.

— Admirable! s'écria Antoine battant silencieusement des mains, j'ai une femme qui vaut son pesant d'or.

— Et vous comprenez bien, père Lamblin, insista Madeleine, que de cette façon vous êtes à couvert de tout ce qui peut arriver.

— Je comprends, dit Paul; c'est mon ange gardien ou le vôtre qui vous a suggéré cette belle idée. C'est convenu; j'aurai même soin au bon moment que mon lait, en train de bouillir, déborde sur le feu; ça expliquera comme quoi je n'aurai rien pu voir ni entendre. Laissons le reste à la Providence. Mais, par pitié, que l'air lui-même ignore que nous nous sommes vus.

— En doutez-vous? n'est-ce pas notre intérêt à nous aussi ? Comptez que vous nous avez mis un baillon.

— Donc, bonne nuit, mes enfants, conclut le vieillard en ouvrant la porte; prions Notre-Dame du Puy qu'elle nous inspire et nous dirige..... Ça ne fait rien, continua t-il à voix basse, Antoine, Madeleine, dites bien à la pauvre Mademoiselle que, dans tous les cas, mes dix mille livres sont à sa disposition.

— Dix mille! voyez-vous le vieux Crésus! répondit Madeleine; il sera fait comme vous le dites. Bonne nuit.

Les époux retraversèrent la pelouse avec rapidité. Ils étaient impatients de rendre compte à Elisa des résultats de leur ambassade.

La jeune veuve, en les attendant, n'avait fait que prier. Au premier bruit du dehors, elle se leva et alla d'un pas tranquille au-devant d'eux.

Ils lui racontèrent tout. Elisa donna son approbation et chacun se retira pour se reposer.

— Bonne nuit, Madame, dit affectueusement Antoine, en l'accompagnant jusque sur le seuil de sa chambre.

Dans quelques heures, je pars, et comme je n'aurai à m'occuper que de la poste, je serai de retour vers neuf heures. Je compte vous retrouver au bras de votre père.

— Dieu le veuille, Antoine! répondit Elisa avec un triste sourire. Bonne nuit.

CHAPITRE XII.

La vengeance.

—

Elvire, après le départ précipité de la vieille Marthe, resta quelques minutes encore dans son cabinet afin de se remettre de son trouble; mais ensuite, craignant que son absence prolongée ne donnât quelques soupçons à son mari, elle passa promptement au salon, où il l'attendait.

Elle l'aborda avec un certain air d'inquiétude qu'elle parut réprimer aussitôt :

— Hé bien! comment vous trouvez-vous ce soir? pas beaucoup mieux, je le crains.

— Non vraiment, pas mieux; je crois que je me coucherai plutôt qu'à l'ordinaire.

— Et vous ne ferez pas mal de vous lever un peu plus tard. Vous n'avez besoin que d'un peu de repos.

Elle n'ajouta rien à cette première insinuation; non qu'elle crût facile de décider le colonel à se départir de ses habitudes, mais elle savait qu'une insistance trop accusée n'aboutissait qu'à lui faire faire l'opposé de ce qu'on lui demandait. Elle comptait sur la matinée suivante pour obtenir à tout prix cette prolongation de repos.

L'événement la servit à souhait. Le colonel ayant mal dormi et se sentant la tête très-lourde, céda sans peine aux suggestion de sa femme et promit de ne pas se lever avant midi.

Le sommeil d'Elvire avait été moins profond encore. Elle avait passé la nuit à combiner des plans qui tous lui apparaissaient ou trop cruels ou insuffisants, et la laissaient dans la plus pénible incertitude. Quelquefois aussi elle sentait se soulever contre elle sa conscience coupable, et, dans ces moments, elle aurait voulu se faire la médiatrice entre sa belle-fille et son mari et l'instrument d'une réconciliation sincère et cordiale. Mais ces bonnes inspirations duraient peu; l'orgueil ranimait dans son cœur les soupçons, la jalousie, la peur; et alors elle revenait à ses intentions mauvaises et s'arrêtait au dessein de repousser impitoyablement celle que son imagination lui représentait comme une rivale.

Elle se fixa finalement, parmi les projets qui fourmillaient dans son esprit, au plus doux et au plus praticable. Elle résolut de se transporter elle-même, à l'heure ordinaire, dans la chambre où son mari prenait son café du matin, et là, de surprendre Elisa, d'user avec elle d'autorité et de lui intimer l'ordre d'abandonner une maison qu'elle avait déshonorée et où son père lui avait défendu de reparaître. Tout ce qu'elle-même, Elvire, pouvait faire pour la malheureuse, c'était de s'employer auprès du colonel pour lui faire obtenir une pension dont elle pût vivre décemment, mais à la condition qu'elle ne mettrait plus le pied au château. Ce plan, qui lui paraissait moins directement en opposition avec les exigeances du devoir, lui rendit un peu le calme et elle finit par s'endormir.

Eveillée de très-bonne heure, elle s'habilla promptement, salua son mari qui restait fidèle à sa promesse de ne pas se lever, et lui ayant présenté je ne sais quelle tisane, prit congé de lui, lui annonçant qu'elle serait de retour avant peu.

Elisa, elle aussi, avait passé une nuit pénible; mais

combien différentes étaient ses anxiétés, de celles qui agi-
taient sa belle-mère! L'une, méditant une œuvre perverse
aux yeux de Dieu et des hommes, s'efforçait de tromper
sa conscience et de s'aveugler sur les remords qui seraient
le prix de sa réussite; l'autre, calme et confiante en Dieu,
redoutait de ne point réussir, mais se sentait du moins à
l'abri de tout reproche; l'une préparait une intrigue mal-
faisante, l'autre un acte de réparation et de justice: l'une
puisait ses aspirations dans l'orgueil et la haine, l'autre
dans l'humble aveu de ses torts, dans le devoir et dans
l'amour. Certes, la plus enviable des deux, n'était point la
première.

Les rayons du jour, en pénétrant dans la chambre
d'Elisa, la réveillèrent en sursaut, et son cœur eut un
battement précipité, à la pensée de la grande et terrible
épreuve qui s'approchait.

Elle s'habilla promptement, éleva vers Dieu une courte
mais fervente prière, et se rendit dans la cuisine, où Madeleine entrait au même moment qu'elle : Dans une heure,
pensait-elle, c'est dans une heure!

— Courage, Madame, dit Madeleine, devinant ses pensées; bientôt vous serez consolée, et nous le serons tous
avec vous.

— Que la volonté de Dieu s'accomplisse! répondit-elle,
je ne demande pas autre chose, bien que la nature se ré-
volte en moi à la perspective de nouveaux tourments. Les
illusions de la jeunesse ont eu pour mes yeux un éclair
bien vif, puisqu'il m'a aveuglée, mais bien passager,
puisque ces illusions n'eurent pas même un lendemain
pour moi. A vingt-et-un ans, je suis comme un vieillard;
le monde ne m'offre plus d'attraits, et si ce n'étaient mes
devoirs envers mon fils...

— Ne dites pas cela, Madame : le bon Dieu vous doit une
compensation à tant de souffrances, et votre jeunesse re-
fleurira comme nos vignes qui, après avoir été grillées par

la gelée d'avril, peuvent donner encoré une abondante vendange. N'avez-vous pas été assez punie par cinq années de martyre, Madame? A supposer que cela se doive appeler une punition, car la punition suppose une faute, et je ne puis me décider, moi, à vous considérer comme vraiment coupable.

— Ce langage, ma chère Madeleine, n'est point conforme à ta piété. Ma faute ne fut que trop réelle ; elle fut grave, et il ne m'appartient point de fixer des limites à la justice divine. Et puis si, ce que j'ignore, la justice était désormais satisfaite, reste la miséricorde qui se sert des tribulations pour accroître les mérites de ses élus. Dites, Madeleine, n'est-ce pas la voie de la croix que Jésus nous a ouverte comme la seule qui conduise à la céleste Jérusalem ? Non, ne me parlez pas de jouissances humaines ; mon courage est déjà assez faible sans que vous cherchiez encore à l'ébranler. Mon unique aspiration désormais, c'est d'obtenir le pardon de mon père, et ensuite d'élever mon fils chrétiennement : hors de là, je ne vois rien qui me rattache à la vie.

Tandis qu'elle prononçait ces paroles, deux grosses larmes roulèrent de ses yeux, tournés alors vers la chambre où dormait encore le petit Richard.

— Pauvre enfant, reprit-elle après un instant de silence, pauvre innocent ! Et dire que les fautes de ta mère retomberont peut-être sur ta tête ! Ah ! puisses-tu ne les connaître que pour les déplorer, les abhorrer et les éviter !

Madeleine, pour ne point pleurer à son tour, feignit d'être obligée de sortir pour les soins du ménage. Elisa, après avoir fait un peu de toilette, afin de se présenter aussi convenablement qu'elle le pouvait, retourna dans sa chambre et passa à prier, à côté du lit de Richard, les quelques instants qui la séparaient de celui de l'entrevue.

La compatissante Madeleine donnait beaucoup moins

9

d'attention à sa besogne qu'au mouvement de l'aiguille de l'horloge du château. Lorsque le quart avant huit heures fut sur le point de sonner, elle frappa légèrement à la porte, et Elisa, se relevant d'un air calme et ferme, embrassa silencieusement son fils, le recommanda à Madeleine et se dirigea vers la demeure de ses aïeux.

En traversant les vastes pelouses qu'elle avait tant de fois parcourues, en passant devant les châtaigniers à l'ombre desquels elle s'était assise, le long du ruisseau où elle cueillait autrefois les premières primevères de l'année, elle crut revoir sa riante et insoucieuse jeunesse si vite envolée, et la comparaison du passé avec le présent lui serra le cœur. Elle hâta le pas, craignant de perdre avant l'heure la calme possession de ses idées, dont elle allait avoir si grand besoin.

Au moment où elle mettait le pied sur le seuil de la porte entrouverte de la cuisine, elle se heurta à une personne qui sortait précipitamment et recula d'un pas afin de la laisser passer. Cette personne était une femme, avec un manteau dont le capuchon lui couvrait complétement la figure. Elisa la suivit du regard, la vit tourner vers le massif d'arbres le plus voisin. Quelle était cette femme ? elle crut la reconnaître, mais sans en être bien certaine ; elle éprouva une vague crainte en cessant tout d'un coup de l'apercevoir, car l'ombre disparut dans les châtaigniers ; mais ce n'était pas le lieu ni le moment des conjectures. Élisa franchit la porte et ne pensa plus à cette rencontre.

Elle fouilla d'un regard rapide la cuisine où elle ne vit personne, pas même Paul Lamblin, s'avança vers le petit salon, y entra et le trouva également vide ; mais la table était garnie d'un petit pot au lait, d'une assiette chargée de beurre, d'un sucrier et de quelques tranches de pain. Le paravent dont lui avait parlé Madeleine était là également, entre la porte de la cuisine et la table. Elle se glissa rapidement derrière cet abri protecteur.

Son cœur battait si fort qu'à peine pouvait-elle respirer. Le moindre bruit qui arrivait à son oreille redoublait son émotion, et les dix minutes qui s'écoulèrent avant qu'elle entendît un pas descendre l'escalier, lui parurent dix longues heures. Mais quelles ne fut pas sa surprise et sa consternation lorsqu'elle vit apparaître, non son père, mais sa belle-mère, son ancienne institutrice, Elvire! Elle comprit instantanément que c'était une rivale, et une rivale instruite de ses projets.

— Paul, le café! cria une voix féminine, du ton d'une personne habituée à commander et à ne pas attendre.

Paul présenta sur la porte, entre les deux pièces, la moitié supérieure de sa personne profondément inclinée, plus un avant-bras tenant en main son bonnet blanc, insigne de ses fonctions.

— Madame préférera sans doute être servie dans son cabinet? demanda-t-il avec un certain embarras.

— Il me semble, répliqua sèchement la comtesse en le regardant, que puisque j'ai pris la peine de descendre...

Paul disparut, Elvire s'installa dans le fauteuil où se mettait ordinairement le colonel, et mit du sucre dans une tasse, qu'elle remplit à moitié de lait et qu'elle présenta négligemment à Paul. Celui-ci, tout en versant le liquide odorant et bouillant, s'arma de courage et osa demander si le colonel était malade.

— Un peu, dit Elvire; cela ne sera rien; mais il ne descendra point ce matin. Laissez-moi.

Le cuisinier posa la cafetière sur la table et se retira, le cœur serré.

Elvire tourna et retourna sa tasse, remua le sucre avec une cuillère, ensuite commença à boire, mais lentement, à petits traits, comme une personne distraite. Elle vida néanmoins la tasse jusqu'au fond; mais alors elle rappela le cuisinier.

— Paul, votre café à un singulier goût, ce matin.

— Impossible, Madame, je viens de le faire, et il n'y a que

de l'eau et du Martinique, conformément aux préférences de Monsieur le comte.

— Alors ce sera le lait... En effet, sentez vous-même... Jetez-moi ce lait et m'en donnez d'autre.

Le cuisinier obéit, puis disparut de nouveau. Elvire se versa une seconde tasse, la trouva meilleure et se remit à boire en songeant à autre chose.

Elle regardait tantôt vers la porte, tantôt vers le paravent, tantôt à la petite montre cachée dans sa ceinture, et, n'entendant aucun bruit, donnait des signes d'impatience.

— Oh ! la coquine, dit-elle enfin à demi-voix, elle aura éventé ma présence !

A ces mots Elisa sortit de sa cachette, et, se présentant avec dignité :

— Madame, si c'est de moi que vous voulez parler...

Elvire, mécontente d'avoir été entendue, se leva avec emportement et coupa la parole à la nouvelle venue :

— Paul, Paul, que signifie ceci ? On entre donc chez moi par surprise, comme des malfaiteurs ?

Paul ne parut pas avoir entendu ; dans tous les cas, il se dispensa de répondre.

— Calmez-vous, Madame, dit Elisa d'une voix paisible ; ma présence sinon dans cette chambre, du moins dans cette maison, ne vous était point inconnue...

— Mais vous vous cachiez. Pourquoi vous cachiez-vous ?

— Madame, ce n'était pas vous que je comptais rencontrer ici ; c'est de mon père que je venais solliciter...

— Solliciter quoi ?

— Mon pardon.

— Vraiment ? répliqua Elvire se rasseyant avec un sourire méchant qui glaça son interlocutrice, vous préparez un coup de théâtre, ni plus ni moins. La scène aurait eu du dramatique, voire du sentimental, pour peu que mon mari eût été d'humeur de jouer convenablement son rôle.

— Mon père m'eût au moins écoutée, Madame, avant de prononcer mon arrêt.

— L'arrêt est tout prononcé, et depuis longtemps, vous ne l'ignorez point, Madame Délécour.

Ce nom de Madame Délécour fut articulé avec un air de mépris marqué, mais qui ne parut point émouvoir celle à qui il s'adressait.

— Lorsque mon père saura...

— Il sait que vous avez offensé son autorité, trahi sa confiance, déshonoré son nom ! s'écria impétueusement Elvire.

— Aussi ne viens-je pas m'excuser, Madame, répondit Elisa restée debout et toujours calme ; je viens plutôt m'accuser, reconnaître mes erreurs et en demander pardon à lui d'abord, ensuite à ceux que ma conduite a certainement contristés, dans cette malheureuse circonstance, et particulièrement à vous, Madame, alors mon institutrice, et à qui mon devoir eût été de demander conseil.

Elvire se mordit les lèvres et comprit que les indignations de comédie n'étaient point de mise avec une personne qui montrait plus de sang-froid qu'elle-même.

— Oui, c'eût été mon devoir, poursuivit Elisa ; n'étiez-vous pas ma gardienne naturelle, ne teniez-vous pas la place de ma mère ?

Elvire baissa involontairement les yeux et s'attendit à essuyer à son tour des reproches assurément mérités ; mais Elisa, bien loin d'intervertir les rôles, comme elle l'eût pu si facilement, continua du même ton humble et soumis :

— Oubliez mes torts, Madame ; que ma jeunesse, que mon inexpérience à cette fatale époque plaident en ma faveur. Laissez-vous toucher surtout par la cruelle expiation que j'ai subie depuis lors. Et puisque le bon Dieu a voulu qu'au lieu de mon père je vous aie rencontrée, vous, Madame, qui m'avez certainement porté de l'intérêt jadis, quand vos fonctions étaient de me former à la vertu, vous

qui avez dû souffrir de me voir répondre si mal à vos leçons,
vous qui m'aimiez, Madame, qui me l'avez dit tant de fois,
pourquoi ne vous feriez-vous point mon intercesseur auprès de mon père ? Pourquoi n'emploiriez-vous point à
lui rendre une fille l'influence légitime que vous avez aujourd'hui sur son cœur. Ah ! que mes larmes, Madame, vous
soient un témoignage de la sincérité de mon repentir.

Elisa avait pris, en parlant ainsi, une main que son ancienne institutrice ne sut comment oser lui retirer ; elle
la baisait et l'arrosait de ses pleurs.

Elvire se taisait ; elle était, non pas désarmée, mais dé-
sarçonnée. Bientôt sa physionomie parut se détendre. L'or-
gueilleuse jouissait du plaisir de voir humiliée à ses pieds
sa rivale si redoutée naguère. Mais la promptitude avec
laquelle une aussi franche soumission venait de faire tomber l'expression de sa colère lui montra bien vite que le
colonel y résisterait bien moins encore, qu'il était du reste
fort difficile de lui laisser ignorer la visite d'Elisa ou de
la lui annoncer seulement par la voix publique; en un mot
que les projets de la jeune veuve ne pouvaient être déjoués
complétement et qu'il convenait de faire la part du feu.

Changeant donc subitement de tactique, elle se résolut
à prendre elle-même en sa main l'entreprise qu'elle avait
repoussée carrément jusque-là. Ainsi elle pourrait la conduire à sa guise, se concilier Elisa sans compromettre ses
propres intérêts et refaire auprès du colonel sa réputation
fort ébranlée de femme dévouée et généreuse.

— Elisa, dit-elle moitié grave et moitié compatissante,
je ne suis pas insensible à vos prières et ne me refuse nullement à parler à mon mari en votre faveur. Modérez toutefois vos espérances... La chose est plus difficile que vous
ne l'avez cru. Vous connaissez la fermeté de son caractère
et le soin jaloux qu'il a du décorum de sa famille... A propos, votre mise plus que modeste annonce la gêne et la
pauvreté.

— Elle ne ment point, Madame ; je suis si pauvre que j'ai dû recourir à la charité d'autrui. Mon mari m'a laissé peu de chose, bien peu de chose en mourant ; mais aujourd'hui tout est épuisé.

— Je vous comprends. Hé bien ! je ferai mon possible pour vous obtenir une pension convenable.

— Madame, reprit Elisa avec véhémence, mon père fera pour moi, sous ce rapport, ce qui lui plaira, mais vous vous trompez sur l'objet de ma visite. Je réclame son pardon, non sa fortune ; au besoin, je ne serais pas la première veuve à laquelle la Providence donnerait la force de vivre et d'élever son fils avec le produit de son travail.

— Il y a donc un enfant ? s'écria Elvire fronçant le sourcil.

— Oui, Madame, un fils, né dans la pauvreté et auquel je m'efforce de la rendre aimable. La pauvreté ne déshonore que ceux qui s'avilissent eux-mêmes par des actions basses.

— Ah ! vous faites de la philosophie sentimentale, répliqua Elvire avec un sourire de dépit mal dissimulé.

— Madame, je suis chrétienne ; l'infortune m'a fait pénétrer au fond de la doctrine de l'Evangile dont, jeune et heureuse je ne connaissais guère que la surface.

— Mais enfin, une fois réconciliée avec votre père, quelles seraient donc vos prétentions ?

— Je n'ai pas de prétentions, Madame, sinon d'obéir aveuglément à la volonté de mon père. Quelle que soit la résidence, quelle que soit la condition qu'il lui plaira de m'assigner, mon cœur n'aura que de la gratitude pour ceux qui m'auront aidée à atteindre ce but suprême de ma vie : la bénédiction paternelle.

Elvire avait de la peine à en croire ses oreilles. Elle reprit avec une certaine solennité :

— Quoi qu'il arrive, vous comprenez bien que la veuve et le fils du lieutenant Délécour ne peuvent aspirer à former une seule famille avec celle du comte de Montfort.

—Voici cinq ans, Madame, que j'ai renoncé au nom de mon père; le nom de mon mari ne me fait point rougir, maintenant surtout que Frédéric a fait oublier par une sainte mort les folies de sa jeunesse... Ah! si vous l'aviez vu, Madame lorsque sa vie s'écoulait avec son sang, pleurer non du regret de la perdre, cette vie, mais de celui de l'avoir mal employée! Si vous l'aviez entendu prier pour tous ceux qu'il croyait avoir offensés et leur demander pardon, au nom de Celui qui a pardonné même à ses bourreaux et dont il pressait l'image sur ses lèvres!... je suis convaincue que vous-même, Madame, vous cesseriez de regarder comme une honte de porter son nom.

Ces chaudes paroles, inspirées par la foi et par l'amour conjugal, froissèrent la susceptibilité d'Elvire, qui crut y démêler un blâme indirect à son égoïsme. Elle eut besoin de se contenir pour ne pas répliquer aigrement; mais elle était formée de longue date à la dissimulation:

— C'est bien, dit elle en se levant, votre situation m'intéresse et je ferai de mon mieux pour vous la rendre moins amère. Je mets cependant à mes bons offices une condition : c'est que vous me laissiez faire et vous en remettiez complétement à moi.

— Mais mon père, Madame? Ne serait-il pas plus simple?...

— C'est à prendre ou à laisser. Si vous voulez m'avoir pour alliée, laissez-moi le soin de le prévenir; autrement, malgré l'impulsion de mon cœur, vous me trouverez sur votre chemin. Allons, c'est entendu, ce soir, ou au plus tard demain matin, je vous ferai connaître la détermination du colonel. Où êtes-vous logée?

— Mais vous le savez, répondit Elisa en souriant tristement, chez les époux Martineau; ces braves gens m'ont offert leur modeste mais généreuse hospitalité.

Elvire prit encore ces paroles si simples pour une allusion piquante; mais elle n'en laissa rien paraître. Elle fit une inclination de tête assez raide en guise de salut et remonta chez elle.

Elisa, trop certaine d'avoir eu, du moins jusqu'à ce jour, sa belle-mère pour sa plus dangereuse ennemie, resta fort incertaine sur la valeur des promesses qu'elle venait d'entendre ; cependant, comme elle voyait bien qu'Elvire tenait surtout à l'empêcher de s'installer au château, elle pensa que, rassurée sur ce point, elle ne pousserait pas la méchanceté jusqu'à lui interdire la bénédiction paternelle. Ce serait trop odieux, se dit-elle, personne ne fait le mal pour le mal.

Tout en faisant ces réflexions, elle franchit la porte de la cuisine, vit Paul le dos tourné et, sans s'arrêter, de peur de le compromettre, lui jeta en passant le mot : « Merci ! » et s'éloigna rapidement.

Le bon quoique prudent serviteur ne put s'empêcher de se détourner alors et de la suivre du regard avec émotion, jusqu'à ce qu'elle eût disparu au fond du parc.

Elvire rentra dans son cabinet et se laissa tomber sur un fauteuil, en proie à une vive émotion qui la bouleversait plus qu'elle ne s'y était attendue. Elle s'était promis de triompher de l'humiliation d'Elisa, elle s'était trouvée humiliée par l'élévation et la dignité des sentiments de la pauvre veuve et par la bassesse des siens propres. Ses idées en étaient toutes troublées, et elle éprouvait dans la tête une lourdeur qu'elle ne savait comment s'expliquer.

Tout d'un coup aux vertiges de ses pensées s'ajouta un frémissement de ses membres, une agitation singulière, puis une prostration telle qu'on en éprouve sous le poids d'une grande épouvante. Elle voulut se lever, mais alors des douleurs aiguës à l'estomac et à l'abdomen la clouèrent sur son siége, et la prostratio dont nous venons de parler la rendit incapable de se mouvoir.

Habituée à se vaincre, elle fit un nouvel effort, espérant

que son trouble ne serait que passager et disparaîtrait en
changeant de chambre. Effectivement, la force de sa volonté l'emporta sur celle du mal. Elle se traîna, en s'appuyant aux meubles, jusqu'à la chambre du colonel.

Celui-ci était absorbé par la lecture d'une feuille qu.
paraissait l'émouvoir vivement. Il leva néanmoins la tête
à l'entrée de sa femme et, la voyant pâle et abattue, lui
demanda ce qu'elle avait.

— Rien, Evariste, répondit-elle en s'efforçant de reprendre sa sérénité ordinaire.

— Cependant votre visage dément vos paroles. Vous
souffrez...

— Ce n'est rien, je vous le répète, un éblouissement qui
ne peut durer.

Le colonel rassuré reporta ses yeux sur la feuille qu'il
lisait et faisant asseoir Elvire auprès de lui, lui dit d'un ton
grave, en homme qui a pris une résolution inébranlable :

— Voici une lettre qui doit mettre fin à tous ressenti-
ments entre ma fille et moi. Je sais ce que vous ou d'autres, ma chère Elvire, pouvez m'objecter; mais il y a des
considérations qui ne permettent plus d'hésiter. Cinq ans
de punition, c'est assez.

Elvire ouvrit de grands yeux et ne put prononcer une
parole. Le colonel ne fit pas attention à son silence, tant
il était préoccupé de la réparation solennelle qu'il méditait et tant il avait peu l'habitude d'attendre l'opinion
d'autrui pour fixer ses résolutions.

— Elvire, poursuivit-il, écoutez cette lettre, et vous
serez la première à me dire que je ne puis plus agir autrement.

               « Paris, ce 14 janvier 1836.

     « Monsieur le Comte.

   « Votre fille que, grâce à mon ministère, j'ai eu l'occa-
« sion de connaître dès les premiers jours de son arrivée
« à Paris, va implorer personnellement à vos genoux un

« pardon que vous avez refusé jusqu'ici à ses lettres. Je
« ne me propose point d'examiner si ses torts sont en pro-
« portion de la peine que vous lui avez infligée en la pri-
« vant si longtemps de votre paternelle bénédiction ; je
« respecte votre douleur et le mécontentement que vous
« dûtes éprouver à la conclusion d'un mariage que vous
« auriez eu mille raisons d'empêcher. Mais elle a large-
« ment expié sa faute, et toute autre qu'elle, tout autre
« caractère moins bien trempé ou moins chrétien aurait
« succombé sous le poids de ses infortunes. Au lieu de
« s'abandonner, elle n'a pas cessé un instant de lutter
« contre la négligence de son mari et contre les affreuses
« tentations de la misère ; au lieu de se plaindre et de se
« révolter, elle remerciait Dieu, je l'ai entendue moi-
« même bien des fois, et acceptait tout en expiation de sa
« faute. Mais vous entendrez de sa bouche, Monsieur le
« Comte, le triste récit de ses aventures. Ce qu'il m'appar-
« tient de vous dire et de vous répéter, c'est qu'elle n'a
« jamais démenti la noblesse de son sang et qu'elle est
« devenue un objet d'admiration et de respect pour tous
« ceux qui ont eu le bonheur de la connaître.

« Elle vous revient donc digne de vous ; elle vous re-
« vient veuve et mère : double titre à votre affection ; elle
« vous revient complètement dégagée d'un passé qui pou-
« vait vous être pénible. Frédéric Délécour, après tant
« d'égarements, a fait la mort d'un saint, vous le savez
« sans doute, Monsieur. Je l'ai assisté à cet instant su-
« prême. Ses dernières paroles, prononcées au milieu des
« sanglots, ont été pour vous, pour implorer votre pardon.

« Je remplis en vous écrivant une promesse que je lui
« ai faite et un devoir de mon ministère sacré. Mais je sais
« que je parle au chef d'une famille où la foi et la charité
« sont héréditaires.

« Que n'ai-je, Monsieur, des titres suffisants à l'indul-
« gente attention que je réclame pour ma requête ! Per-

« mettez-moi cependant un souvenir. A la prise d'Alger,
« vous luttiez seul contre quatre Arabes lorsqu'un officier,
« un de vos compagnons d'armes, vint à votre aide et
« vous débarrassa d'un des assaillants; vous en fîtes au-
« tant d'un autre de votre côté, après quoi les deux sur-
« vivants prirent la fuite et votre compagnon poursuivit
« sa route. Si je vous rappelle ceci, monsieur, ce n'est
« pas pour m'en faire un mérite, mais pour vous intéresser
« davantage à celle que je vous recommande, la plus mal-
« heureuse et la plus vertueuse des femmes, et, pardessus
« tout, votre fille.

        « Agréez, Monsieur le Comte, etc.

                « Frère ATHANASE de Toulouse, capucin »
— Hé bien ! Elvire ? conclut le colonel en se tournant vers
sa femme, pourrais-je résister aux prières de qui a exposé
sa vie pour sauver la mienne? Je veux répondre à ce frère
Athanase, ne fût-ce que pour connaître son vrai nom,
celui sous lequel nous servîmes ensemble. Mais je veux
en même temps lui donner les assurances favorables qu'il
réclame. Et puis mon cœur, Elvire, mon cœur de père...?

Mais l'aspect de sa femme qui s'agitait sur son siége,
luttant contre des douleurs violentes, et surtout la pâleur
mortelle qui lui défigurait le visage coupèrent subitement
la parole sur ses lèvres. Il se leva, la prit dans ses bras
et voulut appeler, tandis qu'il s'efforçait, avec une affectueuse
insistance, de connaître la cause de ce malaise imprévu.

— Ce n'est rien, rien, cela passera, disait Elvire, mais
d'une voix à chaque instant plus haletante et plus faible.

Le comte, vivement alarmé, sonna de toutes ses forces,
et bientôt la femme de chambre et d'autres serviteurs
accoururent.

— Quelqu'un tout de suite pour un médecin! cria-t-il;
Madame se trouve mal.

— Un médecin? répéta Elvire, en fixant sur le comte ses

yeux immobiles; oui, vous avez raison, un médecin, et peut-être sera-ce trop tard.

— Elvire, que dites-vous? vous me faites trembler.. Quoi? votre santé ce matin si florissante... Rassurez-vous : cela va passer.

— Je l'ai cru moi-même jusqu'à ce moment, répondit-elle au milieu de spasmes et de contorsions effrayantes. Mais j'ai là, là dedans, quelque chose qui me ronge et qui me tue.

— Ciel ! que signifie?... s'écria le comte. Au nom de Dieu, expliquez-vous, Elvire.

La malheureuse hésitait à répondre. Mais pressée par tous ceux qui l'entouraient et qui remplissaient la chambre, elle dit d'une voix entrecoupée mais forte :

— Je suis empoisonnée.

Tous les assistants reculèrent de surprise et d'épouvante. Le colonel, aux genoux d'Elvire :

— Où? comment? par qui? Elvire, je vous en supplie. Quel pourrait être l'infâme ?...

Elle jeta les yeux autour d'elle comme pour chercher des témoins à l'appui de sa révélation ; mais ensuite, comme si un sentiment opposé eût fait expirer la parole sur ses lèvres :

— Non, dit-elle, vous ne le saurez pas. Cessez, cessez de me le demander.

— Elvire, répliqua le colonel d'un ton grave et impérieux, s'il y a un coupable, la justice exige qu'il soit connu. Parlez donc, je vous l'ordonne.

— Votre fille... murmura-t-elle d'une voix distincte, bien que suffoquée par l'effort.

Au même moment, elle fut prise d'un tremblement convulsif, puis d'un évanouissement qui fit croire qu'elle était morte. Sa femme de chambre, aidée d'autres femmes, la déshabilla et la porta dans son lit; alors elle rouvrit les yeux.

Le comte était resté debout, pétrifié et comme stupide au milieu de la chambre. Cette révélation paraissait l'avoir frappé comme un coup de foudre. Pour la première fois, la froideur de son caractère se démentait aux yeux de tous. Pour la première fois, il sentait que la main de Dieu, quand elle frappe, brise et écrase l'orgueil humain.

Lorsqu'il revint de cette espèce d'égarement : A cheval ! s'écria-t-il, est-on parti chercher le médecin ?

— Un prêtre, cherchez plutôt le curé, demanda la voix à peine intelligible d'Elvire.

— Hé bien ! l'un et l'autre, dit le colonel ; mais vite, qu'on crève les chevaux !

Il parcourait la chambre à grands pas, en proie à la plus vive exaltation. Cette imposante et austère figure, ce front altier qui semblait jusqu'alors avoir défié l'adversité, se pliait enfin sous le poids de la douleur. La nature déjouait les calculs de la vanité et reprenait son empire. La pitié, la honte, la colère se disputaient son cœur, tantôt transporté de mouvements furieux, tantôt suffoqué par la plénitude de l'attendrissement. Il eût été difficile de dire qui souffrait le plus en lui du mari ou du père. Bien que l'empoisonnement lui parût malheureusement vraisemblable, il lui répugnait trop de l'imputer à sa fille ; aussi appelait-il à son aide toutes les circonstances qu'il pouvait imaginer contre cette opinion. Elisa, se disait-il en lui-même, si déchue qu'elle puisse être, ne peut pas avoir une âme assez scélérate pour accomplir, que dis-je ? pour concevoir seulement un pareil crime. Cette lettre que je lisais tout-à-l'heure ne m'est-elle pas un garant de sa conduite honorable et de sa piété ? Comment en quelques heures l'ange se serait-il transformé en démon ? et puis, où et de quelle manière eût-elle commis ce forfait ? La lettre m'annonce bien son arrivée, mais elle n'est pas encore ici...

Mais ensuite la voix d'Elvire dénonçant Elisa résonnait de nouveau à son oreille et ranimait dans son esprit les plus cruels soupçons : Si Elvire l'accuse, il faut qu'elle en soit bien certaine ; Elvire ne se lancerait pas dans une imputation si terrible, si c'était une calomnie. Misérable fille ; son affreux mari aura déteint sur elle ; on ne vit pas impunément avec de pareils scélérats... Et ce père Athanase, lequel m'écrit de si belles choses, qui m'assure que ce n'est pas un complice, lui aussi ? Elisa connaît tous les coins du château ; elle s'y sera introduite furtivement, et puis... et puis quoi ?... se demanda-t-il à lui-même, en arrivant à ce point de son raisonnement, comment s'y serait-elle prise pour faire avaler le poison ? Certainement pas en mangeant ni en buvant ; ma femme déjeune toujours dans son cabinet... A la vérité, elle est descendue, à peine levée, elle est restée absente une bonne demi-heure... Où et avec qui a-t-elle passé ce temps. Serait-ce dans la cuisine ?... mais alors Paul doit savoir... Paul ! sais-je moi-même s'il n'était pas dans le complot ?... Ah ; cela non, c'en est trop ; l'honnêteté de ce vieux serviteur est au-dessus des soupçons... Et pourtant, qui pourrait mieux que lui me fournir la lumière pour éclaircir cette ténébreuse et horrible affaire ? Je vais interroger Paul ; il ne saura pas dissimuler devant moi.

Avec cette pensée fixe dans l'esprit, il descendit précipitamment, oublieux du décorum et de tout le reste, et commanda au premier serviteur qu'il rencontra de lui envoyer Paul immédiatement.

Cinq minutes après, le vieux chef de cuisine, auquel on venait d'annoncer la fatale nouvelle, fut introduit en la présence de son maître, et le trouva seul, assis dans un fauteuil et la tête dans ses mains.

— Ah ! s'écria le colonel se levant avec vivacité, enfin !

Paul vit dans cette exclamation le début d'une de ces explosions violentes qui faisaient pâlir même les plus courageux. Mais il n'en fut rien. Le colonel leva sur lui des yeux où il lut plutôt la bienveillance d'un père que la sévérité d'un maître envers un serviteur coupable.

— Ne tremble pas comme cela, Paul, commença-t-il ; recueille tes souvenirs, sois calme, et réponds-moi : Tu sais quel nouveau malheur me frappe. La comtesse est expirante ; elle paraît empoisonnée. Un assassinat, chez moi, sur une personne qui me tient de si près ! Et l'on accuse... Ah ! Paul, mon ami, mon vieux compagnon, dit-il, je suis bien malheureux !

Il fallait qu'il le fût beaucoup, en vérité, pour en faire l'aveu. La frayeur de Paul se changea en un profond attendrissement.

— Voyons, Paul, reprit le colonel en passant la main sur son front et en arrêtant sur le vieux serviteur un regard fixe et perçant ; le crime a été commis ou préparé dans ta cuisine ; tu connais le coupable :

— Monsieur, Monsieur, je vous jure que je ne sais rien, répondit le vieillard éclatant en sanglots.

— Je te crois, mon ami, poursuivit l'interrogateur ; eh bien ! procédons par ordre. Madame n'est-elle pas descendue chez toi ce matin ?

— Oui, Monsieur.

— Et elle y a bu ou mangé quelque chose ?

— Du café, Monsieur, celui qui était préparé pour vous et qu'elle m'a demandé elle même.

— Et qui le lui a servi ? Toi ?

— Oui, Monsieur, excepté pourtant le lait qui était sur la table depuis un moment et dont elle s'est versé elle-même.

— As-tu encore de ce lait et de ce café ?

— Du café, oui, Monsieur, et j'en ai bu personnellement sans en être incommodé le moins du monde ; mais du lait, non ; Madame l'a trouvé mauvais et me l'a fait jeter par la fenêtre pour lui en donner d'autre.

Le colonel fit un geste de surprise.

— Et ce lait était sur la table, dis-tu, avant l'arrivée de Madame ?

— Oui, Monsieur ; comme c'était pour vous et que vous en prenez si peu, j'avais jugé inutile de le tenir chaud.

Le colonel tomba dans une profonde mais courte rêverie :

— Est-il venu quelqu'un, autre que toi, avant que Madame ne descendît ?

— Je ne saurais vous dire, Monsieur ; la porte était entr'ouverte, comme à l'ordinaire, et moi j'étais sorti un instant, cinq ou six minutes peut-être ; je n'ai rien vu.

— Mais quand tu as servi le café, Madame était-elle seule ?

— Toute seule, Monsieur.

— Mais alors, c'est à n'y rien comprendre... Voyons, tâche de te souvenir... N'as-tu aucun soupçon ?

—Aucun absolument, Monsieur,

Il y eut un moment de silence. Lamblin crut l'interrogatoire fini et fit un mouvement pour se retirer, tout en remerciant mentalement le ciel d'en être quitte à si bon marché. Mais son maître le retint et reprit d'une voix basse, suffoquée par la douleur :

— Sais-tu, mon pauvre Lamblin, qui l'on accuse de ce crime ?... Ma pauvre fille !...

— C'est une infâme calomnie, cela ! répondit le cuisinier avec une vivacité dont il fut lui-même tout surpris.

— Ah ! reprit le colonel avec un soupir de soulagement. Mais quelles raisons as-tu, mon ami, d'affirmer son innocence ?

— Son cœur, Monsieur, et sa piété ! La fille du comte de Montfort, l'héroïque veuve de ce coquin de Déléc... pardon, Monsieur le comte, notre angélique Mademoiselle Elisa d'autrefois est incapable d'une noirceur.

— Daigne le ciel t'entendre ! mon cher Paul ; mais cinq ans d'absence, sans compter les exemples et les leçons de celui que tu viens de nommer, ont bien pu... Dis-moi, l'as-tu vue depuis son retour ?

Paul s'aperçut que son zèle l'avait emporté au-delà des

limites d'une prudente réserve. Lui qui avait si bien réussi
à répondre, jusque-là, sans compromettre ni lui-même ni
personne et sans trahir la vérité, il se voyait dans l'alternative ou de mentir ou de déclarer ce qu'il eût voulu cacher à tout prix. Il demeura bouche béante, avec des contorsions qui, si elles ne signifiaient pas autre chose,
attestaient pour le moins son embarras.

Mais le colonel n'était pas homme à laisser glisser de ses
mains le fil qu'il croyait avoir saisi pour se guider au
travers de ce labyrinthe ténébreux. Il se redressa subitement de toute sa hauteur, saisit le pauvre cuisinier par un
bras et, le secouant à le renverser :

— Malheureux, tu te joues de moi! Ton embarras te
trahit. Parle, ou crains la juste colère d'un maître qui
n'aura point de pitié !

Paul se jeta à genoux et avoua que Mademoiselle Elisa
avait eu une entrevue avec Madame la comtesse, non au
commencement, mais à la fin de ce fatal déjeuner. Il ne
l'avait pas vue venir, il ne lui avait même pas parlé, mais il
l'avait suivie des yeux, et non sans attendrissement, tandis
qu'elle s'éloignait. Du reste, pour ne rien dissimuler, il
savait qu'elle devait venir à ce moment-là; c'était arrangé
avec les Martineau; mais ce n'était pas Madame la comtesse qu'elle s'attendait à rencontrer, c'était son père.

— Moi! s'écria le comte, alors le poison, c'était donc
pour moi !

Le pauvre père retomba pour ainsi dire à la renverse
dans son fauteuil. Paul, trop faible et trop ému lui-même
pour le soutenir, voulut appeler; mais le colonel le retint
d'un geste impérieux, et les deux hommes demeurèrent un
moment immobiles et silencieux, l'un affaissé et comme
anéanti, l'autre debout, presque aussi consterné, tournant,
faute de mieux, son bonnet dans ses doigt, mais ne cessant
point pour cela d'épier avec impatience l'occasion de
s'en aller.

— Mon ami, reprit enfin le comte, je te sais gré de ta franchise. Tu peux te retirer maintenant. Prie Dieu qu'il abrége les jours d'un père et d'un mari si cruellement frappé!

Paul n'en attendit pas davantage. Il sortit à reculons et toujours chancelant sur ses jambes.

Le comte, resté seul, s'efforça de rendre à son esprit le calme qui lui était si nécessaire pour tirer nettement les conclusions du récit qu'il venait d'entendre : Il n'y a plus de doute, pensait-il; Elisa s'est introduite dans la cuisine, en l'absence de Paul, et au moment où je devais descendre, elle a voulu surprendre... Qui?... Pas sa belle-mère, puisque celle-ci déjeune toujours en haut, mais son père. Son père! Elisa parricide!.. Est-ce possible?.. Et à qui se serait-elle confiée pour consommer cet horrible attentat? A mes plus fidèles serviteurs... Encore une fois, c'est impossible!.. A moins pourtant qu'elle ne leur ait caché, comme elle n'aura pas manqué de le faire, son véritable projet... Elle était là toute seule, inobservée, un peu avant que ma femme ne descendît pour boire... pour boire la mort! Et puis, Elvire, le seul témoin, l'accuse formellement. Mais pourquoi aurait-elle empoisonné sa belle-mère? Hélas! Vengeance de femme. Elvire ne s'est-elle pas toujours étudiée à nourrir mon ressentiment contre Elisa? A-t-elle jamais plaidé en sa faveur? Jamais; et pourtant elle, son ancienne institutrice, elle aurait dû garder pour elle un peu d'affection, un peu de pitié!.. Elvire, il n'est que trop vrai, n'est point telle que je l'avais jugée... Mais enfin, elle n'est ma femme que depuis six mois, et mes dissentiments avec ma fille remontent à cinq années. Je ne puis donc les imputer à Elvire... N'importe, si Elvire, dans le temps, se fût préoccupée un peu plus de gagner le cœur de la fille et un peu moins de capter celui du père, rien de tout cela, ne serait arrivé... Mais je m'égare. Ce n'est pas à Elvire qu'a dû être destiné l'horrible boisson, c'est à moi. Quel motif aurait-elle pu avoir d'empoisonner son père, au moment où elle venait implorer son pardon, comme m'écrit ce père Athanase, pardon que j'étais prêt à lui accorder et qu'elle n'était point certaine, dans tous les cas, de se voir refuser?...

Plus le malheureux s'enfonçait dans ce dédale d'hypothèses, plus il s'y égarait. Cependant, à force de réfléchir, le crime de sa fille, dès lors qu'on le supposait prémédité contre lui-même, lui parut vraiment inexplicable. Il finit par douter, et alors l'amour paternel reprenant le dessus, il s'attendrit sincèrement sur les malheurs d'Elisa: Oui, pensa-t-il, coupable ou non, elle est victime d'une étrange fatalité. J'accusais tout-à-l'heure son institutrice; j'avais raison, hélas! Mais moi, qui ai été dupe tout le premier de cet aventurier de Délécour, et peut-être, qui sait? des intrigues d'Elvire... moi qui, après tout, avais plus d'expérience qu'Elisa et qui aurais dû la mieux entourer, suis-je sans reproche, moi aussi? Voilà où m'ont conduit mes imprudences, ma sévérité envers cette enfant, mes sots calculs d'orgueil! La dernière des Montfort, l'héritière de ma fortune et de mon nom, va porter sa tête, peut-être innocente, sur un échafaud!

La pensée de cette dernière conséquence, qui se présenta tout d'un coup à son esprit, le suffoqua à un tel point qu'il en perdit la respiration. Heureusement, ses méditations douloureuses trouvèrent une dérivation. Un domestique ouvrit la porte de la chambre et annonça l'arrivée du médecin.

Le colonel se leva précipitamment et courut à la rencontre de l'homme de l'art.

— Docteur, lui dit-il en l'abordant, sans s'arrêter aux banalités préliminaires de la politesse, le malheur s'est abattu sur ma maison. Il s'agit, paraît-il, d'un empoisonnement.

Le médecin fit un geste d'étonnement, mais non de dénégation et, sans rien répondre, suivit le colonel dans la chambre de la malade.

Celle-ci n'avait pas encore recouvré la parole.

Ils s'approchèrent ensemble du lit. Le médecin, toujours silencieux, examina attentivement la comtesse et, au bout d'un instant, porta sur le comte un regard qui signifiait : « Vous ne vous êtes pas trompé. » Ensuite il fit quelques recommandations, annonça qu'il reviendrait vers le soir, et reprit le chemin de la porte. Le colonel le suivit.

— Eh bien ! docteur, qu'en pensez-vous ?

— Le mal, dit le docteur, a déjà fait des ravages effrayants. J'ai bien peur qu'il ne soit trop tard. Qu'on suive néanmoins avec exactitude mes prescriptions; nous verrons ce soir. En attendant, il ne serait pas hors de propos d'appeler un prêtre.

— On y est allé, dit le colonel. De grâce, docteur, sauvez-la !

Le médecin ne répondit pas, fit une inclinatiou respectueuse et partit.

CHAPITRE XIII

La catastrophe

—

Le mot d'empoisonnement, prononcé par Elvire en présence d'une demi-douzaine de serviteurs, eut bientôt fait le tour non seulement du château mais du village. Dans les maisons, sur les chemins, on ne parlait plus d'autre chose.

— Savez-vous le malheur ? demandait l'un au premier qu'il rencontrait ; la comtesse a été empoisonnée.

— Et quel poison ? répondait l'autre.

— On doit l'avoir extrait des dents d'une vipère; il n'y a pas de remède.

— C'est le médecin qui l'a dit?

— Oui; quand il est arrivé, elle rendait le dernier soupir.

— Déjà morte! ce que c'est que de nous!

— Bah! s'exclamait un troisième survenant, non seulement elle n'est pas morte, mais le docteur a affirmé que si elle vomissait avant la nuit, il répondait de la sauver.

— Hum! reprenait le premier orateur, je lui réciterais plus volontiers un *De profundis* qu'un *Notre-Père*. Depuis qu'elle est devenue « Madame la Comtesse », nous n'avons plus ni trève ni repos.

— Paix-là, mauvaise langue! Il y a des choses qui ne se disent que sous le manteau de la cheminée. Celui pour qui ça ira mal, c'est ce pauvre vieux Paul Lamblin. Il paraît que c'est lui qui lui a fait avaler la pilule.

— Comment cela?

— Dans du bouillon de poulet.

— Allons donc! J'en ai causé avec Jean, le frère du valet de chambre; il m'a assuré que c'est la fille du comte qui a voulu se débarrasser de sa belle-mère. Voilà plus d'un mois qu'elle se cachait dans les souterrains du château, guettant le moment de faire le coup.

— Si la chose était prouvée, il y aurait de quoi vous faire désespérer de toutes les femmes. Celle-ci était si bonne, si honnête!

— Oui, mais on apprend à hurler avec les loups. Elle a été cinq ans à l'école d'un mari qui est mort guillotiné, avec dix-sept homicides sur la conscience, rien que ça!

— Moi je parierais que c'est la comtesse qui s'est empoisonnée elle-même, afin d'accuser sa belle-fille; seulement elle se sera trompée sur la dose.

— Moi je demanderai à la vieille Marthe Goffinet; elle doit être au courant de l'affaire.

— Ce n'est pas douteux, ça; la vieille sorcière doit y

avoir mis les ongles. Elle est capable de tout, cette vieille-
là. Si son mari le pauvre André vivait encore, il nous en
dirait quelque chose.

— Attendons, on verra qui les gendarmes encageront;
concluaient les mieux avisés; la justice est déjà sur la piste
des coupables.

Mais toutes les conversations de cette nature se termi-
naient invariablement par un témoignage de sympathie à
l'adresse du comte, qui était partout aimé. Tout au plus
s'avisait-on de rappeler qu'il n'avait su ni garder sa fille
ni choisir convenablement sa seconde femme.

On pense bien que les époux Martineau ne furent pas
les derniers à connaître le déplorable événement.

Antoine avait réussi à s'acquitter de très-bonne heure,
comme il se l'était proposé, de toutes ses commissions. Il
avait repris avec empressement la route de Montfort, impatient de savoir le résultat de l'entrevue du père et de la
fille. A peine arrivé, vers huit heures, il consigna aux
mains du valet de chambre les lettres qu'il avait apportées
pour le colonel et courut demander à Madeleine s'il y avait
du nouveau. Celle-ci lui annonça qu'Elisa venait de partir
pour le château et qu'elle ne pourrait guère être de retour
avant une demi-heure ou davantage.

Antoine se livra alors à diverses occupations, çà et là,
mais sans perdre le parc de vue, afin d'être le premier à
voir revenir sa jeune maîtresse. Au lieu d'Elisa, ce fut le
valet de chambre qu'il aperçut courant tout effaré du côté
du village.

Antoine jeta bêche et râteau et rattrapa le domestique:

— Qu'y a-t-il donc, l'ami Pierre, pour vous faire courir
de la sorte ?

— Laissez-moi, Antoine, je vais chercher le médecin et
ça presse.

— Comment? Il y a quelqu'un de malade au château ?

— Oui, Madame la comtesse; elle est...

Le valet de chambre se pencha à l'oreille du jardinier, et acheva sa phrase, comme s'il eût redouté d'être entendu.

— Empoisonnée, mon ami, empoisonnée par sa belle-fille!

Et il reprit sa course interrompue.

Antoine eût vu le château s'écrouler qu'il n'eût pas été plus étourdi ni plus consterné :

— Impossible, Pierre, vous vous trompez...

Mais Pierre était déjà loin.

Antoine se rapprocha du château, afin d'interroger Paul Lamblin. Au moment où il pénétra dans la cuisine, il entendit la voix impérieuse du colonel ordonnant de faire monter immédiatement le vieux cuisinier; il entrevit ce dernier pâle et se soutenant à peine sur ses jambes :

— Paul, je vous en supplie, expliquez-moi...

— Ah! mon ami, nous sommes perdus, dit Paul.

— Monsieur a donc bien mal reçu Mademoiselle?

— Elle ne l'a pas vu, elle n'a vu que Madame, et Madame se dit empoisonnée par elle.

Paul s'éloigna pour monter chez le colonel ; mais un autre domestique en passant à la hâte, comme tous les autres, confirma la même nouvelle, et il ne fut plus possible au jardinier de douter qu'il se fût passé quelque chose de terrible.

Il rentra chez lui et appela Madeleine :

— Où est Madame Elisa? L'as-tu vue?

— Elle est ici, elle vient de revenir.

— De revenir tout bonnement, comme ça, aussi tranquille qu'à l'ordinaire?

— Mais oui ; il n'y a rien de fait ; elle n'a vu que Madame la comtesse, qui m'a bien l'air de lui avoir donné de l'eau bénite de cour pour se débarrasser d'elle. Elle nous racontera probablement cela tout-à-l'heure ; pour le moment elle est avec son fils. Mais qu'as-tu donc, toi, mon pauvre Antoine? Tu fais une mine de déterré.

— Madeleine, dit le jardinier à voix basse, le château est tout bouleversé. Madame la comtesse est malade... empoisonnée... j'ose à peine le redire, car moi, par le ciel qui nous entend, je n'en crois pas un mot... elle accuse de ce crime...

— Mais qui donc? qui accuse-t-elle, explique-toi, tu me fais mourir.

— Elisa!

En prononçant ce dernier mot, il dut soutenir sa femme dans ses bras pour l'empêcher de tomber.

— Calomnie! s'écria Madeleine, je suis comme toi, Antoine; sans le savoir, je proteste que ce n'est pas vrai. Je vais demander à Elisa elle-même...

— Non, dit le jardinier, pas de précipitation ; puisqu'elle paraît ignorer ce nouveau malheur, la pauvre jeune dame, nous avons bien le temps de l'en affliger.

Les deux époux restèrent à se consulter, ou plutôt à s'entre-regarder, car ils furent longtemps sans échanger une seule parole. Madeleine, qui avait l'esprit le plus vif et le plus pénétrant, entrevit la première la gravité des conséquences de l'événement. Elle songea à cacher Elisa ; mais la chose n'était guère praticable dans les dépendances mêmes du château ; et puis que faire d'un enfant qui crie, qui n'a pas l'idée du péril, et dont la mère ne consentirait probablement pas à se séparer? La fuite était plus sûre. Justement Antoine avait en Belgique un vieil oncle qui l'avait souvent invité à le venir voir, qui vivait seul et possédait quelques épargnes ; on pouvait se transporter chez lui tous les quatre et, une fois là, prendre conseil des circonstances. La justice ne manquerait pas d'éclaircir l'affaire, car il était impossible de supposer le triomphe de la calomnie ; alors Elisa serait forcément rappelée par son père.

Mais la réussite de ce projet dépendait de la promptitude de l'exécution. Il fallait partir, au plus tard, la nuit suivante, et, dans cette prévision, tout disposer à l'instant même, à commencer par l'esprit d'Elisa qui ne serait peut-être point la plus facile à entraîner.

Cependant la jeune veuve, plus confiante en la protection de Dieu qu'en celle d'Elvire, était paisiblement occupée auprès de son fils endormi. Ange du ciel, pensait-elle en le regardant avec complaisance, comme ton sommeil est doux ! Vainement l'orage est suspendu sur ta tête, le grondement de la foudre ne rend ni ton sourire moins joyeux, ni ton front moins serein, ni ton cœur moins confiant. Tu as raison, mon fils, pourquoi trembler lorsqu'on est innocent ? Dors, dors longtemps ainsi ; ta mère se penche sur toi ; elle étend ses bras au-dessus de ton lit pour le protéger, et elle espère que si l'orage doit éclater encore, il la frappera sans te toucher !

Après avoir déposé sur le front de l'enfant un baiser silencieux, Elisa entrouvrit légèrement les volets, prit une chaise et se plaçant devant la fenêtre, mais tournée vers l'enfant dont elle attendait le réveil, elle ouvrit un livre de méditations et lut, au hasard, un extrait de Bossuet qui traitait de l'utilité des souffrances et qui commençait ainsi :

« Que peut espérer un soldat, si son capitaine ne « l'éprouve ? C'est par les entreprises ardues qu'on lui « fournit l'occasion de se signaler. Je vous entends parler « de la vie future, de la couronne immortelle à laquelle « vous aspirez ; bien, mais ne croyez pas pouvoir renver- « ser l'ordre de l'Apôtre : *La patience naît de l'épreuve* « *et l'épreuve de la patience.* Si donc vous espérez la gloire « de Dieu, venez que je vous soumette aux épreuves que « Dieu propose à ses serviteurs. Voici se soulever une « tempête ; voici une perte de fortune, une insulte, une « contrariété, une maladie. Eh quoi ? Tu murmures, pauvre « piété déconcertée ! Tu ne peux plus te soutenir, ô piété « dépourvue de forces et de fondements ! Va, tu ne méri-

« tais pas le nom de piété chrétienne; tu en étais plutôt
« le simulacre; tu étais un clinquant qui brille au soleil
« mais qui, incapable de soutenir l'épreuve du feu, se fond
« et se résout en poussière dans le creuset. Tu suffis à
« tromper les hommes qui ne voient que les apparences,
« mais tu n'abuseras point Dieu et tu n'es point digne de
« la pureté du siècle futur... »

— Oh oui! se dit Elisa, c'est bien vrai. On veut arriver
à la perfection, mais on recule devant les moyens qui y
conduisent. Jésus nous a appris que la voie est étroite,
et l'on cherche constamment la voie large. Insensés, qui
demandons le repos avant d'être arrivés, le triomphe au
milieu même de la lutte! Songeons à arriver, songeons à
vaincre; peu importent les déchirures passagères: une fois
au terme, nous ne nous souviendrons plus de ce que nous
aurons souffert.

Elisa fut distraite de ces salutaires pensées par deux ou
trois coups légers frappés à la porte de la chambre. Elle
posa le livre et courut ouvrir. Entendant que Madeleine
désirait lui parler, elle sortit et refermant de nouveau la
porte tout doucement :

— As-tu quelque heureuse nouvelle à me communiquer?
demanda-t-elle.

— Ah! madame, je le voudrais bien! Mais, au contraire,
bien au contraire...

— Que veux-tu dire? Est-ce que mon père refuse de me
voir?

— Si ce n'était que cela!..

— Comment? que cela? et que me peut-il donc arriver
encore?

— Bien pire, madame, dix fois pire...

— Explique-toi, Madeleine, parle sans crainte. Le bon
Dieu ne m'a jamais envoyé d'adversités sans me donner
en même temps la force de les soutenir.

— Madame la comtesse est très mal; le médecin désespère; le curé a été appelé pour les derniers sacrements.

— Elvire! s'écria Elisa d'un air de stupéfaction ; mais je l'ai vue tout-à-l'heure en parfaite santé.

— On parle d'empoisonnement.

— D'empoisonnement? Et sait-on comment cela est arrivé?

— Peut-être par accident, dit Madeleine; mais ce n'est pas ce que l'on dit... On accuse la malveillance... En tous cas l'affaire est grave et je souhaite que l'innocent n'ait point à pâtir pour le coupable... Mais où allez-vous, Madame?

Elisa, en effet, mettait un châle qu'elle venait de quitter et se disposait à sortir.

— Mais chez Elvire; n'est-elle pas ma belle-mère et n'a-t-elle pas droit à mes soins?

— Gardez-vous-en bien, dit Madeleine se mettant au devant d'elle. Oui, partons, mais pas chez Elvire. Toujours, madame, Antoine et moi nous vous sommes tout dévoués.

— Madeleine, s'écria Elisa dont le visage se couvrit d'une mortelle pâleur, Madeleine, les soupçons se porteraient-ils sur... sur... moi?

Madeleine hésitait à répondre. Elle voulait parler, mais la douleur d'ouvrir une nouvelle et plus profonde plaie dans ce cœur déjà si blessé lui fermait la bouche. Pour toute explication, elle cacha sa tête sur l'épaule d'Elisa et se mit à pleurer.

Ces larmes et cet embarras étaient assez éloquents ; la pauvre veuve n'avait pas besoin d'insister pour en savoir davantage. Ainsi, ce n'était pas assez d'avoir été reniée par son père, ce n'était pas assez d'avoir supporté la misère et l'abjection : on voulait lui imprimer au front l'infamie d'un assassinat, et la déshonorer pour jamais. Sa mémoire lui représenta rapidement toutes les circonstances de sa visite au château, son entrée furtive, ce paravent derrière lequel elle s'était cachée, son apparition imprévue, la demi-

heure passée dans le petit salon soit seule et sans témoins
à attendre son père, soit en tête-à-tête avec sa belle-mère,
seule encore et sans autre témoin que cette femme ran-
cuneuse. Tout contribuait à corroborer les imputations
qu'Elvire avait pu élever contre elle. De ces souvenirs,
son imagination passa aux conséquences possibles de cette
accusation. Elle pouvait aller jusqu'à faire tomber sa tête
par la main du bourreau !... Et déjà l'infortunée voyait son
père succomber sous le poids de cette dernière honte et
mourir en la maudissant ; elle voyait son petit Richard orphelin, abandonné de tous, montré au doigt comme le fils
d'une parricide ; elle l'entendait maudire, lui aussi, celle
qui lui avait donné la vie, maudire le nom de sa mère
comme celui de son père !...

Telle fut la terreur que lui inspirèrent ces funestes images qu'elle se sentit défaillir et tomba sans connaissance
sur le sol.

Madeleine, quoiqu'à peine moins accablée, s'empressa
de la relever sur une chaise et y parvint aisément grâce à
ses bras robustes. Elle lui bassina le front et les narines
avec de l'eau fraîche jusqu'à ce qu'elle l'eût ranimée.

Elisa, comme si elle se fût éveillée d'un sommeil pénible,
ouvrit languissamment les yeux, les promena autour d'elle,
s'assura qu'elle ne rêvait point et, prenant dans ses mains
une main de Madeleine :

— Mon amie, voici un désastre qui dépasse de beaucoup
tous les autres !

— Mais nous pouvons conjurer le péril, répondit Madeleine avec énergie. Fuyons, Madame ; dans moins de trois
jours, nous serons en Belgique. Nous ne vous laisserons pas
tomber dans les piéges infâmes qu'on vous a tendus !

Elisa, après avoir payé son tribut à la faiblesse humaine,
se sentait déjà raffermie par la grâce divine qu'elle avait
invoquée dans son cœur. S'appuyant sur ce secours et sur

le témoignage d'une bonne conscience, elle reprit avec assez de tranquillité :

— Ma bonne Madeleine, ce m'est une bien vive consolation de voir qu'au milieu de mes infortunes il me reste deux âmes charitables, deux amis qui compatissent à mes chagrins, m'encouragent dans mes faiblesses, me tendent une main secourable dans ma pauvreté. Cette pensée est un baume précieux sur mes blessures, et je n'ai pas de paroles pour vous exprimer ma reconnaissance. Mais tu me fais une proposition inacceptable. Ton cœur, permets-moi de te le dire, ton excellent cœur, dans cette circonstance, trompe ta raison. Une fuite non-seulement ne me mettrait pas à l'abri, puisque les poursuites de la justice, avant trois jours, nous auraient infailliblement rattrapés; mais elle donnerait une terrible apparence de vérité aux accusations calomnieuses; elle éveillerait contre toi-même et contre ton mari les soupçons les plus graves; vous seriez regardés comme mes complices et enveloppés dans mon infamie. Dieu voit mon innocence; à lui de la faire éclater, s'il le juge à propos, et il saura bien en trouver le moyen.

— Mais savez-vous, Madame, de quelles lèvres est sortie la calomnie ?

— Non, mon amie, et je ne veux pas le savoir. J'exposerais peut-être mon âme à concevoir un ressentiment qui éloignerait de moi la miséricorde divine et qui me rendrait trop difficile d'aimer, comme c'est mon devoir, ceux que je croirais mes ennemis. Daigne le ciel écarter de mon esprit tout ce qui pourrait offenser la charité ! Je voudrais, en ce moment, n'avoir rien vu et rien entendu... Madeleine, prions plutôt pour les calomniateurs, quels qu'ils soient. Peut-être sont-ils plus aveuglés par la passion que sciemment et volontairement coupables du mal qu'ils font.

— Tout ça, c'est fort beau, répliqua la compatissante jardinière; mais j'ai toujours entendu dire que nous sommes obligés de maintenir et de préserver notre honneur et notre vie. Ces deux biens n'appartiennent pas qu'à nous : ils sont aussi à nos enfants et à toute notre famille. Je ne comprends donc pas comment vous pouvez hésiter à repousser une imputation aussi grave et à la rejeter, au besoin, sur son auteur, ou du moins sur le vrai coupable. Moi, voyez-vous, après ce que vous m'avez raconté de la conversation de Madame Elvire et de la vieille Marthe dans la serre, je n'hésite pas. C'est l'une des deux qui a fait le coup, et plus probablement la vieille. Oui, tenez, ça doit être la vieille ; pour sûr, c'est la vieille !

— Pour sûr, dis-tu ? Et d'où la tires-tu, cette certitude ? Savons-nous quelles étaient exactement ses intentions ? ne se pourrait-il pas que le crime, si crime il y a, eût été commis par un autre, et pour d'autres motifs ? Et s'il m'arrivait de lancer contre mon prochain une accusation pareille, et de ne pouvoir en fournir la preuve, quelle responsabilité n'assumerais-je pas en face de Dieu et des hommes ! Quelle responsabilité surtout s'il était innocent ! comment me laverais-je de la tache de calomniatrice et de la honte qui y est attachée ? Non, non, Madeleine, loin de moi ces funestes conseils ; je veux embrasser la croix et m'attacher à elle au lieu de la repousser ; je veux me remettre entièrement à la justice et à la clémence du souverain Maître.

Après avoir ainsi parlé, Elisa se mit à genoux devant un crucifix appendu à la muraille et récita à haute voix la prière suivante, que Madeleine, elle aussi, accompagna mentalement :

« Seigneur Jésus, vous voyez quelle nouvelle et terrible tempête menace ma tête coupable, coupable non de ce dont on m'accuse en ce moment, mais de bien d'autres fautes que vous seul connaissez. Il vous est également facile de l'éloigner de moi ou de m'en laisser écraser ; mais je sais que dans l'un et l'autre cas, vous agirez selon votre justice impénétrable et selon votre impénétrable mi-

séricorde à mon égard. Que votre volonté s'accomplísse
donc, ô mon Jésus ; donnez-moi seulement la force de
m'y conformer avec joie. Mais surtout, daignez pardonner à ceux qui m'accusent et qui, en affligeant sans motif
une créature humaine, rachetée comme eux de votre
sang, violent votre sainte loi et vous font à vous-même le
plus grand outrage. Eclairez leur conscience, ô Jésus ;
pénétrez-les de votre grâce, faites-leur sentir la malice
de leur conduite, et puissent-ils goûter bientôt les ineffables
douceurs que vous prodiguez au pécheur sincèrement
repentant ! »

— Madame, dit tristement Madeleine, lorsqu'Élisa se
fut relevée, vous êtes aussi bonne que je suis méchante.
Vous êtes un ange, Madame ! Pardonnez-moi de vous
avoir donné des conseils peu charitables... je croyais
qu'on doit avant tout défendre sa peau et préserver sa
réputation...

— Je ne prétends pas que tu aies complétement tort,
Madeleine; oui, on peut se défendre, on le doit même,
mais à la condition de ne nuire à personne...

— Excepté au vrai coupable, dit Madeleine.

— Fort bien, Madeleine, quand on le connaît. Mais le
connaissons-nous ? Non, n'est-ce pas ? Alors attendons
en paix. Que s'il plaisait à Dieu de confondre pour un
moment les calculs de la justice humaine en la laissant
s'égarer et frapper l'innocence, ne devrais-je pas m'estimer
heureuse de me voir suspendue à la même croix où ex-
pira Jésus, l'innocence même ? Crois-tu que ce fût trop
d'un pareil supplice pour racheter mes fautes et embellir
ma couronne dans le ciel ?

— Je comprends, répliqua Madeleine subjuguée par une
aussi haute vertu ; je n'ai plus que des larmes d'admiration et de tendresse à vous donner ; il sera fait comme
vous le désirez et le Seigneur aura pitié de nous tous.

En ce moment, un nuage de tristesse voila le front serein

d'Elisa; son cœur se serra à une pensée qui le traversa comme un glaive, et cette émotion subite n'échappa point à l'œil observateur de Madeleine :

—Qu'avez-vous ? Madame, demanda-t-elle ; d'où vient ce changement dans vos pensées ?

—Mon amie, dit Elisa indiquant du regard la chambre où dormait encore le petit Richard, si jamais j'étais arrachée aux tendres embrassements de mon fils, si je ne devais plus le revoir...S'il devenait orphelin de mère comme il l'est déjà de père, Madeleine, qui aura soin de ce petit infortuné ? Qui lui enseignera à craindre et à aimer Dieu ? Qui le dirigera dans les routes épineuses de la vie ? Qui lui apprendra à prier pour ses malheureux parents ?

—Oh ! Madame, interrompit l'excellente jardinière, ne dites pas de ces choses-là, elles me font trop de mal à entendre ! Croyez que Dieu bénira et récompensera même dès ce monde votre sainte résignation. Mais si la Providence, dans ses desseins parfois incompréhensibles, avait décidé que votre fils fût séparé de vous, et que l'héritier des comte de Montfort n'eût un jour ni les titres ni la fortune de ses aïeux, croyez-vous qu'Antoine et Madeleine hésiteraient à le recueillir sous leur modeste toit, à partager avec lui le peu qu'ils possèdent, à lui apprendre à gagner honnêtement sa vie comme ils font eux-mêmes ? Il n'y a point de sot métier, Madame...

—Et la véritable noblesse est souvent plus facile à rencontrer dans les cabanes que dans les palais, interrompit Elisa en serrant Madeleine sur son cœur. O généreuse et vraiment noble amie, tu es ma bienfaitrice, tu es ma famille, toi, Madeleine ; tu soutiens mon courage maternel prêt à défaillir. Quoi qu'il arrive, promets-moi de conserver mon Richard auprès de toi, au moins tant qu'il aura besoin de ta sollicitude, ou jusqu'à ce que les circonstances lui rendent l'affection et les soins de mon père. Tu en feras un chrétien; Madeleine, tout est là. Je l'aimerais mieux

jardinier et pieux comme vous que millionnaire et incrédule, et je crois qu'il sera plus heureux ainsi, incomparablement plus heureux même dès ce monde. Si sa fortune
venait à changer, il saura reconnaître tes peines; sinon,
ce sera le bon Dieu qui te récompensera, et tu n'y perdras
rien. Parle-lui souvent de moi, Madeleine. Ne lui cache
point mes torts, mais dis-lui que je les ai pleurés, et que
Dieu me les a pardonnés, je l'espère du moins. Surtout
dis-lui que je suis innocente, dis-lui que je n'ai point
mérité les châtiments qui pourront m'atteindre, mais que
je les ai acceptés en songeant à lui, et que je les ai offerts
à Dieu pour son salut et pour celui de toute ma famille
et de mes amis. Madeleine, parle-lui de son pauvre père,
que nul autre que toi ne songera jamais à lui rappeler;
raconte-lui souvent la douloureuse histoire de sa mort si
tragique mais si édifiante...

Elisa n'avait peut-être pas encore terminé toutes ses recommandations; mais le petit Richard s'éveilla et se mit à
crier. La mère se dirigea vers la chambre où il reposait;
toutefois, comme si elle n'eût pu rompre ainsi subitement
la chaîne de ses pensées et de ses affections, elle ajouta
encore, du seuil de la porte, en se retournant vers Madeleine :

— Enfin, dis-lui combien je l'ai aimé, dis-lui que de tous
les sacrifices que j'ai eu à subir, le plus pénible a été de
me séparer de lui. Dis-lui...

Mais les cris de l'enfant, loin de s'apaiser, devenaient
plus forts. La pauvre mère ne put achever. Elle entra dans
la chambre de Richard, et Madeleine toute bouleversée se
mit à la recherche d'Antoine pour lui faire part de l'insuc-
cès de sa proposition.

Cependant les remèdes administrés à Elvire, selon les
prescriptions du médecin, n'avaient pas eu le pouvoir
d'enrayer les progrès du mal. Les coliques, à la vérité,
étaient un peu moins violentes, mais une fièvre ardente

leur avait succédé et la malade ne prononçait que des paroles incohérentes.

Le prêtre se tenait tristement au chevet du lit, épiant un intervalle lucide et tremblant que cet intervalle ne se présentât point et que la comtesse, femme peu régulière dans l'accomplissement de ses devoirs religieux, surtout depuis son mariage, ne mourût sans confession.

Le colonel, mélancolique et taciturne, entrait et sortait sans parler, désespéré de ne pouvoir sauver sa femme, et songeant plus encore peut-être au terrible sort réservé à sa fille, qui lui paraissait inévitablement condamnée à subir la peine du crime.

Plus d'une fois, durant cette désastreuse journée, il sentit son cœur paternel s'attendrir sur cette enfant qu'il ne pouvait se décider à croire coupable. Plus d'une fois il fut sur le point de la faire appeler, ou de l'aller trouver lui-même en secret et de lui ménager les moyens de fuir. Mais quoi? Une fuite, surtout proposée et concertée par lui, si elle sauvait la vie d'Elisa, ne sauvait point son honneur ni celui de sa famille; elle ne pouvait, au contraire, que les compromettre davantage en donnant lieu de croire à sa connivence à lui-même dans la perpétration du crime. Cette considération faisait bouillonner son orgueil, et le père disparaissait, pour ne laisser de place qu'au rigide colonel, inflexible gardien de la renommée des comtes de Montfort.

— Il faut laisser agir la justice, se disait-il: ma voie est toute tracée; conserver l'impartialité la plus rigoureuse envers chacun et ne me mêler de rien. Un homme faible se préoccuperait avant tout de sa fille... Moi je dois songer à mon nom. Ma fille! Mon unique enfant! Oh! Que ne donnerais-je point pour la sauver! Mais après tout, elle subit les dernières conséquences d'une conduite réprouvée par moi; elle n'a conservé avec moi aucun rapport domestique et ne saurait m'envelopper dans sa honte. Je serai donc le plus infortuné des pères, je le suis déjà et je ne puis l'empêcher; mais je reste digne de l'estime de mes concitoyens et de mes compagnons d'armes. Arrière l'intrigue, l'or, les protections humiliantes! Evariste de Montfort ne se traînera aux genoux de personne; jamais il ne s'abaissera à des moyens qu'il a mille fois réprouvés.

Ainsi raisonnait le comte. Si les préjugés n'eussent obscurci sa raison, il eût facilement compris qu'il pouvait venir au secours de sa fille sans s'avilir et sans trahir la justice. Il eût même devancé les investigations de cette dernière et forcé Elisa à s'expliquer devant lui: après quoi, s'il l'eût reconnue innocente, il l'eût aidée à se défendre et partagé avec elle les amertumes, les espérances et les craintes de la situation; si au contraire, il l'eût trouvée coupable, il l'eut aidée à subir dignement un châtiment mérité. Mais non: il s'était fait en lui-même une idole de certaines idées de vaine gloire et d'impassibilité hautaine, et il se croyait obligé de leur sacrifier tout, jusqu'aux plus douces affections de la nature, jusqu'aux devoirs les plus sublimes du christianisme. Sans être ni cruel, ni impie, il se voyait condamné à faire taire son cœur et sa foi. Hélas! il était de son temps; il avait des vertus, mais de ces vertus purement païennes que la philosophie matérialiste prétend substituer à la docilité et à l'humilité chrétienne, toutes deux déshonorantes. Au lieu de la grâce divine, il invoquait je ne sais quel stoïcisme présomptueux qu'il décorait du nom de force de caractère : mais il ne tarda point à s'apercevoir combien cette force était fragile et combien elle le laissait faible non seulement contre la douleur, mais contre le blâme et l'opinion des hommes.

Sur le soir, le médecin reparut, comme il l'avait annoncé. Après avoir examiné silencieusement la malade, il suivit le colonel dans son cabinet et lui avoua sans ambages qu'il ne conservait plus d'espoir.

— Je reviendrai néanmoins avant minuit, ajouta-t-il gravement, mais je crains de ne plus trouver Madame la comtesse. La nature et la quantité du poison absorbé me rendent même étonné qu'elle vive encore. A ce propos, Monsieur le comte, vous ne trouverez point mauvais que je remplisse jusqu'au bout les devoirs de ma profession et que j'adresse à qui de droit mon rapport sur ce déplorable événement. La loi est formelle, vous le savez, Monsieur le comte...

— Vous savez ce que vous avez à faire, répondit le colonel avec un calme affecté. Je comprends aussi bien que vous, docteur, les exigences de l'intérêt public et les droits de la société atteinte dans la personne d'un de ses membres.

Vers les neuf heures, le curé vint annoncer au colonel que la malade avait repris connaissance, qu'il avait saisi ce moment pour recevoir sa confession et qu'il allait chercher la sainte hostie. Il ajouta que la malade avait exprimé le désir qu'on réunît autour d'elle, au moment où elle recevrait le Viatique, tous les serviteurs du château ; elle voulait leur adresser quelques paroles.

Le colonel ordonna immédiatement qu'ils fussent tous convoqués, y compris les époux Martineau. Il leur enjoignit en même temps de se pourvoir de cierges, d'accompagner le Saint-Sacrement et de ne quitter la chambre de Madame qu'après que cette dernière les aurait congédiés. Lui-même il se joignit à eux. Il ne voulait pas perdre un mot de ce que pourrait dire Elvire, dans l'espoir qu'elle ferait des révélations importantes.

La pieuse cérémonie fut vraiment émouvante et solennelle. Ces nombreuses lumières circulant la nuit à travers ces vastes appartements où semblaient régner le silence et la mort ; la mystérieuse maladie de la comtesse et ce mot d'empoisonnement qui émeut toujours les foules ; l'acte auguste qui se préparait, comme pour attester la bonté souveraine du Dieu qui vient consoler lui-même ceux que les hommes abandonnent ; enfin le maître du château, dont la tête altière se courbait maintenant sous la main qui le frappait : tout contribuait à remplir les assistants de terreur, et en même temps de respect et d'attendrissement.

Lorsqu'elle eut reçu la sainte Hostie, Elvire, au milieu d'un profond silence, fit signe qu'elle voulait parler ; mais bien qu'elle s'y prît à plusieurs fois, elle ne put y réussir. Son visage attestait non-seulement les douleurs atroces dont elle souffrait, mais encore sa vive émotion.

Le prêtre l'engagea à suspendre ses efforts et à attendre un peu de calme ; mais ce calme n'arriva point ; les symptômes de l'agonie se déclarèrent, et des sanglots pénibles et incessants furent tout ce qu'on entendit.

Elle tenait dans ses mains un crucifix qu'elle baisait avec des signes manifestes de componction et tournait vers son mari des regards qui, également, semblaient implorer miséricorde.

Le prêtre jugea le moment venu de lui administrer le sacrement de l'extrême-onction ; ensuite, il commença la récitation des prières des agonisants.

Tous les assistants, dans une douloureuse anxiété, n'attendaient plus que l'instant de sa mort, lorsque soudain elle se ranima, ouvrit les yeux et, tendant une main vers son mari qui se tenait, muet et immobile, à son chevet :

— Evariste, dit-elle d'une voix à peine intelligible, pardon pour... pour moi !

Ce furent ses dernières paroles.

Le curé se pencha sur le lit ; lorsqu'il releva la tête, il se tourna vers le colonel et dit :

— Elle est morte : que Dieu l'ait en sa miséricorde !

Le colonel fit signe aux domestiques de se retirer, contempla un instant la défunte et la baisa au front, puis invita le prêtre à passer avec lui dans la pièce voisine. En y entrant, il essuya furtivement quelques larmes, mais il recouvra tout aussitôt son imperturbable sang-froid.

— Monsieur le curé, s'écria-t-il, c'est un grand malheur que celui-là ! Mais je saurai le supporter.

— Certainement, répondit le prêtre. Demandons à Dieu le courage et la force. Il éprouve ceux qu'il aime et, en même temps qu'il les afflige, il les soutient par sa grâce.

Le comte ne répliqua rien. Il parcourait la chambre tristement, les yeux vers la terre et s'arrêtait parfois comme pour se livrer plus entièrement à ses réflexions douloureuses. Le prêtre n'osait troubler son recueillement et attendait qu'il lui adressât la parole.

Au bout de dix minutes environ, le comte, comme s'il eût cherché un auxiliaire dans sa lutte intérieure contre le chagrin, regarda le curé :

— J'espère, dit-il, qu'elle jouit maintenant de la paix des justes.

— Et moi j'en ai la pleine confiance, Monsieur le comte. Sa vie a été régulière et, chose plus importante encore, sa fin a été telle qu'il nous faut la désirer pour nous-mêmes. Seulement, il est bien regrettable qu'elle n'ait pu réaliser son désir de parler à vos domestiques.

— Oui, c'est un grand malheur, Monsieur le curé ! Elle aurait éclairci peut-être un sombre mystère qui plane sur ma maison et jette son ombre jusque...

— Je vous comprends, dit le curé, mais tranquillisez-vous. Je crois pouvoir vous assurer que votre fille est innocente.

— Ah ! plaise au ciel ! Monsieur le curé ; mais les apparences sont contre elle et je crains qu'elle n'ait de la peine à se justifier. Elle subit les conséquences de sa déplorable ingratitude envers son père. Mais ne rappelons point un passé qui m'a séparé d'elle pour jamais.

— Pour jamais ! reprit le prêtre avec une pénible surprise ; eh quoi ! Monsieur, cinq ans ne sont-ils pas une punition suffisante? Je n'ai pas l'honneur de connaître Madame votre fille; mais mon prédécesseur, l'abbé Brunard, l'avait en haute estime, même après le malheureux événement auquel vous venez de faire allusion.

— L'abbé Brunard l'a toujos gâtée, Monsieur le curé; cette indulgence était dans le caractère et peut-être dans les fonctions de cet ecclésiastique, je ne l'en blâme point; mais c'est moi, et non l'abbé Brunard, qui suis responsable de l'honneur de ma maison.

— Pourtant, Monsieur le comte, si l'opinion du monde est intraitable...

— L'opinion, c'est tout, en pareille matière, Monsieur, dit le colonel. Le point de vue d'où vous envisagez ces choses, vous autres prêtres, peut vous faire juger différemment, et il est fort possible, j'en conviens, que vous ne compreniez point ce qui m'interdit de rétracter ma parole une fois donnée, ni pourquoi la veuve Délécour ne peut redevenir l'héritière des Montfort.

— Mais enfin, Monsieur, cette veuve Délécour, c'est votre fille!

Le colonel s'arrêta court, à ces audacieuses paroles, et jeta sur son interlocuteur un regard sévère. Il est probable qu'en toute autre circonstance, il n'eût pas souffert une contradiction aussi prolongée; mais en ce moment il se sentait trop humilié par l'infortune pour avoir le courage d'exalter son propre orgueil aux dépens du respect dû à un ecclésiastique. Il se contenta de rompre l'entretien et, retrouvant sa courtoisie habituelle:

— Monsieur le curé, vous devez avoir besoin de repos. Comme il est un peu tard pour retourner au presbytère, j'espère que vous me ferez l'honneur de passer la nuit au château. Je vais donner des ordres à cet effet.

Le prêtre voulait absolument prendre congé; mais le châtelain n'entendit à aucune excuse:

— J'aurai besoin de vous entretenir encore demain

matin, ajouta-t-il ; je ne puis vous laisser faire deux fois la route. Ainsi donc, ayez la bonté de suivre mon valet de chambre, si vous ne voulez pas me désobliger.

Il l'accompagna lui-même jusqu'à la porte de la chambre qu'il lui destinait, lui souhaita le bonsoir et revint s'enfermer dans son cabinet, avec la résolution d'y passer toute la nuit.

Mais quelle nuit pour cette âme ulcérée par l'humiliation de son orgueil, par le regret de la perte éprouvée, par les reproches de la nature qui réclamait ses droits méconnus ! Pleurait-il sincèrement sa femme ?.. Et qui oserait se flatter d'avoir pu lire dans les replis de ce cœur si jaloux de dissimuler ses battements ? Peut-être aimait-il encore Elvire ; il paraît certain qu'il n'avait pas cessé jusqu'alors d'admirer son esprit et d'estimer son honnêteté, malgré les nombreux défauts de caractère observés trop tard et qui, plus d'une fois sans doute, lui avaient fait regretter son second mariage. Mais il n'était pas homme à avouer une erreur, même à Elvire. Il avait pris courageusement son parti, sans se plaindre, et ne s'était jamais départi auprès d'elle des égards et des prévenances d'un bon mari. Il honorait en elle, tout au moins, son titre d'épouse et de comtesse de Montfort.

Toutefois la catastrophe qui venait de frapper sa maison lui faisait sérieusement suspecter la droiture de la défunte. Il se rappelait la rancune implacable de cette femme hautaine contre Elisa, son élève, son ancienne amie, et qui n'avait aucun tort envers elle personnellement. Il songeait à son étrange intimité avec la vieille Marthe, la femme la plus mal famée qui fût à trois lieues à la ronde ; il remarquait enfin le relâchement inexplicable de sa piété, jadis rigide, et de certaines charités de parade qu'elle ne pratiquait plus depuis son mariage. Tout cela lui indiquait assez clairement qu'elle avait joué une sorte de comédie dont son cœur à lui était le but et l'enjeu, et il se révoltait

à la pensée d'avoir si facilement donné dans le piège.
Elvire, indigne de lui et cependant honorée de tous, lui
rendait plus touchante l'image d'Elisa, abreuvée de chagrins, et cependant excusable, vu sa jeunesse. Mais Elisa
n'était-elle pas une hypocrite, elle aussi? Entre une épouse
perfide et une fille déshonorée, une fille mésalliée, traînée
devant les tribunaux comme coupable d'assassinat, laquelle
choisir?.. Ni l'une ni l'autre. Il passait entre les deux la
tête haute et sans les reconnaître, et il les répudiait également, la fille devant le monde, l'épouse au fond de son
cœur.

Ce fut dans ces réflexions désolantes, ou d'autres sem-
blables, que s'écoulèrent pour lui les longues heures de la
nuit. Le jour commençait à paraître, lorsque le colonel,
exténué de fatigue, s'étendit sur le canapé où il était assis
et se laissa aller au sommeil. Mais ce repos fut de courte
durée.

Un bruit de chevaux et de voitures vers l'entrée du parc
le réveilla en sursaut. Le comte de Montfort courut à la
fenêtre, écarta un rideau et se retira comme atterré par un
spectacle qui parut lui causer plus de terreur que de surprise.

CHAPITRE XIV.

L'enquête judiciaire.

—

Le château était cerné et l'on entendait à la grande
porte, avec des cliquetis d'armes, des coups qui attestaient
qu'on voulait entrer.

Les gens du comte étaient tous au lit, à l'exception d'une

femme qui veillait à côté de la couche funèbre. Comme
personne n'ouvrait, les coups redoublèrent et se suivirent
presque sans interruption ; aussi tout le monde se leva-
t-il en même temps, et bientôt la maison fut sens dessus
dessous. Paul Lamblin, entre autres, voulut sortir par une
porte de derrière ; mais il tomba entre les mains de deux
gendarmes qui l'arrêtèrent et le constituèrent provisoirement prisonnier.

Seul, le maître du château ne bougea point de son canapé sur lequel il était revenu s'asseoir. Il attendait la visite
et les explications de ces hôtes peu agréables, bien qu'il
sût parfaitement à quoi s'en tenir sur les motifs qui les
amenaient.

En effet, dès que la grande porte fut ouverte, quatre personnes bien mises et d'un aspect fort convenable deman-
dèrent à parler au colonel comte de Montfort. Et comme
le domestique s'excusait sur l'impossibilité d'éveiller son
maître à pareille heure, les nouveaux venus déclarèrent
qu'ils étaient magistrats et que leurs fonctions les dispen-
saient de l'observation de certaines convenances qu'en toute
autre occasion ils se seraient fait un devoir de respecter.

Le serviteur se dirigea vers la chambre du comte, pour
les y annoncer, et il ne fut pas peu surpris de les voir
s'attacher à ses pas et entrer après lui, sans autres compliments, dans la chambre même du châtelain.

— Je suis désolé, Monsieur le comte, dit en s'inclinant
celui que son extrême politesse, non moins que la défé-
rence des autres, indiquait comme le chef, je suis désolé
de vous déranger à une heure aussi matinale. Mon excuse
est dans mon titre de procureur du roi, et ces Messieurs,
que j'ai l'honneur de vous présenter, sont l'un juge d'instruction, l'autre greffier, le troisième médecin légal. Daignez
nous autoriser, en conséquence, Monsieur le comte, à
remplir nos pénibles fonctions sans aucun égard, si ce n'est
pour la justice que nous représentons ici...

— Vous êtes dans votre droit, Messieurs, répondit gravement le colonel, et je sais trop bien qu'en agissant de la sorte, vous ne faites que remplir votre devoir. Mon valet de chambre, ici présent, est à vos ordres. Il vous guidera par la maison et vous donnera toutes les indications nécessaires.

— Mille grâces, Monsieur, répliqua le juge d'instruction; mais avant de passer outre, je dois vous prier de vouloir bien me donner vous-même certains renseignements pour lesquels la présence de votre serviteur serait plutôt importune.

Le valet de chambre se retira et ferma la porte. Le procureur donnant l'exemple s'assit devant une petite table contre la fenêtre, après en avoir demandé l'autorisation par un geste muet. Un de ses compagnons se mit à côté de lui, tira de sa poche quelques feuilles de papier et tout ce qu'il fallait pour écrire, et se tint prêt à rédiger le procès-verbal de ce qui allait se passer.

— Messieurs, je vous écoute, dit le colonel un peu brusquement, comme importuné de ces préparatifs.

— Pour vous épargner tout ennui non absolument inévitable, permettez-moi, reprit le juge d'instruction, d'omettre certaines questions préliminaires et d'arriver directement à l'objet de notre visite. Il résulte d'un rapport de votre médecin, le docteur Lebeau, rapport parvenu hier soir au parquet, que Madame la comtesse de Montfort, votre épouse, serait gravement malade par suite d'un empoisonnement, et nous avons appris avec stupeur, en arrivant, qu'elle était décédée.

— Le fait n'est que trop certain, répondit le colonel, du moins en ce qui concerne le décès; pour le reste, je ne suis pas médecin et ne saurais vous donner aucune appréciation sur les causes du mal.

— Mais vous pourriez sans doute, ajouta le procureur, nous renseigner sur les circonstances dans lesquelles les symptômes se sont manifestés ?

— Hier matin, vers neuf heures, ma femme s'est trouvée malade et tous les secours de l'art ont été inutiles. C'est tout ce que je puis vous dire.

— Etait-ce à la suite de son déjeûner et aviez-vous déjeûné ensemble ?

— Non ; j'ai su seulement qu'elle avait pris une tasse de café au lait dans une chambre du rez-de-chaussée.

— Mais ce café, qui l'avait préparé ? Qui le lui a servi ?

— Mon cuisinier, Paul Lamblin, je suppose. Du reste, je n'ai rien vu ; j'étais encore au lit.

— Madame était-elle seule à ce moment ?

Le colonel, à cette question, pâlit légèrement et ne répondit point.

— Daignez m'excuser, Monsieur, insista le juge d'instruction auquel cette impression pénible n'avait point échappé. Je suis obligé de m'informer des moindres détails, même de ceux qui vous paraîtraient insignifiants. Madame vous a-t-elle raconté ce qu'elle avait fait en prenant le café ou avant de le prendre ? A-t-elle accusé quelqu'un de l'acte aux suites duquel elle a succombé ?

Le colonel s'agita sur son siége et donna des marques de vive impatience. Mais comme son interlocuteur, toujours calme et poli, semblait ne pas s'en apercevoir, il essaya enfin de répondre. Il ne prononça que des phrases vagues, sans cohésion, et que, pour la plupart, il abandonnait avant qu'elles fussent terminées. On voyait bien qu'en vieux militaire, il ignorait profondément l'art de parler pour ne rien dire.

Le magistrat, dont cette réflexion traversa l'esprit, en eût souri en toute autre circonstance. Il feignit de n'avoir point remarqué l'embarras du comte, et de s'imputer à lui-même le peu de clarté des explications fournies.

— Je me serai mal expliqué, reprit-il. Nous allons, si vous le voulez bien, reprendre nos questions une à une...

Le colonel l'interrompit avec emportement :

— Eh ! par le ciel, je vous ai parfaitement compris. Mais il y a dans la vie des moments où l'on serait moins ému de se trouver en face d'une pièce de quarante-huit chargée à mitraille que d'affronter seulement la plume que ce monsieur tient braquée sur moi... Au nom de la justice elle-même, qui n'aime pas les cruautés inutiles, ne sauriez-vous trouver ailleurs matière à verbaliser? Interrogez ailleurs, de grâce, Monsieur le procureur du roi, et respectez la douleur d'un pauvre mari qui a bien autre chose à faire qu'à travailler à dérouter vos recherches... comme ce serait peut-être son devoir...

Les magistrats comprirent que le comte faisait plus que demander, qu'il exigeait la fin de l'interrogatoire, sans doute parce que ses réponses auraient pu le conduire à des confidences dont il tenait à se dispenser. Et comme leur but, en s'adressant d'abord au maître de la maison, avait été plutôt de se conformer aux convenances que d'obtenir du père les éléments d'un acte d'accusation contre la fille, car ils savaient déjà qui la comtesse avait désigné comme coupable, ils parurent déférer sans difficulté au désir qui leur était exprimé.

Le procureur se leva et fut imité des trois autres :

— Nous regrettons, Monsieur le comte, de vous avoir dérangé inutilement et, par respect pour votre douleur, nous cessons bien volontiers de vous importuner. Toutefois, notre mission ne saurait se terminer là, et nous acceptons avec empressement l'offre que vous avez bien voulu nous faire tout-à-l'heure de mettre à notre disposition un homme sûr et qui connaisse parfaitement le château.

Le colonel, sans répliquer, tira un cordon de sonnette qui fit apparaître instantanément son valet de chambre. Il lui ordonna de suivre Monsieur le procureur du roi et de lui obéir en tout comme à lui-même.

Les quatre visiteurs saluèrent et quittèrent le cabinet, et le colonel, demeuré seul, remarqua avec effroi que son impassibilité ordinaire venait de lui faire défaut et qu'il aurait de la peine à conserver aussi ferme qu'il l'eût désiré, la dignité de caractère dont il avait si grand besoin.

Le juge d'instruction et ses compagnons se firent conduire dans la chambre de la défunte. Le médecin examina attentivement le cadavre et annonça son intention d'en opérer l'autopsie, tandis que le procureur, le juge et son greffier procédaient à l'interrogatoire de tous les domestiques du château.

La déposition la plus importante fut celle de Paul Lamblin. Le vieillard, se laissant dominer par la peur, hésita beaucoup, mais raconta tout ce qu'il savait. Le médecin, rappelé, se fit présenter les ustensiles dont il s'était servi la veille au matin, la tasse dans laquelle la comtesse avait bu, le marc de café restant. Il examina avec une attention particulière l'endroit où avait été répandu le contenu du pot au lait dont la comtesse avait bu une partie et fait jeter le reste ; il recueillit un peu de terre dans cet endroit et, après un moment d'observation, il serra cette terre dans un papier et, se tournant vers ses compagnons : L'affaire commence à s'éclaircir, dit-il ; voici de l'arsenic : c'est dans le lait qu'a été mis le poison.

Tout semblait se réunir pour incriminer la pauvre Elisa. Personne ne l'avait vue verser l'arsenic, mais elle seule s'était trouvée dans la chambre fatale après le dépôt du lait sur la table et avant l'arrivée de la comtesse ; elle avait donc pu faire, sans être observée, tout ce qu'elle avait voulu, et l'irritation qu'elle devait naturellement nourrir contre sa belle-mère rendait compte avec évidence du mobile qui l'avait poussée.

La contenance embarrassée et le silence du comte de Montfort ne semblaient pas moins significatifs. Placé dans l'alternative de mentir ou d'accuser sa fille, il s'était tiré d'affaire en refusant de répondre. Il était excusable, assurément, mais sa conduite démontrait qu'il croyait à la cul-

pabilité d'Elisa. Or, personne n'était mieux placé que lui
pour savoir à quoi s'en tenir. Nouveau et plus accablant
témoignage contre l'inculpée.

Le procureur se crut plus que suffisamment auto-
risé, par tous ces motifs réunis, à s'assurer, sans plus de
délai, de la personne de la coupable présumée. Ayant
appris qu'elle devait se trouver chez le jardinier du château, il se porta dans cette direction, toujours avec son
greffier qui n'avait point cessé de prendre des notes.

Nous n'avons pas besoin de dire si les époux Martineau,
en voyant le parc s'emplir de gendarmes et leur propre
maison cernée, en avaient été saisis d'épouvante. Antoine
avait essayé vainement de sortir, dans l'intention de renouveler la tentative en compagnie d'Elisa, s'il réussissait.
Ramené brutalement chez lui, il s'y était enfermé avec désespoir, se martelant la tête pour imaginer une cachette,
n'en découvrant aucune et frissonnant jusqu'à en être
trempé de sueur, au moindre mouvement qu'il entendait
au dehors.

Madeleine, assise sur un escabeau au coin le plus obscur
de sa cheminée, pleurait. Seule, l'objet de tant d'hostilités
et de tant d'alarmes s'habillait tranquillement, sans se
douter de ce qui la menaçait, et vaquait avec la plus entière sécurité à ses exercices de dévotion de la matinée, en
attendant le réveil de son fils.

Le jardinier et sa femme ne pouvaient se faire à l'idée
de voir leur jeune maîtresse, leur hôtesse et leur protégée,
emmenée entre deux gendarmes. Eux qui ne discutaient
point, qui ne raisonnaient point sur les apparences et qui
affirmaient, les yeux fermés, la radicale impossibilité de
son crime, ils se sentaient capables, en ce moment, de sacrifier tout, à commencer par eux-mêmes, pour la sauver.
Mais leur imagination ne fournissait à leur bon vouloir
aucun moyen pratique.

— Et dire que son père, cet affreux coquin de père, ne

fera rien pour elle ? Ah! que le bon Dieu me pardonne, je n'aurais jamais osé parler ainsi de notre maître; mais ça, c'est trop fort! Ça me fait dire des choses que je ne voudrais pas!... Tiens, Madeleine, s'il était là, il me semble que je lui jetterais en face toutes ses vérités...

— Toi, répondait Madeleine, je te connais, tu n'oserais pas seulement lever la langue contre lui... Ça n'empêche pas que tu as fameusement raison, je ne reconnais plus Monsieur le comte.

— Voilà ce que c'est que les riches, poursuivait Antoine exaspéré. Il s'agit de disputer leurs enfants à la prison, et ils se préoccupent d'honneur, de convenances: « Qu'en dira-t-on? » Un tas de sottises, quoi! C'est bien le moment, en vérité!

— Réservons cette chaleur pour plus tard, interrompit Madeleine; car enfin ce sera à nous peut-être de mettre la justice sur la trace de la vérité.

— Qu'on m'interroge, je suis prêt. Je ne veux pas que les vrais coupables échappent aux dépens de l'innocence. Prends garde à toi, vieille sorcière de Goffinet, je ne t'épargnerai pas. Et Madame Elvire non plus, s'il le faut, elle aura beau implorer mon silence sous prétexte qu'elle est morte...

— Fais seulement attention, Antoine, à ne pas dépasser la mesure. Si Elisa te voyait élever contre qui que ce soit une accusation injuste, cela lui ferait plus de peine que tout le reste; elle nous l'a dit.

— Laisse-moi donc tranquille avec tous ces scrupules, Elisa ne saura jamais se défendre elle-même. Il faut que nous parlions à sa place.

— Elisa est une sainte, déclara Madeleine.

— Soit, oh! ce n'est pas moi qui te contredirai sur ce point. Mais encore, à moins que le bon Dieu ne fasse un miracle en sa faveur...

— Il en fera si c'est nécessaire; ayons confiance, An-

toine ; le bon Dieu sait rendre à chacun selon ses œuvres.
Voilà déjà cette Elvire qui est morte comme.... enfin, paix
à son âme ! Nous finirons par reconnaître dans tout cela la
main de la Providence.

— Oui, et aussi la patte du diable, puisque Elvire a
trépassé sans pouvoir révéler au public ce qu'elle avait sur
le cœur. Quel malheur, Madeleine, quel malheur qu'elle
n'ait point parlé !

— Hélas oui ! soupira Madeleine ; mais ce qui est fait est
fait. Songeons à l'avenir, Antoine. Ecoute, si on emmène
Madame Elisa à Riom, comme elle n'a pas un sou dans sa
poche, elle y serait trop malheureuse. Je vais chercher ces
trois cent soixante francs, tu sais, toutes nos économies,
que nous tenions en réserve pour faire un voyage en Belgique, chez notre oncle, afin qu'il ne nous oublie pas... Je
les donnerai à Madame.

— Eh ! certes, je lui donnerais ma dernière chemise si
elle pouvait en avoir besoin, répondit Antoine avec impétuosité. Puisque son père la renie, nous lui servirons de
père et de mère, nous autres pauvres ouvriers ignorants.
Et, d'abord, pour ce qui concerne le petit Richard... Mais
chut ! n'as-tu pas entendu ? On frappe à la porte... Ne
tremble pas comme cela, Madeleine, le moment est venu
de montrer du courage...

En parlant ainsi, le jardinier qui, au fond, n'était guère
plus rassuré que sa femme, alla ouvrir. Il se trouva en
face d'un monsieur inconnu, décoré, à l'air imposant, que
suivaient d'autres messieurs et plusieurs agents de la force
publique, et qui s'annonça comme le procureur du roi.

La sévérité du visage de cet homme n'était point faite
pour atténuer l'impression que produisait son titre, toujours effrayant pour des paysans.

— Qui êtes-vous ? demanda-t-il brusquement avec une
intention évidente d'intimider.

— Je suis Antoine Martineau, pour vous servir.

— Votre profession?

— Jardinier de Monsieur le comte!

— Bien, c'est vous que nous cherchons. Dans l'intérêt de la justice nous devons faire une perquisition chez vous. Passez devant, nous vous suivrons.

Antoine vit qu'il fallait obéir et il obéit.

En entrant dans la cuisine, le magistrat aperçut Madeleine :

— Qui est cette femme? demanda-t-il.

— La mienne, répondit encore Antoine.

— Ce n'est pas vous que j'interroge, dit avec raideur le magistrat. A vous; déclinez vous-même vos noms et prénoms?

— Madeleine Thébaud, femme Martineau.

— Etes-vous seuls, ici?

— Mais oui, répondit Madeleine d'une voix tremblante, regardez.

— Je ne parle pas de votre cuisine, mais de votre maison; êtes-vous seuls dans cette maison?

Ces derniers mots firent vaciller visiblement la fermeté jusque-là assez soutenue d'Antoine. Il tourna le dos à la porte de la chambre où se trouvait Elisa, et ne répondit point.

— J'ai demandé si vous étiez seuls dans cette maison, répéta le procureur en appuyant sur chaque mot.

Madeleine vint au secours de son mari, de l'à-propos duquel elle avait toujours eu pour principe de se défier :

— Seuls, vraiment non... Depuis deux jours, nous avons recueilli une pauvre femme et son enfant... mais il y aurait conscience à les déranger, Monsieur... ils sont encore au lit, et puis tous deux se trouvent dans un état à faire pitié.

— Comment se nomme cette femme?

— L'enfant s'appelle Richard.

— Il ne s'agit point de l'enfant; le nom de la femme?

— Madame Délécour.

— Délécour ! C'est bien quelque chose comme cela...
Voyons, bonne femme, comment s'appelait-elle avant son
mariage? Vous plaira-t-il de répondre?...

Madeleine murmura de sa voix la moins intelligible :

— Elisa de Montfort, et c'est bien la plus douce, la
meilleure...

— Assez, interrompit le magistrat. Nous tenons notre
affaire. Cette dame est accusée d'avoir empoisonné sa belle-
mère, hier matin, et vous savez à quoi vous en tenir sur
ce point, tous deux. Parlez. La vérité avant tout. Si vous
êtes sincères, on aura pour vous tous les ménagements
possibles, Sinon, malheur à vous ! J'aurai le droit de vous
considérer comme complices de l'assassinat.

— Monsieur le procureur du roi, on vous a trompé! dit
Antoine avec une certaine animation ; la fille du comte de
Montfort est incapable d'un crime. Si vous la connaissiez,
vous parleriez autrement.

Le magistrat fronça les sourcils et regarda sévèrement
le jardinier.

— Je ne vous ai point constitué le panégyriste de la
veuve... comment l'avez-vous appelée?

— Délécour, dit paisiblement le greffier, les yeux sur
son papier.

— Ce que je vous demande, bonhomme, continua le
magistrat, c'est de répondre clairement aux questions qu'il
me conviendra de vous poser... Mais d'abord, où est cette
dame ? Essayerait-elle, par hasard, de se soustraire à mes
recherches?

— Non, Monsieur, me voici, dit une voix douce et ferme
derrière Antoine, en même temps que la porte s'ouvrait.

Le magistrat ne put s'empêcher de s'incliner devant la
personne qui parut alors à ses regards.

La contenance modeste d'Elisa, la dignité de sa parole,
la candeur qui éclatait sur son visage, firent sur les repré-

sentants de la justice une impression bien différente de celle à laquelle ils s'attendaient. Au lieu d'une criminelle éhontée ou bassement suppliante, ils avaient devant eux une noble figure, pâle à la verité, et presque décharnée par la souffrance, mais ni insolente ni abattue, et deux beaux yeux limpides qui devaient avoir perdu de leur vivacité première, mais qui brillaient encore sur ce front décoloré, comme deux témoins intrépides de l'innocence méconnue.

Une légère hésitation se trahit chez le magistrat; mais bientôt le sentiment du devoir l'emportant sur tous les autres, il demanda d'un ton plus radouci :

— Qui êtes-vous, Madame?

— Elisa de Montfort, veuve de Frédéric Délécour.

— Vous n'êtes pas une inconnue pour moi, Madame; j'ai dû m'informer de vos antécédents, et je regrette qu'ils vous soient peu favorables. N'est-ce pas vous qui avez fui la maison paternelle, la nuit, pour vous jeter dans les bras d'un homme qui déshonorait votre famille?

— C'est vrai, Monsieur, je fus alors coupable envers Dieu et envers mon père, dont je trompai la vigilance et à l'affection duquel je répondis par de l'ingratitude.

— Vous fûtes la femme d'un conspirateur, d'un homme qui a passé sa vie dans les intrigues politiques, à semer la haine contre le roi, contre les institutions qui gouvernent la France, et qui a fini par mourir de la mort des traîtres, dans une insurrection.

— Dites que Frédéric Délécour a été la victime de son éducation, et aussi d'aspirations généreuses, mais mal réglées, vers une régénération sociale. Mais, ne me dites pas, Monsieur, qu'il a péri de la mort des traîtres. Bien au contraire, frappé en trahison, après avoir noblement et ouvertement combattu, il a reconnu ses torts et pleuré ses fautes. Ses dernières paroles ont été pour demander pardon à Dieu, à ses concitoyens, à tous ceux qu'il avait offensés, et particulièrement à mon père. Il m'a laissé un fils auquel je ne pourrai parler de la vie de son père comme d'un modèle digne d'imitation, mais auquel je raconterai sa mort avec fierté.

— Mais vous, Madame, qui avez accompagné votre mari partout, vous avez partagé ses idées et ses sentiments?

— J'étais sa femme et je devais le suivre. J'ai partagé avec lui, je l'avoue, sa bonne comme sa mauvaise fortune, mais ses erreurs, jamais. Ah! Monsieur vous connaissez mal ceux qui ressemblent à mon mari, lorsque vous supposez qu'ils confient leurs secrets à leurs femmes. Vous n'avez pas été témoin des longues nuits que ces yeux ont passées, non à dormir, mais à pleurer! larmes que je bénis aujourd'hui si elles m'ont aidée à expier ma faute et à rendre propice à mon Frédéric la miséricorde divine.

Chaque parole d'Elisa se traduisait dans l'attitude du magistrat par un respect plus marqué. Sa franchise ingénue et jusqu'au timbre de sa voix exerçaient une sorte de fascination et ses auditeurs dissimulaient à grande peine sinon leurs sympathies, au moins leur intérêt. Malheureusement les faits connus s'accordaient si mal avec cet extérieur candide, qu'il était impossible de l'en croire sans autre information.

Le magistrat, poursuivit donc en ces termes:

— Mais comment et depuis quand vous trouvez-vous en cette maison, et dans quel dessein y êtes vous venue?

— De tous les chagrins qui m'ont accablée après mon mariage, celui que j'ai ressenti le plus vivement, c'était l'idée du légitime courroux de mon père. J'ai adressé bien des lettres à Montfort pour implorer miséricorde; mais j'étais trop coupable et je n'ai garde de me plaindre qu'on ne m'ait pas répondu. Cependant, après la mort de mon mari, soit parce que mon isolement rendait plus impérieux pour mon cœur le besoin d'une réconciliation, soit à cause de la compassion que m'inspirait l'avenir de mon enfant, soit enfin, je ne m'en cache pas, parce que j'étais à bout de ressources, je pris conseil de quelques personnes chrétiennes et prudentes qui m'avaient soutenue dans ma détresse, et je me résolus à me présenter moi-même à mon père et à ne me détacher de ses genoux qu'après avoir obtenu sa bénédiction. Je partis de Lyon, que j'habitais depuis deux ans, et me rendis à Clermont-Ferrand, d'où je suis arrivée ici il y aura trois jours ce soir. Ayant épuisé jusqu'à ma dernière pièce de monnaie, je dus entreprendre à pied, avec mon enfant, le trajet depuis Clermont. Il faisait très-froid ce soir-là, vous vous le rappelez peut-être. Sans la rencontre du jardinier de mon père, ici présent, je crois que je serais restée dans les neiges. Cet homme s'est noblement conduit envers moi. Il m'a amenée et reçue chez lui, avant même de m'avoir reconnue. Sa femme est mon ancienne compagne d'enfance ; je ne pouvais trouver ailleurs une hospitalité plus cordiale et je n'ai point songé à la chercher. Voilà comment je me trouve ici, Messieurs ; j'y attends une occasion propice pour me présenter à mon père.

— Est-il à votre connaissance que la seconde femme du comte de Montfort soit morte hier empoisonnée ?

— On me l'a dit, répondit tristement Elisa.

— Quelles relations aviez-vous avec votre belle-mère ?

— Beaucoup autrefois. Elle fut durant plusieurs années mon institutrice. Depuis mon départ de la maison paternelle, je n'en avais plus entendu parler et je fus extrêmement surprise, en arrivant ici, d'apprendre que mon père l'avait épousée.

— Elle devait naturellement vous craindre et peut-être vous détester.

— D'après le peu que j'en ai vu ou entendu, ses sentiments à mon égard étaient contradictoires. Quant à moi, j'affirme que je n'ai jamais eu pour elle aucune pensée malveillante.

— Depuis votre rentrée au château, lui avez-vous parlé ?

— Oui, Monsieur, hier matin entre huit et neuf heures,

dans une petite pièce contiguë à la cuisine; mais ce fut par un pur hasard.

— Comment cela?

— Je me proposais de surprendre mon père, sachant qu'il y venait d'habitude à ce moment. Au lieu de lui, je rencontrai sa femme.

— N'êtes-vous pas restée seule assez longtemps avant que votre belle-mère descendît?

— Dix minutes à peu près.

— N'avez-vous rien remarqué sur la table?

— Rien, du moins en ce moment-là; j'étais trop émue et je me cachais derrière un paravent.

— Est-il entré quelqu'un avant ou après vous?

— J'ai trouvé la porte ouverte. Quelqu'un a pu la franchir avant moi; mais, au moment où ma belle-mère est descendue, j'étais seule.

— Comment s'est passée cette entrevue? n'a-t-elle amené aucune altercation?

— Aucune; la comtesse a même fini par me promettre ses bons offices.

— Cependant son indisposition s'étant déclarée aussitôt après, il est certain que c'est dans ce moment qu'elle fut empoisonnée, et il ne l'est pas moins qu'elle vous a nommée comme l'auteur du crime.

— C'est bien ce qu'on m'a raconté, dit Elisa simplement.

— Et l'on a dit vrai, malheureuse! nous avons en main des preuves matérielles. Reconnaissez-vous ce pot au lait? c'est là-dedans que vous avez versé l'arsenic, nous en avons reconnu les traces évidentes sur le sol où il fut répandu.

L'inculpée ne se troubla en aucune façon, mais elle parut frappée d'un souvenir lumineux.

— C'est donc pour cela, dit-elle, que ma belle-mère s'est plainte du goût de ce lait et l'a fait jeter par Paul. Du reste, j'étais alors derrière le paravent et n'ai rien vu.

— Mais enfin, ce poison dans le lait, qui l'y avait mis?

Vous étiez seule, vous en convenez ; c'est donc vous ! Ou bien vous devez être à même de désigner le coupable.
Qu'avez-vous à répondre ?

— Un seul mot : Je ne pouvais pas avoir prémédité un crime contre une personne que je n'attendais pas en ce lieu.

— D'où nous serions autorisés à conclure que la personne à laquelle vous aviez préparé la mort, c'était celle que vous attendiez, c'est-à-dire l'auteur de vos jours ?

— Monsieur !... s'écria Elisa dans un mouvement d'indignation qui, pour la première fois, lui fit perdre son calme. Mais se remettant aussitôt : Pardon, ajouta-t-elle, avec la plus grande mansuétude.

— Vous n'avez rien de plus à dire pour vous disculper ?

— Encore une observation. Mon père ne prend jamais de lait avec son café. Si l'arsenic a été versé par malveillance, ce n'est pas à mon père qu'on en voulait, autrement on eût empoisonné le café.

— C'est tout ? Vous ne soupçonnez personne, absolument personne ?

Comme Elisa ne répondait pas, Antoine, qui, depuis un moment déjà ne pouvait plus se contenir, intervint dans le dialogue :

— Des soupçons, il y en a tout plein, et dussé-je perdre ma place, il faut que je parle. Il y a d'abord madame Elvire, que Dieu veuille avoir son âme ! qui ne valait pas le petit doigt de madame Elisa. Il y a ensuite la vieille sorcière...

Antoine ne put achever. Madeleine, en le voyant se lancer ainsi à l'aventure dans des explications délicates et dont elle craignait qu'il ne pût sortir, le poussait du coude avec énergie et lui faisait des yeux désespérés. Mais lui, il regardait Elisa, et comme celle-ci ne l'arrêtait point, il pensait qu'après tout, il faudrait bien que Madeleine le laissât faire, et il lâcha la bride à son impatiente éloquence. Malheureusement, il suffit d'un mot du juge d'instruction pour le réfréner :

— De quoi vous mêlez-vous, bonhomme? Vous ai-je interrogé?

— Que Votre Excellence me pardonne, répondit le jardinier qui sentit subitement se rompre le fil de ses idées; nous autres, pauvres gens, nous ne connaissons pas les convenances: Je croyais que tout le monde a le droit de remettre la justice en bon chemin quand on la voit qui bat la campagne...

— Soyez un peu plus respectueux, bonhomme, et n'oubliez pas à qui vous vous adressez. Voyons, je vous donne la parole. Qu'avez-vous à dire?... Mais parlez, parlez donc: vous n'avez donc d'éloquence que lorsqu'il faudrait n'en pas avoir?...

— Voilà ce que c'est, Monsieur, quand on me bouscule, je ne sais plus où j'en suis. Je n'ai pas appris à lire comme vous dans les gros livres, moi; c'est tout au plus si je sais signer mon nom.

Le magistrat sourit et reprit d'un ton plus doux:

— Mon intention n'est nullement de vous dérouter; au contraire, si vous pouvez éclairer les investigations de la justice, je vous en serai reconnaissant. Voyons, expliquez-vous, ne vous pressez pas, et n'ayez pas peur. Il s'agit de savoir qui a versé l'arsenic dans le lait de Madame la comtesse. Avez-vous des motifs de soupçonner quelqu'un?

— J'en ai... c'est-à-dire, je suis persuadé, je suis convaincu... que c'est une vieille méchante femme du pays, et que Madame la comtesse elle-même s'en est mêlée.

— Comment? interrompit le magistrat, Madame la comtesse aurait contribué à se donner la mort à elle-même?

— Je ne dis pas cela... ou bien c'est que la chose aura tourné autrement qu'elle ne voulait. Ce qu'il y a de certain, c'est que Madame et la mère Goffinet étaient ensemble comme les cinq doigts de la main et que la mère Goffinet avait une dent contre Madame Elisa.

— Comment savez-vous ces détails?

— L'intimité de Madame et de la vieille est connue de tout le château ; vous n'avez qu'à interroger la femme de chambre et le cuisinier Paul Lamblin. Quant aux mauvaises dispositions de la vieille, elles résultent d'une lettre pleine de menaces qu'elle a adressée à Madame Elisa à Lyon...

— Pourriez-vous me montrer cette lettre ? demanda le procureur à l'inculpée.

— Je ne l'ai pas conservée, Monsieur, répondit Elisa, mais le fait est exact. La personne que M. Martineau vient de nommer avait un fils unique. Ce fils est l'homme qui tua mon mari durant les déplorables journées d'avril à Lyon ; il en fut puni l'instant d'après et tué à son tour par un autre insurgé inconnu de moi. La mère ignora l'exacte vérité sur tous ces événements. Elle crut que son fils. meurtrier de M. Délécour, était tombé, au contraire, victime de ce dernier ; elle m'en rendit responsable et me menaça de le venger sur ma propre personne, à moins que je ne lui assurasse une indemnité pour la perte qu'elle avait subie. Indigente moi-même, je ne pouvais songer à remplacer les ressources qu'elle tenait de son fils. D'autre part, comme je la savais complétement illettrée, je supposai que la personne qui lui avait rédigé sa lettre en pouvait avoir chargé les couleurs et mal interprété sa pensée véritable. Je m'abstins de lui répondre, et remis à plus tard, si jamais je rentrais à Montfort, de voir ce que je pourrais faire pour cette pauvre mère désolée.

— Je ne vois là rien qui ait un rapport, même indirect, avec l'affaire qui nous occupe, observa le magistrat; cependant, il ne faut rien négliger. Monsieur le greffier, prenez le nom et l'adresse de cette femme.

— Fort bien, reprit Antoine, mais ce n'est pas tout. Et le dialogue que vous avez entendu dans l'orangerie, avant-hier soir, madame Elisa ?

Elisa raconta aussi cet incident, avec une simplicité et une charité vraiment héroïques, comme elle avait raconté celui

de la lettre de Marthe. Elle déclara que, ne s'étant pas entendue désigner nominativement, elle n'était pas absolument sûre qu'il eût été question d'elle plutôt que d'une
autre personne. Elle avait compris seulement qu'il s'agissait, entre Marthe et Elvire, de quelqu'un dont la première
jurait de se venger et que la seconde tenait essentiellement
à empêcher de pénétrer jusqu'au comte de Montfort. C'était
là tout ce qu'elle pouvait affirmer.

— C'était bien vous, vous, et pas une autre ! s'écria Antoine. Marthe n'a-t-elle pas dit qu'elle avait reconnu, à sa
voix, la veille, cette personne qu'elle haïssait, et n'aviez-
vous pas justement demandé votre chemin à Marthe, ce
même jour, à la tombée de la nuit ? Et puis, si vous doutez
encore, j'ai mes preuves, moi. Je me rappelle comment,
avant-hier au soir, cette vieille chatte doucereuse est venue me tirer les vers du nez, comme on dit, afin de savoir
au juste qui nous avions hébergé chez nous, et comment
c'est elle, elle-même, qui m'a suggéré l'idée fatale de vous
faire présenter tout de suite, dès le lendemain, à votre père.
Ah ! Madame, ça fait pitié de voir une pauvre innocente
comme vous se défendre si mal.

Ici Antoine et Elisa, sur l'invitation du juge d'instruction,
exposèrent successivement tout ce que le lecteur connaît
déjà des faits mentionnés par le jardinier.

Le juge d'instruction et le procureur parurent réfléchir
et se concerter à voix basse. Se tournant alors vers Antoine :

— L'affection que vous portez à Madame est évidente,
lui dit le procureur ; je dirai même qu'elle vous honore, si
elle est désintéressée. Mais une chose beaucoup moins jus-
tifiable, c'est votre obstination à vouloir détourner sur autrui les soupçons de la justice. Vous accusez Marthe Goffinet
d'avoir fait mourir Madame la comtesse, sur ce prétexte
qu'elle était fort liée avec cette même dame et qu'elle haïssait mortellement sa belle-fille et rivale. Vous avez l'air de
soupçonner Madame la comtesse elle-même, c'est-à-dire la

victime. Tout cela offrirait un certain à-propos, une certaine vraisemblance, si c'était Madame Elisa qui eût été empoisonnée ; mais voici devant vous Madame Elisa ; elle n'a aucun mal, personne n'a attenté à sa vie et vos dires n'ont pas le sens commun.

Cette observation, trop parfaitement concluante, déconcerta à tel point l'avocat improvisé de notre héroïne, qu'il ouvrit la bouche à plusieurs reprises et la referma sans avoir trouvé un mot de réplique.

Madeleine, d'autre part, le tirait par la manche pour le forcer au silence. Bien loin de l'encourager, elle le regardait d'un air qui semblait dire : « Te voilà collé ; c'est bien fait, cela t'apprendra à faire à ta tête et à vouloir, sans l'aide de ta femme, en remontrer à un procureur. »

— Suffit pour le moment, conclut le magistrat. Nous reviendrons sur vos insinuations, Martineau, et nous vous confronterons avec Marthe Goffinet.

— J'aurais bien encore quelque chose à dire, ajouta Antoine timidement.

—Dites, dites toujours, encouragea le procureur impérial.

— C'est concernant une apparition d'avant-hier soir ; mais ma foi, ça tourne si mal...

—Ah ! bon ! laisse-moi expliquer ça, intervint Madeleine, empressée de se montrer à son tour et de prendre pour son compte le rôle que semblait abandonner son mari complètement découragé ; voici l'affaire, mon bon Monsieur. Nous nous rendions chez Paul Lamblin, le cuisinier, vers huit heures du soir, pour nous concerter avec lui sur les moyens de faire rencontrer Madame Elisa avec Monsieur le comte, lorsque, en traversant le parc, nous avons vu quelqu'un ou quelque chose qui sortait du château et qui glissait sur le gazon, mais si vite, si vite que nous l'avons perdu de vue presque aussitôt dans les châtaigniers. Antoine a couru après, mais, ni vu ni connu : plus rien !

— A quoi ressemblait cet objet singulier ? demanda le magistrat.

— Dame ! monsieur, je ne sais pas bien, moi. Peut-être le diable, peut-être un revenant. J'avais trop peur...

— Si c'est là tout, dit le magistrat en souriant, vous auriez aussi bien fait de vous taire.

— Moi, dit le jardinier, je ne suis pas sûr non plus, mais ça m'a fait l'effet d'une femme.

— Une femme ? C'est différent. Vous avez perdu sa trace tout de suite ?

— Oui, mais ce que j'ai cru voir parfaitement, c'est qu'elle sortait de la cuisine. Je ne sais pas où j'ai eu la tête, j'aurais dû expliquer ça plus catégoriquement à Paul Lamblin...

— Qu'on fasse venir le nommé Paul Lamblin, dit le procureur à un de ceux qui l'accompagnaient.

Le cuisinier, qui avait espéré d'en être enfin quitte, arriva tout tremblant et plus mort que vif.

— Lamblin, lui dit le magistrat, vous paraissez avoir été sincère dans vos premières déclarations ; j'attends de vous la même franchise pour ce qui me reste à vous demander. Est-il venu une femme chez vous avant-hier entre sept et huit heures du soir ?

— Attendez donc, Monsieur, répondit Paul rassemblant avec peine ses souvenirs, ah ! oui, la vieille mère Goffinet.

— Voyez-vous ! s'écria Madeleine d'un air triomphant.

— Même que je ne voulais pas la laisser monter chez Madame la comtesse, vu que c'était trop tard ; mais elle a forcé la consigne, et Madame ne m'a pas grondé de l'avoir laissée faire. Car ce n'est pas à moi, je vous assure, qu'elle en voulait, mais bien à Madame la comtesse. Moi, voyez-vous, personnellement, je n'ai rien à démêler avec la mère Goffinet...

— Fort bien, mais à quelle heure est-elle sortie ?

— À vrai dire, mon bon Monsieur, je ne l'ai pas vue sortir. Ces vieilles-là, voyez-vous, ça entre et ça sort si subtilement... Et puis, je n'y faisais pas grande attention, elle venait si souvent chez Madame.

— Et pensez-vous, Lamblin, qu'elle ait pu s'arrêter dans votre cuisine, ne fût-ce qu'une demi-minute, sans être aperçue?

— Certainement, mon bon Monsieur, si j'avais le dos tourné, ou si j'étais dans la pièce voisine, elle a pu s'arrêter au passage, même plus que vous ne dites.

Madeleine, à cette explication de Lamblin, poussa un véritable cri de joie :

— Là, là, que vous disais-je? Nous la tenons, l'empoisonneuse !

— Silence, femme Martineau, dit le magistrat sévèrement. Paul Lamblin, le lait que vous avez servi le lendemain matin à votre maîtresse, était-il déjà là, dans votre cuisine ou dans la pièce d'à côté, au moment où la femme Goffinet a dû passer chez vous pour sortir?

Le juge et le procureur, à ce moment de l'interrogatoire, paraissaient vivement intéressés. Quant aux époux Martineau, ils en perdaient la respiration.

— Non, monsieur, répondit Lamblin, je sers toujours à Monsieur le comte, le matin, du lait et du café frais; quand même, le lait, ça n'est guère que pour la forme, puisque Monsieur en prend si peu; et justement hier, ce qui ne m'arrive pas souvent, j'étais allé le chercher en personne, à la laiterie; je l'avais vu de mes propres yeux tirer du pis de la vache; je l'avais apporté de mes mains et déposé sur la table.

Cette explication qui ruinait par la base les hypothèses un peu hâtives de Madeleine, répandit dans l'assistance une sorte de consternation. On voyait bien que les interrogateurs eux-mêmes n'eussent pas demandé mieux que de trouver Elisa innocente.

— Et depuis le moment où vous avez déposé le lait sur la

table, continua le procureur, jusqu'à l'arrivée de votre maîtresse, vous n'avez vu personne chez vous, absolument personne, sinon Madame ici présente ?

— Hélas ! non, soupira Lamblin ; mais il ne serait pas du tout impossible qu'il y fût venu quelqu'un à mon insu; j'étais un peu sur les épines, ce matin-là ; j'avais laissé la porte ouverte et je ne faisais que m'absenter à chaque instant, parce que je savais que Madame Elisa allait venir et je voulais pouvoir affirmer, au besoin, à Monsieur le comte qu'elle était entrée sans que je l'eusse aperçue. C'est tellement vrai, ça, qu'en réalité je ne l'ai pas vue venir, je vous le jure !

— Je vous crois, dit le procureur. Puis regardant Elisa.

— Et vous Madame, n'avez-vous remarqué personne ?

— Pardon, monsieur, dit Elisa ; j'ai croisé sur la porte une femme qui sortait au moment même où j'allais entrer. Je n'avais pas cru devoir mentionner cette circonstance par crainte de faire accuser quelqu'un injustement, car, cette femme, je ne l'ai point reconnue.

— Ce n'était pas Marthe Goffinet ?

— Elle avait un manteau dont le capuchon était rabattu sur sa figure : je n'ai vu et ne puis déclarer autre chose.

— Eh quoi ! Vous n'ajoutez rien pour diriger nos investigations ?

— Rien absolument : je serais désolée de confirmer vos soupçons à l'endroit de la femme Goffinet, si ces soupçons n'ont pas de fondement réel. Je sais trop par moi-même ce qu'on souffre d'une erreur judiciaire, et ne veux pas y exposer autrui.

— Cette rencontre, répliqua le procureur, ce manteau, ce capuchon, bref, ce nouveau personnage que vous ne pouvez ou ne voulez pas désigner, tout cela me paraît louche. Il ne m'est guère possible d'y voir autre chose qu'une histoire vague, improvisée, et qui vous aura été suggérée par les précédentes dépositions des Martineau et de Lamblin·

Oh ! ne vous récriez pas, Madame ; votre situation et l'intérêt de votre défense rendent ces manœuvres excusables,
sinon légitimes. Mais vous seriez mieux inspirée, croyez-
moi, si vous vouliez entrer dans la voie des aveux. La justice, bien certainement, trouverait des circonstances atténuantes dans le mauvais vouloir et les provocations de
votre belle-mère. Reconnaissez que vous avez voulu écarter un obstacle qui se dressait, insurmontable, entre
l'héritage paternel et vous !

—Je le reconnaîtrais, Monsieur, si cela était, dit Elisa avec
dignité. Mais il n'est pas même exact que ma belle-mère
fût opposée, du moins quand je la quittais, à une réconciliation avec mon père.

—Vous n'avez plus rien à dire , Madame, pour vous disculper ?

— Plus rien, Monsieur ; sinon que je prends le ciel à
témoin de la vérité que je vous ai déclarée. Je suis innocente, Monsieur. Je n'aurais jamais pensé que le bon Dieu
voulût ajouter à tant d'épreuves que j'ai subies celle de
voir mon honneur terni par la calomnie. Mais puisqu'il
lui a plu de me présenter encore ce calice, j'en boirai l'a-
mertume jusqu'à la lie. Que la sainte volonté de Dieu s'accomplisse !

Cette invocation pieuse amena un imperceptible sourire
sur les lèvres du procureur, lequel, par éducation, ne
croyait que fort peu en Dieu, et par état ne croyait pas du
tout à la sincérité des prévenus. Toutefois, la simplicité du
langage d'Elisa et l'assurance modeste de toute sa personne
la distinguaient avec éclat des gens auxquels il avait habi-
tuellement à faire dans l'exercice des fonctions judiciaires,
et il subissait, malgré lui ainsi que son collègue, l'influence
mystérieuse qu'exerce la vertu sur toutes les âmes honnêtes ; ce fut donc avec un certain accent de sympathie et
presque de respect qu'il la déclara prisonnière :

— Si je m'en rapportais à votre extérieur, Madame, et à

l'affection profonde que vous paraissez inspirer autour de vous, je me retirerais et cesserais de vous troubler. Mais toutes les apparences sont contre vous, et mon devoir m'oblige de vous arrêter au nom de la loi. N'ayez pas peur, Madame, on aura pour vous tous les égards que réclament votre sexe et votre condition. Espérez en l'intégrité de ceux qui auront à prononcer sur l'accusation formulée contre vous.

— Monsieur, répondit Elisa sans rien perdre de sa fermeté, j'espère en la justice humaine; mais je vois, d'après ce qui précède, que je ne dois compter d'une façon absolue que sur la justice divine !

Madeleine, Antoine et Lamblin pleuraient. Les autres n'étaient guère moins émus. Un incident vint encore ajouter à l'attendrissement général. Le petit Richard s'était éveillé et criait de toutes ses forces :

— Mon Dieu ! Richard, s'écria Elisa dont l'énergie sembla faiblir tout d'un coup; pauvre petit, je ne le reverrai peut-être plus jamais !

En parlant ainsi, elle jeta ses bras au cou de Madeleine en sanglotant :

— Comment sera-t-il élevé? disait-elle; moi qui m'étais proposé de consacrer à cette éducation tous les instants de ma vie !... O vierge Marie, servez-lui de mère !...

Les deux magistrats, qui avaient eu des doutes sur la sincérité des accès de dévotion d'Elisa, n'en pouvaient concevoir sur celle de sa tendresse maternelle. La comédie poussée à cette perfection dépassait toute vraisemblance, et c'était bien un vrai cœur de mère que celui dont ils entendaient les accents. Aussi se joignirent-ils aux époux Martineau pour consoler la pauvre femme :

— Il vous sera rendu, lui disaient-ils; nous vous promettons de faire nous-mêmes tout ce que nous pourrons, plus tard, si vous avouez votre crime en vous remettant à la clémence des tribunaux.

— Je n'ai rien à avouer, répétait Elisa ; mais mon fils, mon fils, que va-t-il devenir ?...

— Ne vous avons-nous pas promis de l'adopter? disaient de leur côté les époux Martineau; n'est-il pas convenu entre nous que, si nous ne pouvons l'élever comme le petit-fils d'un comte, nous en ferons un honnête jardinier, comme nous?

— Merci, mes bons amis, répondit Elisa. J'ai eu trop de preuves de la générosité de votre cœur pour craindre que vous abandonniez Richard, ou que vous en fassiez un mauvais sujet. Mes dernières prières seront pour vous, Antoine et Madeleine ; je mourrai en vous bénissant. Et vous, Monsieur le procureur du roi, je vous remercie aussi des sentiments que vous me témoignez. Le bon Dieu vous récompensera de votre humanité et de votre bon vouloir. Mais comment faire ? je voudrais l'embrasser une dernière fois, je voudrais le presser encore sur mon cœur... Non, non, je sens que je n'aurais plus la force de m'en détacher... mieux vaut partir sans le revoir... Sans le revoir ! ô ciel, et si ce baiser que je pourrais imprimer encore sur sa bouche devait être le dernier !... J'ai de terribles pressentiments... Je m'attends à tout !... Mon Dieu, soutenez ma faiblesse !

La pauvre mère tomba sur un siége, comme anéantie.

— Abrégeons, abrégeons cette scène douloureuse, murmura le procureur à l'oreille du juge d'instruction, après un intervalle de silence.

Mais Elisa, d'un geste, réclama un moment de sursis:

— Monsieur le procureur, demanda-t-elle en relevant tristement la tête, avez-vous des enfants?

Le magistrat fit un signe affirmatif.

— Eh bien ! reprit-elle, vous comprendrez mon accablement et vous l'excuserez.

— Certes, Madame, non seulement je le comprends et l'excuse, mais je le partage. Croyez que s'il était en mon pouvoir...

— Je sais, Monsieur, que vous n'êtes point libre de ne
pas observer vos règlements. Faites donc votre devoir
jusqu'au bout, sans égard pour ma fragilité.

Cependant les cris de l'enfant, que personne n'était allé
consoler, redoublaient et fendaient le cœur de la mère.
Celle-ci, faisant un effort, se leva et présentant la main
au procureur, qui la prit par une courtoisie spontanée dont
il n'eut pas le courage de se départir lorsque la réflexion
lui en eût laissé voir l'étrangeté :

— Par pitié, Monsieur, partons ; ces cris mettent ma
résignation à une trop rude épreuve ;

Le magistrat ordonna à un gendarme de faire avancer
une voiture qui attendait à la porte cochère du château.
Pendant ce temps Elisa pria Madeleine de lui prêter un
manteau convenable pour se couvrir.

En entendant le bruit de la voiture s'arrêter devant la
maisonnette du jardinier, Elisa, qui peut-être ne voulait
pas compromettre une seconde fois la galanterie du magistrat, dit en montrant la porte :

— Messieurs, quand il vous plaira, je vous suis.

— Après vous, Madame, répondit le procureur avec un
respect dont il était lui-même surpris et confondu.

Elisa posa un pied sur le marche-pied de la voiture.
Antoine et Madeleine, qui ne l'avaient pas quittée, lui tenaient chacun une main qu'ils baisaient et semblaient ne
pas vouloir lâcher. Elle se dégagea doucement et sauta
dans la voiture, où entrèrent après elle le procureur, le
juge d'instruction et le greffier. Une demi-douzaine de
gendarmes à cheval se rangèrent tout autour.

Déjà le cocher avait ramassé les guides dans une main
et de l'autre levait son fouet pour donner à l'attelage le
signal du départ, lorsque la prisonnière s'élança à la portière et cria d'une voix vibrante :

— Antoine, Madeleine, assurez mon pauvre père que je
suis innocente, quoi qu'il m'arrive, et qu'il n'a pas à rougir

de ma conduite dans cette fatale matinée d'hier... Adieu à mon Richard! Adieu!..

La voiture s'ébranla. Les époux Martineau la suivirent des yeux aussi longtemps qu'ils l'aperçurent. Alors ils rentrèrent chez eux et dévorèrent de caresses, en le baignant de leurs larmes, le petit orphelin dont ils devenaient les parents adoptifs.

Le colonel s'était promis de ne pas quitter son cabinet avant le départ des agents de la force publique. Mais les recherches se prolongeant chez les Martineau, il ne put se contenir jusqu'au bout et se mit à parcourir toutes les pièces de ses vastes appartements, en s'arrêtant à chaque fenêtre pour épier les mouvements des perquisiteurs. Il vit sur la porte du jardinier deux gendarmes longtemps immobiles ; il en vit un revenir au château, puis retourner avec Paul Lamblin qui se tenait à peine sur ses jambes. Il vit ensuite, après une heure peut-être de complet silence extérieur, il vit sa fille, son unique enfant, qu'il n'avait pas revue depuis cinq années, monter dans une voiture escortée de gendarmes, et il dut se retenir à la poignée d'une espagnolette, lui, l'homme fort, l'homme impassible, pour ne pas tomber. Ce fut bien autre chose lorsqu'il entendit la protestation d'innocence d'Elisa, et le dernier cri de son cœur maternel. Il s'affaissa dans un fauteuil, porta la main à ses yeux et pleura abondamment.

— Fille infortunée! disait-il en lui-même, oui, j'y crois, à ton innocence. Mais que puis-je faire, désormais pour toi, sans engager ma dignité, sans me déconsidérer? Bientôt une peine infamante viendra vouer à la honte le nom que tu portes : est-ce le moment de te rendre le mien? Périsse le nom de Délécour que j'ai en horreur, mais préservons, autant qu'il est en nous, celui de Montfort! Et cependant, pauvre misérable abandonnée, puis-je ne pas me souvenir que, durant seize ans, tu fus mon enfant chérie?.. Tu es pauvre : je contribuerai à alléger ta captivité... si toute-

fois il m'est possible de te tendre une main secourable sans
qu'on la voie... J'ai à Clermont un ami auquel je puis me
fier; je m'entendrai avec lui, et je n'épargnerai point l'argent... Mais ce n'est pas tout; et cet enfant qu'elle laisse
ici, probablement chez les Martineau... Un Délécour héritier des Montfort! Jamais! un pareil sacrifice dépasse
mes forces. Je ne connais pas cet enfant, je ne le verrai
jamais. Qu'elle en prenne soin, elle; je lui donnerai suffisamment pour qu'il y en ait assez pour deux. Mais qu'on
ne me parle plus ni de l'un ni de l'autre!...

S'imaginant avoir trouvé enfin une combinaison satisfaisante et qui conciliait à merveille les convenances et le
devoir, le colonel ouvrit son secrétaire, écrivit une lettre,
la scella avec soin et la remit à un serviteur auquel il recommanda la plus grande diligence.

Ensuite il alla trouver le curé qui, informé de ce qui se
passait, avait jugé prudent de rester dans sa chambre. Il
le pria de tout disposer pour les funérailles de la défunte,
dont il fixa le jour au lendemain, un peu avant midi. Il fit
prévenir tous ses fermiers et distribua d'abondantes aumônes.

Les funérailles furent pompeuses autant qu'attristées.
Outre les fermiers et ouvriers du comte et quelques amis
venus de Clermont, de Riom et des châteaux voisins, presque tout le village y assistait, moitié par curiosité, moitié
par sympathie. La comtesse était peu regrettée, mais on
ne pouvait s'empêcher de plaindre le colonel.

Parmi les assistants qui témoignèrent le plus de chagrin
et de dévotion, certains villageois se montrèrent une vieille
femme qui pleurait dans un coin de l'église; l'aspect de
sa douleur n'excita chez eux aucune compassion, mais
personne néanmoins ne douta de sa sincérité, car on savait
qu'en perdant Elvire elle avait perdu beaucoup.

On a deviné que cette femme était Marthe Goffinet.

CHAPITRE XV.

La Cour d'Assises.

—

Le lecteur aura peut-être été surpris de l'extrême célérité et du formidable appareil déployé pour l'enquête sur le crime de Montfort. La célérité était nécessaire, si l'on voulait empêcher le coupable de s'échapper. Quant à l'appareil, il aurait pu être moindre assurément. Mais le comte, après avoir donné sa démission avec éclat en 1830, était resté hostile au gouvernement nouveau, et sa maison passait pour un foyer d'opposition légitimiste. Sa considération n'était donc pas de celles qu'on jugeât convenable de ménager. Nous ne prétendons pas qu'on exagérât le scandale à plaisir ; nous observons seulement qu'on ne fit rien pour l'atténuer.

Bien que située à une distance un peu moindre de Clermont-Ferrand que de Riom, la commune de Montfort est comprise dans l'arrondissement de cette dernière ville. Ce fut donc à Riom que notre héroïne se vit conduite. Elle entra, par une journée froide et grise, dans cette antique petite ville, si gaie lorsque le soleil en éclaire les nombreuses fontaines, les larges rues, l'enceinte de promenades et les plantureux alentours, mais si triste lorsque le ciel est à l'unisson de la couleur sombre de ses maisons en pierre de lave.

Du reste, lors même qu'Elisa eût été écrouée d'abord à Clermont-Ferrand, elle n'en eût pas moins été amenée, un peu plus tard, à Riom. La vieille capitale judiciaire de l'Auvergne conserve en effet, la Cour impériale — ou Cour

royale comme on disait alors, — dernière suprématie que
lui dispute chaudement la cité voisine, jadis à peine son
égale, aujourd'hui sa rivale opulente et plus industrieuse.

La voiture s'arrêta dans une vaste cour, où l'on voyait
de nombreuses fenêtres munies de barreaux de fer. Là
tout était silence et terreur. Un homme aux manières
communes et au visage austère, bien qu'il s'efforçât de
sourire à l'aspect du procureur du roi et du juge d'instruction, ouvrit la portière de la voiture, d'où Elisa descendit
la dernière.

Le procureur, avec un respect dont fut ébahi l'homme
qui avait ouvert, invita la jeune femme à l'accompagner,
ce qu'elle fit d'une démarche ferme et où ne se révélait
aucun embarras.

Ils montèrent un escalier assez étroit, aboutissant à une
barrière massive en fer. Le concierge, qui les avait suivis,
fit tourner dans la serrure de cette barrière une énorme
clef, puis la referma avec fracas lorsque le magistrat et
sa compagne eurent passé.

Ces derniers s'engagèrent dans un long corridor bordé
de portes étroites et toutes pareilles. Ils croisèrent sur
leur chemin deux hommes à l'extérieur grossier, aux traits
durs et impassibles, qui ouvraient et refermaient l'une après
l'autre chacune ce ces portes. Elisa devina que c'étaient des
geôliers faisant la visite, et elle se sentit frissonner, bien
qu'elle n'eût aucune idée de ce que pouvait être une prison.

Le magistrat l'introduisit enfin dans une chambre spa-
cieuse et fort propre et lui fit signe d'attendre un moment,
tandis qu'il prenait à part un monsieur qu'ils trouvèrent
occupé à écrire dans un gros registre et qui se leva avec
empressement pour recevoir ses ordres et ses recommandations. Quelques minutes après, le procureur du roi salua
poliment Elisa, et la prisonnière se trouva seule avec le
personnage qu'elle avait vu en entrant, et qu'il avait
désigné du nom de gardien-chef.

Celui-ci était un grand maigre d'une cinquantaine d'années, aux formes anguleuses, au langage raide et sec, excepté avec ses chefs ; mais il valait beaucoup mieux que ses apparences et n'était nullement intraitable, même vis-à-vis de ses inférieurs.

Il appela une femme qui se mit en devoir de visiter la prévenue, et de lui enlever tout objet interdit par le réglement des prisons.

Elisa se sentit si humiliée de se voir fouiller qu'une vive rougeur colora son visage pâle ; mais ce ne fut qu'un éclair, et bien vite elle recouvra son calme et sa patience ordinaires.

Tout ce qu'elle possédait consistait en un chapelet, un livre de piété et la statuette de la Vierge que nous avons mentionnée déjà. Ces divers objets lui furent laissés.

— Vous n'avez pas d'argent ? lui demanda le chef.

— Non, monsieur.

— Mais vous en recevrez, sans doute ?

— A vrai dire, je ne sais pas...

— Alors il faudra vous contenter de l'ordinaire de la prison.

— Monsieur, je suis résignée à tout, et n'attends plus de secours que de Dieu.

En parlant ainsi, elle avait quelque chose de si touchant et de si doux, qu'il eût fallu un cœur d'airain pour y être insensible.

Le gardien-chef arrêta sur elle un regard de compassion :

— Aujourd'hui, dit-il, et même demain je vous enverrai du bouillon que fait ma ménagère ; mais j'ai quatre enfants à nourrir, et je ne puis pas...

— Merci, mon bon Monsieur ; j'accepterai pour aujourd'hui, car je suis vraiment exténuée ; mais pour aujourd'hui seulement.

— Hum ! l'ordinaire des détenus n'est pas celui auquel vous paraissez habituée.

— Je tâcherai de m'y faire, Monsieur. Je ne vous remercie pas moins de votre charité, et je vous prie de croire à ma reconnaissance.

— C'est bon, c'est bon! répliqua le chef d'un air bourru. Pour le moment, il s'agit de consigner ici vos noms, prénoms et qualités.

Après avoir inscrit ces divers renseignements sur son registre, il se tourna vers la femme qui avait fouillé la nouvelle venue :

— Numéro 10, lui dit-il.

Et il accompagna ces mots d'un geste bref, puis les congédia toutes deux.

Elles franchirent une seconde grille qui séparait la prison des hommes de celle des femmes, et s'arrêtèrent devant la porte qui portait le n° 10.

La compagne d'Elisa, après avoir ouvert, la fit entrer, puis referma sans mot dire, et la prisonnière se trouva seule dans une cellule étroite, où ses yeux eurent besoin de s'habituer au demi-jour avant d'en distinguer le mobilier, c'est-à-dire une chaise de bois, une paillasse et une petite table.

Deux heures sonnaient, et elle était encore à jeun. La fatigue et l'émotion lui laissaient à peine la force de se tenir debout. Elle s'assit sur la chaise, posa les deux coudes sur la table, prit sa tête entre ses mains et se mit à réfléchir sur sa situation. Une foule d'images étranges, confuses, indisciplinables, tourbillonnaient dans son esprit. Quelquefois ses yeux se soulevaient et promenaient autour d'elle un regard en quelque sorte stupide; il lui semblait alors que les terribles événements de la matinée n'étaient qu'un rêve et qu'elle allait s'éveiller.

Deux heures se passèrent, au bout desquelles reparut la femme qui l'avait introduite, et qui, en lui présentant une écuelle de bouillon avec un petit morceau de viande et du pain, lui adressa la parole pour la première fois :

— Tenez, avalez-moi ça; Monsieur le chef fait des exceptions en votre faveur. Vous êtes arrivée après le dîner, ça devrait être tant pis pour vous. D'après le réglement, vous n'auriez dû manger que comme les autres, dans trois ou quatre heures d'ici.

— Monsieur le chef est vraiment bien bon, murmura Elisa.

— Oui, répliqua la visiteuse. Et ce bouillon a un tel parfum, qu'il ressusciterait un mort. C'est dommage qu'il ne puisse pas ressusciter votre belle-mère que vous avez empoisonnée.

Elisa, sans répondre, leva les yeux au ciel.

— Vous me conterez ça, reprit la gardienne en baissant la voix. J'en ai tant vu, que je suis à même de vous donner quelque bon conseil. Mais au revoir. Vous serez peut-être plus disposée à causer demain. Et elle sortit en fermant la porte.

Elisa but le bouillon et essaya de manger quelques bouchées, mais elle ne put en venir à bout. Elle se jeta sur la paillasse, et presqu'aussitôt s'endormit.

Mais de quel sommeil! et combien de fantômes terribles traversèrent ses rêves. Tantôt un horrible spectre de femme se dressait devant elle, et lui pressait contre les lèvres une tasse de lait empoisonnée; elle se débattait vainement : elle avalait malgré elle le liquide mortel. Tantôt elle se voyait seule, en présence de son père, qui la chargeait de ses malédictions et ne lui permettait ni de s'expliquer, ni de se justifier. Ensuite, c'était le pauvre Richard, étendant ses petits bras vers elle, comme pour implorer une assistance qu'elle ne pouvait lui accorder. C'était enfin une troupe de gens armés qui la garrottaient, l'attachaient à un poteau, sur lequel on lisait le mot parricide; puis la traînaient à l'échafaud, au travers d'une populace insultante. Toutes ces visions effrayantes passaient devant elle sans ordre et comme simultanément.

La malheureuse était toute trempée de sueur au moment où la porte de la cellule se rouvrit pour la visite nocturne. Il était minuit. Un rayon de lumière qui, partant d'une lanterne sourde, tomba en plein sur ses yeux, éveilla la prisonnière en sursaut, et lui montra le visage renfrogné de sa gardienne, qu'elle ne reconnut pas d'abord :

— Où suis-je, s'écria-t-elle avec épouvante, qui est là ?

—Eh ! eh ! c'est moi, c'est Toinette, ricana la gardienne. Ça vous étonne, pas vrai, la belle Dame, que je vienne comme ça sans que vous m'ayez sonnée ?... Vous vous y ferez, la belle Dame, on se fait à tout.

Elisa comprit sa véritable situation et ne répliqua rien. Toinette jeta un rapide coup-d'œil sur la fenêtre et sur le mobilier.

— Maintenant, ajouta-t-elle, vous pouvez vous remettre à ronfler, si ça vous fait plaisir. En voilà pour six heures, jusqu'à ce que reparaisse votre nouvelle femme de chambre. Vous devinez qu'il s'agit encore de moi, eh ?

Elisa, restée de nouveau seule, s'efforça de mettre à profit le conseil qui venait de lui être donné de si mauvaise grâce. Mais vainement elle referma ses paupières ; le sommeil ne revint point. Je suis en prison ! pensait-elle, quelle horrible chose qu'une prison pour qui a été élevé dans la vertu et non dans le vice ! Quelles figures impitoyables ont la plupart de ces employés ! On dirait qu'habitués à ne voir que des scélérats, ils ne croient plus même à la possibilité de rencontrer une personne honnête. Mais je me trompe peut-être. C'est leur état qui les oblige à se montrer aussi rébarbatifs, et sous ces rudes enveloppes bat, sans doute, plus d'un noble cœur. Que je suis ingrate, je viens à peine d'éprouver la bienveillance de leur chef et je m'abandonne à des jugements téméraires contre eux ?... Ils remplissent un devoir, ils ne sont que mes persécuteurs involontaires... Mais quels sont mes persécuteurs volontaires ? En ai-je vraiment ? Si j'étais moins chrétienne, je dirais que c'est la fatalité qui a tout conduit... O mon Dieu, vous qui sondez les reins et les cœurs, si quelqu'un a péché contre vous à mon sujet, en me calomniant, accordez-lui la grâce de se repentir, et à moi celle ne plus vous offenser !

Après avoir ainsi prié pour ses ennemis, la pieuse femme songea à ses amis, à ses bienfaiteurs, aux époux Martineau, à sœur Rosalie et au P. Athanase, et elle vit qu'il existe encore des âmes généreuses sur la terre, et que si l'on rencontre aisément la haine, il n'est point rare non plus de rencontrer la charité. Cette pensée adoucit l'amertume de son cœur, et, peu à peu, son agitation s'apaisa et le calme se rétablit aussi bien dans son imagination que dans ses sens. Lorsque, au point du jour, Toinette visita de nouveau la cellule, elle fut fort étonnée de trouver la nouvelle recluse profondément endormie et de ne remarquer sur ses traits paisibles et reposés aucune trace de cette rage intérieure qu'elle avait si souvent observée chez les criminels incarcérés depuis peu.

Tout travail lui étant interdit, Elisa passa les deux premières journées en prières et en méditations pieuses qui achevèrent de la rasséréner.

Le troisième jour, le gardien-chef vint lui annoncer qu'elle allait être transférée dans une autre partie de la prison, où elle aurait une chambre plus aérée, plus décente et plus commode : en ce qui concerne la nourriture, ajouta-t-il, vous n'avez qu'à demander ce qui vous conviendra ; vous serez ponctuellement servie. Je verrai aussi à vous donner une autre gardienne et je doute fort que vous regrettiez celle d'à présent.

— Je vous assure, se hâta de dire Elisa, que je n'ai pas à me plaindre ; je ne voudrais pas que de son côté, elle éprouvât le moindre désagrément à mon occasion.

— Oh! fit le gardien en riant à gorge déployée, Toinette a la peau dure; elle ne sent pas, comme les personnes de votre éducation, les piqûres légères.

— Excusez-moi, Monsieur, si j'ose vous demander une grâce, reprit Elisa timidement.

— Dites toujours; si je le puis, je le ferai bien volontiers.

— J'aimerais à avoir un peu d'occupation; l'oisiveté m'est trop pénible.

— Il ne dépend pas de moi de vous satisfaire; il faut vous adresser à Monsieur le directeur des prisons.

— Patience! dit Elisa. Pourrais-je au moins avoir des livres?

— Oh! pour cela, tant que vous voudrez. Lesquels désireriez-vous?

— J'aurais assez pour le moment de la Vie des Saints.

— Ce soir même, vous l'aurez.

Et sur ces mots le gardien la quitta.

Elisa ne savait à quoi attribuer l'amélioration subite de sa condition et cette affabilité du gardien, qui lui avait paru dans le principe un honnête homme, mais fort légèrement pourvu de courtoisie. Sans en rechercher trop loin les motifs, elle remercia la Providence d'un bien-être auquel elle avait renoncé. En effet, sa nouvelle demeure n'était point comparable à l'ancienne. Si la fenêtre en eût été moins haute ou assujétie par des barreaux moins épais, on aurait pu oublier que c'était une chambre de prison.

Elisa obtint tous les livres qu'elle avait demandés. En outre, la semaine suivante, il lui fut permis de s'occuper de travaux de femme, puis de voir un prêtre, de se confesser et d'entendre la sainte messe dans la chapelle de la prison.

Plusieurs mois s'écoulèrent sans apporter à sa situation d'autres changements notables. Elle subit dans l'intervalle de nombreux interrogatoires, qui, en substance, ne différèrent point du premier. Comme on lui demandait une fois si elle connaissait des personnes honorables en état de répondre de ses bons antécédents, elle se borna à désigner sœur Rosalie et le Père Athanase. Une autre fois, elle apprit avec douleur que Paul Lamblin était prisonnier comme elle. La vieille Marthe avait été arrêtée également, mais bientôt relâchée, faute de preuves. Elle avait réussi à prouver un alibi.

Elisa, sous le rapport matériel, se trouvait beaucoup mieux en prison qu'elle n'avait été depuis cinq ans. Elle partageait, comme une religieuse, son temps entre le travail et la prière, et les heures toujours réglées, toujours bien remplies, se succédaient pour elle en quelque sorte sans qu'elle s'en aperçût. Bientôt, sa candeur, sa modestie, sa charité, lui gagnèrent la sympathie générale ; résultat auquel ne nuisit aucunement, il faut bien en convenir, la renommée de sa fortune paternelle. Le gardien-chef, plus que tout autre, lui témoignait tant de respect et une confiance telle, qu'il permettait à ses filles de passer chez elle une partie de la journée. Cette autorisation fut une grande joie pour Elisa ; elle en profita pour instruire ces enfants, les récréer par des récits agréables et diriger leurs inclinations vers le bien. Et ces âmes naïves, pour qui les préjugés du monde n'existaient pas encore, s'attachaient avec une tendre affection à leur institutrice improvisée, et le châtiment le plus sensible qu'on leur pût infliger, c'était de leur interdire la chambre de *la Dame*. Ainsi l'appelait-on universellement.

Les provisions qui lui arrivaient — elle ne savait de quelle source, — dépassaient de telle façon ses besoins personnels, qu'elle pouvait répandre de notables aumônes. Elle en usa pour attirer à elle, puis à Dieu, plusieurs compagnes de captivité. Grâce au gardien-chef, qui lui accordait tout ce que le règlement pouvait autoriser, elle put voir Antoine une fois chaque semaine et recevoir ainsi des nouvelles de son père et de son fils. Le père devenait de plus en plus sombre, ne sortait presque jamais, ne recevait absolument personne et ne faisait aucune allusion, si indirecte qu'elle fût, aux événements antérieurs. Le petit Richard absorbait tous les instants de Madeleine, qui le soignait mieux qu'elle n'eût fait pour le sien propre; mais il semblait s'acclimater difficilement, comme s'il eût eu conscience qu'il était privé de mère. Dieu préparait à Elisa une nouvelle et plus douloureuse épreuve.

Une semaine entière s'était écoulée sans lui apporter de nouvelles de Richard. De peur de paraître indiscrète, elle n'en demanda point au gardien-chef, espérant en avoir la semaine suivante. Mais elle attendit en vain. Alors un triste pressentiment s'empara d'elle et lui ôta tout repos durant plusieurs jours. Déterminée à sortir d'inquiétude, elle s'adressa enfin au gardien et voulut savoir s'il avait vu Antoine. Une demande aussi simple déconcerta visiblement le digne homme; Elisa en tira cette conclusion qu'on lui cachait quelque chose.

— Vous a-t-il parlé de mon fils? demanda-telle en s'efforçant de dissimuler son inquiétude.

— Madame, votre procès touche à sa fin; vous avez besoin pour votre défense de toutes les ressources d'un esprit libre et reposé, et vous ne devriez pas vous occuper d'autre chose...

— Monsieur le chef, s'écria Elisa tremblante, je comprends ce que tout cela signifie... Richard, mon pauvre petit Richard... est mort; n'est-ce pas vrai?

Le gardien ne répondit que par un profond soupir et Elisa se retira dans sa chambre sans proférer une plainte.

Là, elle pleura d'abord abondamment; mais bientôt la raison ayant recouvré sur elle son empire, elle comprit que Dieu, en lui enlevant cette petite créature, leur avait fait à tous les deux une grâce signalée : Si tu étais demeuré en ce monde, que serais-tu devenu, mon pauvre enfant?

disait-elle. L'éducation que t'auraient donnée les Martineau eût fait de toi un honnête homme, sans aucun doute;
mais elle eût été si peu en rapport avec ta naissance qu'un
jour, simple ouvrier petit-fils d'un grand seigneur, tu te
serais trouvé peut-être déclassé et malheureux. Te reprendre avec moi et t'élever moi-même, à supposer que ma
tête échappe à l'échafaud, c'eût été à peine praticable :
comment élever un enfant dans une maison de détention ?
Et puis, tu m'aurais crue coupable, tu aurais regretté la
fortune que je t'avais fait perdre par ma folie d'abord,
ensuite par mon malheur, et tu aurais méprisé, peut-être
méconnu ta mère !... Non, mon doux ange, tu as mieux
fait de t'envoler au ciel. Tu ne redoutes plus rien des misères de la vie, et moi je puis me livrer désormais sans
arrière-pensée à la main toute-puissante qui veut me
purifier dans la souffrance. Tu étais le dernier lien qui
me rattachait à ce monde; toi seul me rendais difficile la
résignation qui est la grande, l'unique vertu de ma
situation... Maintenant, Seigneur mon Dieu, frappez,
frappez encore, si telle est votre volonté. Je suis votre
victime docile et reconnaissante : vos coups n'atteindront
plus que moi !

Dans ces religieuses pensées elle retrouva, dès le soir
même, le calme et la sérénité première. La pensée de son
fils intercédant pour elle et admis au bonheur céleste sans
avoir eu besoin de l'acheter par les combats de la vie, lui
causait une tristesse douce, presque dépourvue d'amertume, et lui faisait désirer d'aller le rejoindre. Sa résignation était devenue si entière, que le résultat de son
procès la laissait pour ainsi dire dans l'indifférence.
Condamnée à mort ou acquittée, elle était disposée à
remercier Dieu, dans l'un et l'autre cas, avec une sincérité
égale.

Les époux Martineau osaient à peine se présenter devant
elle, depuis la perte de Richard. Il n'y avait cependant

pas eu de leur faute , et elle leur témoigna autant de gratitude que si leurs soins eussent été couronnés de succès.

L'enfant avait été enlevé par des convulsions, en perçant ses dents de l'œil, et Madeleine, depuis ce moment, ne faisait que pleurer.

Enfin, après six mois de détention préventive, arriva le jour où le procès allait se dérouler devant le jury. Plusieurs avocats sollicitèrent l'honneur d'être chargés de la défense : Les malheurs d'Elisa, en effet, et tout ce qu'on racontait de ses vertus, avaient rendu sa cause populaire et prêtaient à de beaux mouvements oratoires. L'inculpée, dans l'excès de son détachement, voulait s'en remettre aux soins du tribunal et se laisser donner un défenseur d'office; elle céda néanmoins aux instantes recommandations du gardien-chef et désigna l'orateur le plus en renom dans tout le ressort de la cour royale. Elle n'eut qu'à s'applaudir de ce choix. Dans les entrevues qu'il eut avec elle, l'avocat fut si complétement gagné par tout ce qu'il vit et entendit, qu'il tomba, en quelque sorte, sous le charme, et qu'il fut bien vite convaincu, personnellement, de l'entière innocence de sa cliente. Mais comment faire partager cette conviction aux jurés, en présence d'apparences contraires si accablantes ? L'issue était fort incertaine, et il n'osait guère donner à Elisa qu'un seul espoir : celui d'obtenir des circonstances atténuantes, c'est-à-dire d'échapper à la peine capitale.

Tandis qu'il méditait sa plaidoirie avec une telle ardeur qu'il en oubliait sa renommée et songeait uniquement au salut de la jeune veuve, et nullement à faire des phrases en son honneur — ce qui, pour un avocat, est le sublime de l'héroïsme, — Elisa, de son côté, se préparait par la prière et la réception des sacrements.

Deux heures au moins avant l'ouverture des débats, toutes les tribunes et le parterre de la salle des assises regorgeaient de monde. Le défenseur était à son banc, étonné d'une émotion qui lui rappelait ses débuts oratoires. Le procureur du roi, malgré le retentissement du procès, prit place derrière les juges, comme un simple spectateur. Il s'était fait remplacer au banc du ministère public par un de ses substituts, ne se sentant pas le courage d'accabler personnellement une empoisonneuse si différente des criminels ordinaires. Du reste, Elisa ne devait rien gagner à cette abstention. Le jeune magistrat qui remplissait les fonctions d'accusateur semblait disposé à s'acquitter en conscience de son pénible mais indispensable ministère.

Il y eut un frémissement dans l'assemblée lorsqu'on introduisit l'accusée, escortée de deux gendarmes. Elle était vêtue de noir, et un voile également noir lui couvrait à moitié le visage. Sa démarche était modeste mais digne, et ses traits, lorsqu'elle les découvrit sur l'ordre du président, montrèrent une sérénité tranquille qu'on n'avait peut-être jamais vue à cette place où ne s'asseyent d'ordinaire que le remords et la terreur.

Elle qui aimait tant la solitude et la retraite, elle fut légèrement intimidée de se voir le point de mire de tant de regards tournés sur elle pour fouiller jusque dans les plus secrets replis de son cœur et de sa vie passée. Mais elle se remit de son émotion à l'aspect de quelques amis appelés par la défense comme témoins à décharge et qu'elle put saluer des yeux avant leur retraite dans la salle reservée aux témoins. C'étaient les époux Martineau, sœur Rosalie et le P. Athanase. Leur présence lui attestait qu'elle n'était plus seule et fit luire dans son âme un rayon d'espérance.

Dès ses premières réponses aux questions posées par le président, sa jeunesse, son air d'ingénuité et surtout le récit quoique très-sommaire de ses infortunes, impressionnèrent favorablement le public et jusqu'à cette partie de l'auditoire qui s'était promis une maligne et démocratique jouissance d'assister à l'humiliation de la fille d'un comte. Si les suffrages dont dépendait son sort eussent été ceux des tribunes et du parterre, elle eût pu se croire sauvée. Mais les visages des jurés restaient ce qu'ils doivent être, muets et impénétrables; et à mesure que se suivaient les dépositions, les preuves semblaient s'accumuler contre l'accusée. Celles de Paul Lamblin fut particulièrement écrasante, malgré les intentions du vieux cuisinier. Le ministère public n'eut aucune peine à en faire jaillir cette alternative : Ou c'était Lamblin qui avait versé la préparation homicide, ou c'était Elisa, ou c'était la victime elle-même; or de ces trois hypothèses la première était inadmissible et la dernière absurde; la seconde seule subsistait avec une terrible autorité, corroborée par les motifs notoires qu'avaient la belle-mère et la belle-fille de se craindre et de se détester mutuellement. En vain le P. Athanase avec une éloquence passionnée, en vain sœur Rosalie dans une courte et candide exposition des événements qui avaient précédé et suivi la mort de M. Délécour, essayèrent de démontrer combien Elisa était incapable d'un crime; ce crime semblait patent, tellement que l'avocat, découragé, commença à plaider l'absence de préméditation. Mais aux premiers mots d'une argumentation qui, tout en réservant pour la forme le fait principal, semblait en faire implicitement l'aveu, l'accusée se retourna vers son défenseur et le pria de ne pas insister dans ce sens. Votre raisonnement suppose ce qui n'est pas, lui dit-elle avec une noble simplicité; je ne suis coupable ni avec ni sans préméditation et ne veux point être défendue aux dépens de la vérité,

L'avocat fit connaître au tribunal cette observation de l'accusée et supplia le président d'adjurer Elisa, au nom de cette vérité qui leur était si chère, de s'expliquer enfin nettement sur la rencontre qu'elle prétendait avoir faite d'une femme sortant de la cuisine au moment où elle y entrait, dans la matinée fatale.—J'ai eu beau l'interroger, ajouta t-il, je n'ai jamais pu obtenir d'elle le nom de la personne qu'elle avait soupçonnée. Et cependant, moi qui la crois sur parole, je ne doute en aucune façon du fait de cette rencontre; mais Messieurs les jurés, je le comprends, ont le droit d'être plus difficiles.

— Accusée, dit le président, vous n'avez pas reconnu cette personne?

— Non, Monsieur le président.

— Mais avez-vous soupçonné quelqu'un, si vaguement que ce soit? Vous ne répondez point... Je suppose que ce quelqu'un soit inculpé à votre place et que vous comparaissiez ici, non plus pour votre compte personnel, mais comme témoin; je suppose que vous ayez prêté serment, en conséquence, devant Dieu et devant l'image du Christ, serment de dire la vérité, *toute* la vérité, refuseriez-vous de me répondre quand je vous demanderais à qui vous avez pensé alors?

— Dans cette situation, Monsieur le président, je répondrais.

— Eh bien, je vous en conjure au nom de votre vie menacée, au nom de l'honneur de votre père et du repos de ses vieux jours, parlez!

— Parlez! répéta avec anxiété le défenseur.

Et l'assistance toute entière, haletante et penchée vers Elisa, semblait lui adresser aussi la même instante supplication: Parlez!

— Cette femme est un ange, murmura le président à l'oreille d'un de ses assesseurs, ou c'est une comédienne bien dangereuse.

— Je le reconnais, répondit l'accusée, dans toute cette affaire, je me suis un peu trop préoccupée de moi-même et pas assez de l'honneur et du repos de mon père. Je me rends à cette dernière considération... La personne que j'ai cru reconnaître, remarquez bien que je ne dis pas *reconnue,* car je ne suis sûre de rien; la personne que j'ai cru reconnaître, c'est Marthe Goffinet.

— Marthe Goffinet? répliqua le substitut chargé de soutenir l'accusation, mais elle n'était pas à Montfort cette matinée-là! Nous l'avons arrêtée, elle aussi, et interrogée plusieurs fois; l'alibi a été démontré clairement.

— Elle n'a jamais été confrontée avec l'accusée, s'écria l'avocat.

— Il n'y avait pas lieu, reprit le président, dès lors que ni les faits ni personne ne la désignaient. Toutefois la veuve Goffinet eût comparu devant nous comme témoin, Messieurs les jurés, si un état de maladie qui paraît grave ne l'eût fait dispenser du voyage. Cette femme, mal famée et d'un caractère vindicatif, aurait joué dans cette déplorable affaire un rôle d'agent provocateur; elle aurait contribué à exciter la belle-mère qui avait pour elle des faiblesses malheureuses, contre la belle-fille qu'elle détestait. Si c'était la belle-fille qui eût succombé, les soupçons fussent tombés naturellement sur elle; mais c'est la belle-mère... N'importe, Messieurs les jurés, en présence de la nouvelle et importante révélation de l'accusée, je n'hésite pas à suspendre les débats jusqu'à ce que vous ayez pu entendre la femme Goffinet en personne.

— Messieurs les jurés, ajouta le défenseur avec un geste triomphant: une idée! C'est la belle-mère qui a succombé. Oui; mais qui vous prouve que le poison lui fût destiné?.. Elle n'était pas attendue dans la chambre à côté de la cuisine; ce n'est donc pas à elle qu'on en voulait; c'est à la personne ou aux personnes attendues. Or ces personnes étaient au nombre de deux: le colonel qui, on vous l'a dit, ne met que peu ou pas de lait dans son café, et ma cliente, l'accusée elle-même. En empoisonnant le café, ou eût atteint le colonel; en empoisonnant le lait, ou atteignait sa fille, si, comme tout portait à le croire, la réconciliation avait lieu séance tenante, et si le père et la fille déjeunaient ensemble. Et je le répète, Messieurs, c'est ce qui n'eût pas manqué d'arriver, sans la funeste ingérence de la belle-mère. Le père et la fille eussent scellé leur raccommodement sur le lieu même, puisque ni l'un ni l'autre n'eût songé à y admettre en tiers la belle-mère, à qui cet événement désagréable pouvait être notifié seulement comme un fait accompli. Le calcul de l'assassin était machiavélique, Messieurs; mais la Providence l'a fait tourner contre un de ses auteurs probables...

— Avocat, dit le président, modérez-vous. Vos hypothèses sont ingénieuses, mais ce sont des hypothèses. Il appert du témoignage du sieur Lamblin que l'arsenic a été versé une demie-heure au plus avant la consommation du crime, dans du lait fraîchement tiré... Si la femme Goffinet n'était pas à Montfort à ce moment, votre argumentation s'écroule. Y était-elle? Toute la question est là. Je déclare la séance levée pour aujourd'hui. Demain, en présence de la femme Goffinet, nous reprendrons l'affaire au point où nous la laissons.

L'assemblée se sépara au milieu de la trépidation et des commentaires sans fin. Bien des gens s'endormirent tard, la nuit suivante, dans la bonne ville de Riom, préoccupés qu'ils étaient de savoir si l'alibi de la vieille Marthe avait, ou non, des chances d'être victorieusement réaffirmé.

De tous les auditeurs qui se pressaient, quelques instants auparavant, dans la salle de la Cour d'assises, Elisa était peut-être la plus calme; mais sa tranquillité n'était plus seulement fille de la résignation; l'espérance commençait à s'y mêler. Dans la famille du gardien-chef, la joie, à son aspect, céda à l'abattement et à la tristesse des jours précédents; mais cette joie était modérée; on craignait les illusions.

Elisa, sollicitée par son défenseur de lui fournir de nouvelles armes contre Marthe, l'auteur probable de toutes ses souffrances, s'y refusa nettement et se renferma de nouveau sur ce sujet dans le mutisme le plus absolu. Elle renouvela, aux pieds de son crucifix, l'offrande de sa vie, offrande qu'elle avait faite si souvent, pour ses ennemis, et elle s'endormit, d'un sommeil moins troublé qu'à l'ordinaire.

Le lendemain, elle se trouva prête bien longtemps avant l'heure de l'audience. La foule qui l'attendait dans la salle des débats, était non pas plus nombreuse que la veille — c'était impossible — mais plus universellement sympathique. Elisa distingua du premier coup-d'œil ses amis, particulièrement sœur Rosalie, et échangea avec elle un sourire plein de réciproques encouragements. Sa modestie était toujours la même; il s'y joignait seulement une certaine assurance que tout le monde partageait, et son visage, légèrement coloré, resplendissait d'une joie contenue qu'on tremblait de voir démentie par l'événement.

Le Président ouvrit la séance et, d'une voix claire et solennelle, donna lecture d'une pièce qui venait de lui être remise, dit-il, par Monsieur le procureur du roi, et qui simplifiait singulièrement sa tâche et celle de Messieurs les jurés.

De cette pièce il résultait que le juge d'instruction, un substitut du procureur du roi et le juge de paix du canton de Montfort, s'étant transportés à la maison de la veuve Goffinet, communément appelée Marthe la sorcière, avaient trouvé cette femme à l'agonie, mais assez forte encore cependant pour renouveler la déclaration qu'elle avait faite, quelques heures auparavant, au curé et à trois autres témoins appelés d'une maison voisine, déclaration dont voici la substance : « C'était bien elle, Marthe Goffi« net, qui, dans l'intention de venger la mort de son fils, « avait empoisonné la comtesse de Montfort, en croyant « frapper la veuve Délécour ; et de cette erreur elle avait « conçu un regret mortel, tant parce qu'elle s'était privée« ainsi d'une protectrice généreuse, que parce qu'elle

« avait appris ensuite que M. Délécour, bien loin d'avoir
« fait périr le jeune Ubald Goffinet, avait été sa victime.
« Elle avait été également touchée de voir que la veuve
« Délécour se fût abstenue de la perdre, alors qu'il lui
« eût été si facile de la dénoncer. Après de longues hésita-
« tions, elle s'était décidée à faire ces révélations publi-
« quement, afin de sauver une innocente, et aussi parce
« que Monsieur le curé n'avait voulu lui donner l'absolu-
« tion qu'à ce prix. Elle en demandait pardon à Dieu et
« aux hommes. Quant à l'alibi allégué par elle, c'était
« un mensonge de deux faux témoins achetés, et qu'elle
« abandonnait avec d'autant moins de regrets à la justice,
« qu'ils lui avaient fait payer deux ou trois fois la somme
« convenue, en lui arrachant jusqu'à son dernier sou. »

Cette espèce de procès-verbal, rédigé antérieurement
par le curé sous la dictée de la mourante, en présence des
trois voisins, avait été lu de nouveau à haute et intelligible voix à Marthe Goffinet par le procureur du roi.

Elle l'avait confirmé par des signes, et était décédée
presque aussitôt après. En foi de quoi, le dit procureur et
ses compagnons y avaient apposé leur signature et s'é-
taient empressés de le transmettre à la Cour.

— Messieurs du jury, conclut le président, il ne vous
reste plus qu'à vous retirer dans la salle de vos délibérations
afin d'y donner par oui ou par non la réponse à l'unique
question que je vous poserai : « La veuve Délécour est-
elle coupable du crime d'empoisonnement commis sur sa
belle-mère?.. » Sans circonstances atténuantes ; je crois superflu de vous en proposer.

La délibératoin des jurés ne pouvait être longue, ils rentrèrent presque aussitôt et déclarèrent l'innocence d'Elisa
à l'unanimité et par acclamation.

— Madame, dit le Président se levant avec respect et
courtoisie, vous êtes libre. Votre belle âme, qui a des tré-
sors d'indulgence pour tous, daignera sans doute excuser

la trop longue erreur de la cour. Mais vous conviendrez bien aussi, Madame, qu'il n'y a pas eu uniquement de notre faute, et que vous avez poussé l'héroïsme un peu loin, en condescendant si tard à nous aider dans la recherche du vrai coupable. Hélas! Madame, nous ne jugeons pas tous les jours des anges: mais nous les condamnerions, je le crains, s'ils étaient aussi parfaits que vous et aussi détachés des choses de ce monde.

A cette délicate apologie du président, apologie où perçait une pointe légère, mais non complètement imméritée, de reproche et de plainte, la cour et les jurés, qui tous se tenaient debout, s'inclinèrent avec une sympathie respectueuse. Les témoins se précipitèrent vers Elisa pour la féliciter et l'embrasser; les deux gendarmes qui la gardaient s'esquivèrent comme ils purent, et l'auditoire, oubliant la majesté du lieu, éclata en longs applaudissements. On riait, on criait, on pleurait et l'on s'estimait heureux rien que d'avoir pu adresser une parole à l'héroïne ou seulement rencontrer un de ses regards. Pour peu qu'elle s'y fût prêtée, on l'eût portée en triomphe.

Mais au lieu de se complaire dans ces témoignagnes si flatteurs pour une vanité vulgaire, Elisa en rapportait mentalement toute la gloire à Dieu. Elle ressentait même une vague appréhension, en prévoyant que tous ses chagrins allaient cesser à la fois : tant elle était habituée à souffrir et à s'élever, par le chemin du Calvaire, jusqu'au plus haut sommet de la perfection.

— Monsieur, dit-elle au président, je vous serais obligée de me laisser sortir par où je suis venue, c'est-à-dire par la prison : il y a trop de foule de ce côté-ci.

— Madame, répondit gracieusement le magistrat, je suis tout à vos ordres. Il sera dit jusqu'au bout que vous ne vouliez pas nous quitter, et que nous avons dû en quelque sorte employer la force pour vous faire consentir à votre libération.

— Seulement, ajouta Elisa, vous doubleriez le prix de la dernière faveur que je vous aurai demandée, si vous me permettiez de laisser sortir avec moi mes quelques amis ici présents, sœur Rosalie, le P. Athanase et les époux Martineau.

— Emmenez qui vous voudrez, Madame. Ce n'est peut-être pas très-réglementaire, mais votre affaire ne ressemble à rien de ce que j'ai pu voir dans ma longue carrière de juge. Retournez en prison avec vos amis; jamais la sombre demeure n'aura vu tant d'honnêtes gens à la fois.

En arrivant dans le préau, où elle s'arrêta, la jeune veuve reçut de nouveaux et longs embrassements de Madeleine et de sœur Rosalie :

— Je l'avais bien dit! je l'avais bien dit! s'écriait Madeleine sautant de joie comme une enfant; le bon Dieu vous devait un miracle pour vous sauver.

— Combien je vous remercie d'être venus! disait Elisa à sœur Rosalie et au P. Athanase. Vous seuls, en ce moment, pouvez me comprendre et me donner un bon conseil.

Le gardien-chef et sa famille ne savaient s'ils devaient davantage se réjouir ou s'attrister. Leur amie, la bienveillante institutrice des jeunes filles, était reconnue innocente; mais elle allait partir et on ne la reverrait plus! Cette pensée faisait couler bien des larmes.

La femme du gardien insistait pour les retenir tous à dîner : mais Elisa s'étant déclarée incapable de manger en ce moment, la bonne femme renonça à son invitation; elle exigea toutefois qu'on entrât chez elle pour s'y reposer un instant et se consulter sur ce qu'il y avait à faire.

Sœur Rosalie, qui se connaissait en perfection chrétienne, était frappée des progrès qu'Elisa, déjà si avancée, avait faits dans la vertu depuis qu'elle l'avait quittée à Lyon. Elle la considérait avec admiration comme un être

privilégié de Dieu, comme une de ces créatures prédes-
tinées à édifier le monde et à rendre témoignage aux yeux
de tous de ce que peut la charité chrétienne appuyée sur
la foi.

— Eh bien, que vais-je faire maintenant? demanda
avec une certaine tristesse Elisa au P. Athanase et à la
religieuse. Je reste ce que j'étais, seule et abandonnée
dans le monde, et plus seule, plus abandonnée qu'autrefois. Si j'avais encore mon petit Richard, mes devoirs
seraient tout tracés... Mais je n'ai plus à m'occuper que
de moi-même...

— Et votre père? interrompit le prêtre. Oubliez-vous
qu'il a le droit de compter sur vous pour sa vieillesse?

— Mon père? mais il me repousse...

— Votre père s'est caché pour s'occuper de vous, mais
il ne vous a point délaissée, dit le gardien-chef: je n'ai
jamais vu la main généreuse qui a pourvu à tous vos besoins dans la prison: mais ne la devinez-vous pas?

— Mon père? vous supposez que c'est mon père?...

— Votre père, qui hier a pu rougir de sa fille, en sera
fier aujourd'hui. Il vous attend, bien certainement, les
bras ouverts.

— Oh! s'écria Elisa, se levant avec vivacité, partons,
mes amis! je veux embrasser mon père. Courez, Antoine,
allez chercher une voiture.

Et comme le jardinier, au lieu d'obéir, regardait sa
femme d'un air embarrassé :

— J'ai bien peur, dit Madeleine timidement, que nous
ne revoyions plus Monsieur le comte.

— Qu'est-ce à dire? Lui est-il arrivé quelque chose?
demanda Elisa, pâlissant subitement.

— Non, Madame, tranquillisez-vous. Monsieur le comte
se porte bien. Seulement, il paraît qu'avant-hier matin,
à la veille du jour où vous deviez paraître aux assises, il
a quitté subitement le château, sans dire à personne où

il allait. Il a seulement informé Monsieur le curé, par une lettre datée de Moulins, et reçue hier soir, qu'il aurait le courage de supporter en homme de cœur ce qu'il appelle sa honte, mais qu'il ne croyait pas avoir jamais celui de reparaître dans le pays. Voilà ce que nous ont appris des gens sûrs, venus tout-à-l'heure de Montfort, entre autres le valet de chambre de Monsieur...

Elisa courba la tête sous ce nouveau malheur.

— Ainsi, dit-elle, après un moment de silence, il ne m'arrivera donc jamais une joie sans mélange! Père Athanase, ne dois-je pas voir en ceci une preuve de la volonté du ciel, qui me veut détacher complétement de la terre?

Le prêtre fit un signe affirmatif.

— Mais avant de quitter Montfort, demanda Elisa à Madeleine, mon père vous a-t-il quelquefois parlé de moi, de mon procès, de mon petit Richard?...

— Jamais, Madame; cependant son cœur n'était point insensible à la pensée de vos infortunes. Il savait, nous n'en saurions douter, que sous notre toit vivait un enfant qui était le dernier rejeton des Montfort, sans cela nous ne nous expliquerions point la générosité extraordinaire qu'il mettait à rétribuer nos moindres services. En outre, son valet de chambre était à chaque instant chez nous et venait s'informer, évidemment par son ordre, de l'état de ce pauvre petit qui n'est plus...

Le souvenir de Richard ajouta encore à la tristesse d'Elisa, qui dut faire un effort pour se soutenir.

— Et l'on n'a aucune idée de la direction que peut avoir prise Monsieur le comte? demanda le P. Athanase, désireux de faire une diversion à cette douleur maternelle si légitime.

— Absolument aucune. Mais on sait, de plus, par sa lettre au curé, qu'il est dans l'intention de mettre Montfort en vente et de liquider toute sa fortune. Il ajoute qu'il a

laissé à un homme d'affaires de Clermont-Ferrand ses instructions à cet égard, et que cet homme, en attendant, a
pleins pouvoirs pour l'administration du domaine.

Les renseignements d'Antoine étaient parfaitement
exacts. Le colonel avait un ami qui le tenait au courant de
la procédure commencée contre sa fille, et qui, au moment
où s'ouvrirent les débats, ne lui laissa que peu d'espoir
d'un acquittement. Eperdu, affolé en quelque sorte par la
perspective d'un déshonneur mille fois pire à ses yeux que
la mort la plus cruelle, il n'avait plus résisté à un désir secret et déjà ancien : celui de disparaître de la scène du
monde. Ce désir avait été mêlé longtemps de violentes tentations de suicide; mais il les surmonta, moins par un sentiment de foi que par un mépris instinctif de ce genre de mort,
qu'il considérait comme une désertion et une lâcheté. Il abandonna donc son château, courut à Paris, disposa de la plus
grande partie de sa fortune en faveur de certaines institutions politiques ou de bienfaisance, par un testament olo-
graphe qu'il déposa, avec son adresse, aux mains d'un ancien
compagnon d'armes. Il fit promettre à ce personnage, avec
serment, de ne jamais parler de lui ni de sa fille à qui que
ce fût, de rester seul en correspondance avec lui ; bref, de
le considérer comme mort pour tout le reste du monde.
Après ces recommandations accompagnées des précautions les plus minutieuses, le comte de Montfort disparut.
Les uns le crurent suicidé, — nous avons vu que c'était
une erreur ; — d'autres le supposèrent enfermé dans un
couvent de Trappistes; d'autres, émigré en Amérique;
d'autres enfin, enrôlé dans les bandes carlistes en Espa-
gne ou dans quelque autre entreprise légitimiste où il
cherchait la mort. On en parla beaucoup d'abord ; tous les
journaux en entretinrent leurs lecteurs; puis, au bout de
quelques mois, ses intentions se trouvèrent parfaitement
remplies : il était oublié comme s'il n'eût jamais vécu.

Nous n'avons pas besoin d'ajouter si ce mystérieux départ émut le cœur et l'imagination d'Elisa. Certes, il lui en coûtait de renoncer à son projet, si ardemment caressé, de réconciliation, projet qu'il fallait abandonner au moment où la réalisation en paraissait infaillible. Mais ce qui lui était bien plus sensible, c'était l'incertitude au sujet du sort de son père. Toutefois, comme elle n'y pouvait rien, elle se borna à recommander à Dieu l'infortuné colonel, et elle se promit d'offrir désormais pour le salut éternel de l'auteur de ses jours toutes les bonnes œuvres qu'elle aurait l'occasion d'accomplir.

Elle prit cette résolution en moins de temps que nous n'en mettons à l'exprimer. Alors elle se tourna vers sœur Rosalie :

— Mon amie, lui dit-elle, me voici désormais toute seule. Je n'ai plus ni père, ni mari, ni enfant. Quand comptez-vous retourner à Lyon ?

— Ce soir même, répondit la religieuse.

— Déjà ? répliqua-t-elle; mais n'importe. Je ne me sens pas le courage de retourner prendre congé du château où s'est écoulée mon enfance, ni même de la maison hospitalière des Martineau. Sœur Rosalie, voulez-vous m'emmener avec vous ?

— A Lyon ? Mais qu'y feriez-vous ? vous n'y avez aucun parent...

— J'y trouverai une famille dans celle qui est la vôtre, sœur Rosalie. Pensez-vous que je puisse être admise au noviciat des Filles de la Charité ?

Et la jeune femme attendait la réponse avec une anxiété suppliante.

— Vous êtes moins libre peut-être que vous ne croyez, ma chère Madame, répliqua la religieuse. La loi ne permet pas à votre père de vous déshériter complètement, à supposer qu'il en ait eu la pensée. Qui sait ? vous pouvez vous trouver demain à la tête de toute sa fortune. Or, vous

le savez, le monde n'a pas trop d'âmes vraiment chrétiennes pour lui donner l'exemple...

— Jusqu'ici, dit tristement Elisa, le monde ne m'a pas
été si favorable ni si doux que je puisse beaucoup le regretter.

— Soit, mais l'avenir vous réserve sans doute des jours
plus heureux. Songez que vous n'avez pas vingt et un
ans.

— Ma bonne sœur, pour l'expérience et les chagrins, j'en
ai soixante! Voyez-vous cette prison? C'est là que j'ai passé
les mois les plus heureux de ma vie. Là, j'ai compris
que j'étais faite pour la solitude, pour le silence et
pour une contemplation interrompue seulement, comme
la vôtre, par des œuvres de charité extérieure. Cette existence a été la mienne depuis que je suis ici. Et je ne vous
dirai pas uniquement qu'elle me plaît, ce ne serait pas
une marque suffisante de vocation; je vous dirai qu'elle
est, à mon avis, celle où j'ai fait le plus facilement des
progrès dans la vertu. Qu'en pensez-vous, Père Athanase?

— Je pense, dit le religieux, que rien ne s'oppose à ce
que vous mettiez à l'épreuve la vocation que Dieu semble
vous inspirer. Un noviciat, après tout, n'engage à rien de
définitif.

— Merci, mon père, s'écria Elisa avec exaltation; sœur
Rosalie ne peut plus me refuser.

— Mon amie, dit la religieuse, se jetant dans ses bras,
mes objections étaient pour vous faire réfléchir, non pour
vous décourager. Je serai bien heureuse, croyez-moi, de
vous appeler « ma sœur ». Quoi qu'il arrive, je me réjouis
de faire avec vous la route de Lyon.

Au moment où sœur Rosalie prononçait ces paroles, une
des filles du gardien-chef apporta à Elisa une lettre dont
celle-ci prit aussitôt connaissance. En voici le contenu:

« Riom, ce 29 août 1836.

« Madame

« J'ai l'honneur de vous informer que je tiens à votre
« disposition la somme de soixante-sept mille huit cent
« cinquante francs cinquante centimes (67,850 fr. 50 c.,)
« reste d'un dépôt effectué entre mes mains pour pourvoir
« à vos besoins. Grâce au triomphe splendide que votre
« innocence vient de remporter sur l'intrigue et la calom-
« nie, la conservation de cette somme chez moi n'a plus
« sa raison d'être ; je serai donc heureux de vous la con-
« signer en mains propres ou de recevoir vos ordres con-
« cernant l'emploi qu'il vous conviendra d'en faire. Je
« vous prierai seulement de ne pas insister pour en con-
« naître la provenance ; sur ce point, j'ai promis d'être
« muet.

« Daignez agréer, Madame, avec mes plus sincères féli-
« citations, l'hommage de tout mon respect.

Votre très-humble et très-obéissant serviteur,

« ERN. DUVAL, *banquier.*

« *A Madame veuve Délécour, née de Montfort.* »

Celui qui aurait pu lire dans le cœur d'Elisa, à mesure
qu'elle parcourait cette missive, y eût découvert moins de
joie pour l'importance de la somme que pour la certitude
qu'elle lui donnait d'avoir été l'objet de la sollicitude affectueuse de son père, car un pareil dépôt, évidemment, ne
pouvait provenir que du comte de Montfort.

— Pauvre cher père, dit-elle, comme j'aurais eu tort
d'accuser son cœur ! Ses derniers soins ont été pour moi.
Mais que vais-je faire de tant d'argent ?... C'est une suprême tentation que le monde m'envoie avant de me perdre pour jamais. En tous cas, ce n'est pas la plus sérieuse
ni la plus insurmontable...

A ces mots, elle réfléchit un instant, et son regard ayant
rencontré celui de Madeleine qui l'observait avec une tendre affection, elle parut comme frappée d'une idée lumi-

neuse et, demandant une plume, écrivit sur la seconde
feuille de la lettre du banquier, la replia et la confia à
l'honnête gardien-chef, en le priant de se rendre chez
M. Duval et de rapporter la réponse. Ensuite, s'adressant
à Antoine :

— Mais à propos, qu'est devenu notre ami Paul Lamblin? Il a dû souffrir beaucoup à mon occasion.

— Il a fait une quinzaine de jours de prison, répondit
le jardinier, mais il n'a jamais déploré, au moins avec
nous, que votre propre arrestation. A la fin de l'audience
où vous l'avez entendu, il aurait bien voulu se rapprocher
de vous comme nous l'avons fait nous-mêmes; mais il n'a
pas osé, vu qu'il se prétend la cause de tous vos malheurs.
Seulement, au moment où les huissiers faisaient évacuer
la salle et où nous sortions par une autre issue avec vous,
le bon vieux agitait son mouchoir rouge pour attirer votre
attention.

— Vraiment? reprit Elisa. Le tumulte et la confusion
qui ont suivi le verdict des jurés m'avaient fait perdre de
vue cet excellent serviteur. Je regrette de ne pouvoir aller,
avant de partir, le remercier de ses bons offices, et surtout de l'intention qu'il a eue de mettre ses économies à
ma disposition. Son courage a pu être contestable; son
bon vouloir ne l'est pas. Mais vous, Antoine, n'avez-vous
souffert aucun dommage à mon occasion?

— Aucun autre que la peur. Nous avons cru un instant qu'il
y avait un mandat d'arrêt aussi contre nous; mais nous avons
obtenu de rester chez nous en nous tenant à la disposition de
la justice. Le juge d'instruction, devant lequel nous avons
comparu cinq ou six fois, aurait bien voulu nous attirer
dans le panneau; mais il a trouvé à qui parler.

— C'est-à-dire, observa Madeleine que si je n'avais pas
été là...

— Vous vous êtes tous deux vaillamment et honorablement conduits, se hâta d'ajouter Elisa pour prévenir toute

altercation conjugale. Je ne fais aucune différence entre vous dans ma reconnaissance. Mais je présume que la foule qui encombrait l'audience doit être complètement écoulée et que rien ne s'oppose plus à notre sortie. Allons faire ma malle, ce ne sera pas long.

En effet, au bout de quelques minutes, elle avait rassemblé le peu de linge et les quelques vêtements de rechange qui, avant la lettre du banquier, composaient tout son avoir. Sœur Rosalie et la jardinière l'aidèrent dans ce travail, pendant qu'Antoine allait retenir trois places à la diligence de Lyon et que le P. Athanase attendait dans le préau en lisant son bréviaire.

Antoine rentra presque en même temps que le gardien-chef, lequel remit à Elisa un gros pli cacheté et un sac renfermant de l'argent.

La jeune femme, après avoir mis le sac dans sa poche, ouvrit le pli et en tira soixante-sept billets de mille francs chacun. Elle en fit plusieurs parts, qu'elle enveloppa chacune dans un morceau de papier. Les assistants la regardaient faire et se demandaient quel pouvait être son dessein.

Elle présenta à Antoine le plus gros lot, contenant trente billets :

— Ceci est pour vous, lui dit-elle paisiblement. En vous chargeant de l'éducation de mon fils, vous avez eu l'intention d'en dépenser bien davantage pour moi, si vous aviez été riche. Je suis heureuse, après vous avoir apporté la gêne et l'embarras, de pouvoir vous donner un peu d'aisance. Cette seconde liasse de dix billets est pour Paul Lamblin ; faites-la lui agréer en mon nom ; elle représente le montant de la somme que l'excellent vieillard a voulu m'offrir. Voici maintenant quatre billets pour le gardien-chef, un pour chacun de ses enfats. Le quatrième lot, de six billets, est pour les pauvres de Montfort, particulièrement pour les vieux serviteurs congédiés du château ; je vous charge de la distribution, Madeleine. Enfin, ceci est aux pauvres du P. Athanase, ceci aux pauvres de sœur Rosalie, ceci pour adoucir le sort des prisonnières, hier mes compagnes. Je me réserve cinq billets seulement, avec la monnaie que j'ai dans ma poche : c'est plus qu'assez, je crois, pour notre voyage et les frais de mon noviciat, n'est-il pas vrai, sœur Rosalie?

Tous les assistants protestèrent, ou essayèrent de protester qu'ils n'accepteraient point, ou du moins pas d'aussi larges libéralités. Mais Elisa, s'adressant à Madeleine, dont le refus semblait le plus catégorique de tous :

— Et que voulez-vous que j'en fasse, de cet argent? Ne vous ai-je pas dit que je n'en ai plus besoin? L'aurais-je demandé à M. Duval si je n'avais pas eu l'intention de m'en servir pour récompenser ou indemniser mes serviteurs, ou de l'offrir à Dieu dans la personne de ses pauvres?

Mais le P. Athanase intervint. Il fit observer qu'un noviciat pouvait très-bien n'être pas suivi de profession et que, dans ce cas, Elisa aurait lieu de regretter de s'être dépouillée aussi complétement. Il refusa donc de recevoir autrement qu'en dépôt, jusqu'après la profession religieuse de la donatrice, la somme qui lui était remise pour ses pauvres. Les époux Martineau et les autres en firent autant, convinrent de remettre provisoirement chez le banquier chacun la moitié de leur part, et ne considérèrent comme définitivement acquise dès ce jour, que l'autre moitié. Ainsi se trouvèrent conciliées la générosité et la prévoyance.

Forcée de se rendre à de nouvelles instances du gardien-chef et de tous les siens, Elisa et ses amis prirent ensemble un dernier repas, après lequel ils durent se séparer.

Les époux Martineau embrassèrent tous deux en pleurant leur ancienne maîtresse, leur protégée, leur bienfaitrice. Fendant la foule qui stationnait encore autour du Palais de Justice afin d'acclamer une dernière fois l'hé-

roïne, ils prirent, le cœur serré, le chemin de leur habitation, pour eux désormais triste et solitaire, malgré leur
opulence nouvelle.

Sur la route, ils rejoignirent Paul Lamblin et lui appri-
rent qu'il pouvait désormais vivre de ses rentes; nous
n'avons pas besoin de dire si le bon vieillard fut touché
jusqu'aux larmes.

A un certain monticule d'où l'on découvrait la route
royale, ils s'arrêtèrent tous les trois et s'assirent pour
attendre la diligence de Lyon. Ils purent ainsi saluer encore
une fois au passage, de la voix et de leurs mouchoirs agités
sur leurs têtes, celle qui représentait à leurs yeux tout le
passé et qui leur avait assuré la sécurité de l'avenir.
Lorsqu'ils cessèrent de l'apercevoir, ils s'agenouillèrent
pieusement et la recommandèrent à la protection du ciel
en récitant pour elle un *Ave* que plus d'une fois interrom-
pirent leurs sanglots.

Moins de deux ans après, ils furent informés que la
dernière des Montfort était sœur de charité et que la petite fortune qu'ils avaient reçue d'elle leur était désormais
acquise tout entière.

CHAPITRE XVI.

La prise de Constantine.

—

Après la prise d'Alger, la France se trouva en face de cinq ou six millions d'Arabes et de Turcs plus faciles à vaincre qu'à soumettre. Les mœurs, la fierté naturelle, la religion de ces peules répugnaient trop à la civilisation européenne pour qu'ils en subissent même le spectacle sans protester par les armes. Aussi, dès que furent passées les premières frayeurs et la surprise occasionnés par la chute si rapide de la capitale des pirates, réputée jusqu'alors imprenable, toutes les tribus du Nord de l'Afrique se coalisèrent pour rejeter dans la Méditerranée les infidèles dont la présence souillait une terre consacrée au Prophète.

Nul n'ignore quelle lutte furieuse et incessante la France a dû soutenir, durant de longues années, pour conserver et consolider cette pénible conquête qui a formé ses généraux et maintenu l'esprit militaire de ses armées, mais qui lui a coûté tant d'or et de sang. Un moment même la situation put sembler critique; certes, il n'était pas à craindre que les soldats français, dont plusieurs avaient servi sous Napoléon, songeassent à reculer; mais le gouvernement hésitait à garder définitivement une conquête onéreuse qu'il se voyait obligé d'agrandir chaque année, malgré lui, pour la défendre, et le fanatisme des indigènes avait trouvé deux points d'appui formidables en la personne de deux chefs intrépides : à l'Ouest l'émir Abd-El-Kader, à l'Est le bey Ahmed de Constantine.

Le premier de ces adversaires était presque insaisissable; son domaine était le désert sans limites ; mais le second avait une forteresse, un rocher inaccessible, bordé de précipices, où l'on pouvait essayer de le forcer. Ce fut à quoi se décida le maréchal Clausel, commandant en chef de l'armée d'Afrique, au moment où son lieutenant, le général Bugeaud, venait d'infliger à Abd-El-Kader une sévère leçon qui devait le mettre hors d'état de rien entreprendre de quelque temps.

On poussa donc avec énergie les préparatifs de l'assaut de Constantine.

La colonne expéditionnaire allait se mettre en marche, lorsqu'un homme de haute taille, de tournure martiale, âgé de cinquante-cinq ans environ, du moins à en juger par les apparences, se présenta au maréchal et lui remit une lettre que ce dernier parcourut rapidement ; après quoi, toisant d'un regard surpris et presque dédaigneux le porteur de la lettre :

— Je demande dix mille hommes au maréchal Maison, dit Clausel, et il m'en envoie un seul, et encore d'un âge qui le rend incapable de nous suivre à l'assaut. Maison n'a aucune idée de ce que c'est que Constantine... Mais vous, camarade, que prétendez-vous faire ici ?

— Un autre répondrait : Vaincre ou mourir sous l'étendard de la France; moi je dis: « Mourir ou vaincre ! » je fais passer dans mes souhaits la mort avant la victoire.

— C'est bien; mais quel âge avez-vous ?

— Pas loin de cinquante-huit ans.

— Et c'est dans ces conditions que vous prétendez vous former au métier de soldat?

— Maréchal, je n'aurai pas besoin d'apprendre, mais seulement de me souvenir. J'ai grandi sous l'uniforme, j'y ai passé mes plus belles années, et il ne tenait qu'à moi d'y vieillir.

— D'y vieillir? dit le maréchal; vous étiez donc officier supérieur?

— Je veux être soldat, répondit simplement l'inconnu.

— Je respecte les motifs que vous pouvez avoir de ne pas répondre à ma question, répliqua Clausel. Maison est également discret sur vos antécédents, mais il ne l'est pas sur votre éloge. Il vous recommande à moi si chaudement!.. Enfin, nous verrons ce qu'on pourra faire de vous. Dans quel corps désirez-vous servir?

— Dans une des compagnies franches de l'infanterie légère d'Afrique.

— Vous craignez donc bien peu la fatigue? dit Clausel observant, avec une attention croissante, son interlocuteur.

— Je vous ai dit, maréchal, que je cherchais le danger.

— Vous le trouverez, soyez tranquille, vous le trouverez! Je crains seulement que vos forces ne trahissent votre courage... Croyez-moi, prenez votre temps, réfléchissez...

— Maréchal, je n'ai pas attendu d'avoir remis le pied sur la terre d'Afrique pour réfléchir. Mon parti est pris.

— Ce n'est donc pas la première fois que vous venez en Algérie?

— J'étais avec ceux qui en ont pris possession. Si vous y consentez, je contribuerai à la prise de Constantine sous le maréchal Clausel, comme j'ai aidé à celle d'Alger sous le maréchal Bourmont.

Ce noble et fier langage, non moins que l'attitude et l'accent de celui qui le tenait, séduisit le maréchal.

— Allons, dit-il, vous êtes bien du métier, ça se voit. Quel est votre nom?

— Vous l'avez lu sur la lettre du maréchal Maison: Pierre Derville!

— Pierre Derville? répéta Clausel; attendez donc!..

Mais non, ce nom-là ne me rappelle rien, tandis que votre personne, à mesure que je vous considère... Permettez-moi d'insister. Ou je me trompe fort, ou vous n'avez pas toujours porté ce nom de Pierre Derville... Me trompé-je ?

— Maréchal, vous m'aviez fait espérer tout-à-l'heure que vous respecteriez mon incognito, si incognito il y a, et je vous en étais sincèrement reconnaissant.

L'inconnu prononça ces derniers mots avec un tremblement dans la voix et une rougeur sur le front qui ne permettaient absolument plus au maréchal aucune insistance.

Clausel laissa donc tomber la question. Il prit une plume, écrivit quelques mots et les remit à l'inconnu :

— Camarade, j'accepte vos services. Portez ceci au commandant Duvivier ; il vous dira ce que vous avez à faire.

Et le nouvel engagé sortit, sans remercier autrement que par un salut militaire.

On était aux premiers jours de novembre 1836, et le ciel d'Afrique, ordinairement si limpide, ruisselait de pluies abondantes auxquelles se mêlait par fois la neige tourbillonnant sous le souffle du vent du Nord ; les torrents, si souvent à sec, inondaient les campagnes, effondraient les premières routes commencées par les Français et créaient à la marche et au ravitaillement d'une armée les difficultés les plus grandes. Ces circonstances étaient d'un fâcheux présage pour une expédition sérieuse. L'insuffisance des forces disponibles, car il ne fallait pas affaiblir les garnisons, était une autre source d'embarras. Mais le maréchal Clausel ne connaissait point d'obstacles. Au premier rayon de soleil, le 15 novembre, il donna l'ordre du départ.

L'armée française, à peine sortie de Bône, fut assaillie par un redoublement d'orages et fit une marche de dix jours extrêmement laborieuse. Des soldats eurent les pieds et les mains gelés ; d'autres succombèrent à la fatigue. En outre, le service des vivres devint forcément irrégulier et les munitions manquèrent.

Le général en chef ne voulut pas laisser au découra-
gement le temps de s'emparer de ses troupes. Aussi dès
que l'expédition se trouva en vue de Constantine, il ordonna
l'assaut. Mais la lutte était trop inégale. Prévenu à temps
par ses émissaires, le Bey Ahmed avait concentré ses forces
et la ville regorgeait de Turcs et de Kabyles. Vainement
la petite armée assiégeante fit des prodiges de valeur : elle
avait contre elle le nombre, la position, la température,
la disette de vivres. La première attaque n'ayant pas réussi,
il semblait plus que téméraire de la renouveler. Clausel
ordonna la retraite et l'effectua moins malheureusement
qu'on n'eût pu le craindre.

Entre les différents corps qui se distinguèrent dans cette
circonstance, on remarqua surtout les compagnies franches
de l'infanterie légère d'Afrique, et, parmi elles, un brave
nouvellement enrôlé et qui, très-probablement, était le
doyen d'âge de tous les simples soldats de l'armée. Toujours à l'arrière-garde, on le perdit plus d'une fois au
milieu des nuées de tirailleurs arabes qui poursuivaient
les Français. On le croyait mort ; mais il reparaissait toujours. Il rentra un soir au bivouac à pied, tirant par la
bride un cheval blessé et chargé de deux hommes, également blessés, qu'il avait arrachés à l'ennemi. Sa brillante conduite le fit mettre à l'ordre du jour, distinction
à laquelle il parut assez indifférent. On lui offrit alors les
galons de brigadier ; il les refusa :

— Je devine vos motifs, lui dit le colonel ; vous n'êtes plus
assez jeune pour vous laisser séduire par les chances de
l'avancement ; mais soyez sûr qu'à la première occasion,
je vous proposerai pour la croix de la Légion d'honneur.

Cette promesse amena sur les lèvres de Pierre Derville
(car c'était lui) un sourire difficile à interpréter. Ce n'é-
tait ni de la satisfaction, ni du dédain, mais une expression plus rapprochée du second de ces sentiments que du
premier.

Il était aisé de prévoir que la France ne laisserait point sans vengeance l'échec de Clausel. En effet, vers la fin de septembre de l'année suivante, un nouveau commandant en chef, le général Damrémont, accomgagné d'un prince de la famille royale, le duc de Nemours, reprenait le chemin de Constantine, à la tête d'une armée plus nombreuse, mieux approvisionnée et dans de meilleures conditions climatériques.

Derville avait rencontré sur le champ de bataille, le colonel Combe, du 47me de ligne, et son ami le lieutenant-colonel de zouaves de Lamoricière. Ces deux officiers remarquèrent le vieux soldat et se doutèrent bien qu'il y avait en lui autre chose qu'un personnage vulgaire ; mais leur curiosité à son égard se lassa avant d'avoir été satisfaite.

Après avoir franchi le défilé de Ras-El-Akbé, l'armée expéditionnaire fut assaillie par les mêmes orages qui, une année auparavant, avaient causé tant de désastres. Mais elle y était mieux préparée et le moral des soldats moins facile à ébranler. Le 5 octobre elle s'arrêta en vue de la redoutable forteresse.

Lamoricière commandait la première, et Combe la deuxième colonne d'assaut. Mais il n'entre point dans notre cadre de raconter le brillant fait d'armes qui mit aux mains de la France la seconde capitale de l'Algerie. A travers la mitraille et l'incendie, à travers les précipices à moitié comblés de cadavres, Lamoricière, Trézel, Pélissier, Niel, Paté, Pajol, Frossard, Duvivier, Luzy-Pélissac, Négrier, le prince de la Moscowa, et une foule d'autres qui sont devenus depuis les gloires de l'armée française escaladèrent ces remparts jusque-là inexpugnables, et plantèrent sur les mosquées le drapeau de la civilisation chrétienne.

Mais laissons les héros illustres dont cette journée commença ou consacra la renommée. Notre regard ne s'attachera qu'aux exploits d'un soldat obscur.

Derville, emporté par son ardeur, fut le premier à l'assaut ; mais un des premiers aussi il tomba avec le colonel Combe, et, tandis qu'on s'empressait d'enlever le cadavre de l'officier, le soldat resta oublié et foulé au passage par l'ouragan des colonnes assiégeantes. On le recueillit la nuit suivante, respirant encore, et on le transporta dans un des palais du Dey, transformé en ambulance.

Le général Valée, auquel Damrémont expirant victime de son courage avait remis le commandement en chef, ne négligea rien pour le soulagement et le prompt retablissement des blessés. Il fut admirablement secondé par le médecin en chef Baudens, et, dès le lendemain de la lutte, les secours de toute nature, matériels et moraux, affluèrent de toutes parts et les hôpitaux improvisés furent presque aussi abondamment pourvus que ceux de la mère patrie.

Dans une chambre étroite, où l'on n'avait pu mettre qu'un seul lit, gisait un pauvre blessé couvert de contusions et dont le chirurgien avait jugé l'état désespéré. Un prêtre, sous l'habit de capucin, épiait à son chevet le moment où la chute de la fièvre lui permettrait de l'entretenir. Une jeune sœur de charité venait aussi, de temps à autre, s'informer si le blessé n'avait besoin de rien. Sur un signe négatif du religieux, elle s'en allait à d'autres malades, non sans avoir considéré longuement celui-ci, bien que son visage fût déformé, sa barbe inculte et sa physionomie difficilement reconnaissable.

Sœur Balbine, tel était son nom, se demandait si elle n'était pas le jouet d'une folle illusion ; mais elle y revenait sans cesse. Elle fut la première sur laquelle s'arrêtèrent les regards du blessé rouvrant les yeux.

— Comment vous trouvez-vous ? demanda-t-elle avec une pieuse sollicitude.

— Mal, très-mal, répondit une voix faible et caverneuse.

— Ne puis-je rien pour vous soulager reprit la sœur, relevant le traversin qu'il avait sous la tête.

— Non, ma bonne sœur ; la vie m'échappe et j'en suis tout consolé.

— Vraiment, j'admire votre résignation.

— La résignation n'a pourtant point été ma vertu favorite ; il s'en faut.

A ces mots il tourna la tête de l'autre côté, et quelques minutes s'écoulèrent avant que la religieuse osât lui adresser de nouveau la parole.

— Comment vous appelez-vous ? lui demanda-t-elle d'une voix tremblante.

— Je suis un pauvre soldat ; peu vous importe le reste.

— Pardon, vous avez sans doute des parents...Je pourrais leur écrire...

— J'avais une fille...

Le malade s'arrêta sur ce mot et le cœur de la religieuse palpita d'une émotion inexprimable.

— Eh bien ? dit-elle, n'avez-vous rien à lui faire dire, à cette fille ?

— Rien ; elle n'existe plus pour moi, mais épargnez à mes derniers moments des souvenirs qui me sont plus pénibles que la mort.

— Elle est donc morte, votre fille ?

— Morte ! morte ! qui vous l'a dit ! s'écria le soldat dont les yeux se ranimèrent pour interroger ceux de la religieuse.

— Calmez-vous, de grâce, je ne sais rien de votre fille ; c'est pour cela que je vous interrogeais.

Le malade se rasséréna, et se tut pendant quelques instants ; mais, sous l'empire d'un nouvel accès de fièvre, il reprit bientôt comme s'il se parlait à lui-même et sans témoins :

—Morte ! oui morte ; voici l'échafaud sur lequel est tombée sa tête coupable ! Voici la foule qui bat des mains à la honte du nom de Montfort !... Et de cette foule ne voyez-vous pas sortir un spectre qui attise les haines en montrant une coupe empoisonnée?.. Elvire, par pitié, arrête... La jalousie t'aveugle : elle est innocente!... Innocente, la compagne d'un Délécour ! ne m'en parlez plus ! maudit qui prononcera son nom devant moi !

Sœur Balbine, qui jusques-là avait écouté le malade avec une anxiété fébrile, se laissa tomber sur un siége, cacha sa tête entre ses mains et s'abandonna à des larmes amères.

Elle se leva, rappela le capucin qui s'était retiré un instant par discrétion, et lui dit :

—Pour l'amour de Dieu, père Athanase, venez à son secours et au mien : c'est bien lui !

CHAPITRE XVII.

Le père et la fille

—

Lorsque le blessé revint de son délire, ses yeux errants parurent demander quelqu'un autour de lui. Ils rencontrèrent d'un côté un prêtre, de l'autre un chirurgien et semblèrent chercher encore.

— Hé bien, mon brave ? demanda le chirurgien avec une brusquerie affectueuse.

Vous m'interrogez pour la forme, répondit le malade; vous savez aussi bien que moi que je m'en vais.

— Mon ami, dit alors le capucin, la vie et la mort sont dans les mains de Dieu.

—C'est ça, ajouta le chirurgien à voix basse, tâchez de vous arranger avec lui; moi, ma besogne est finie; bonsoir.

Le prêtre, seul avec le malade, se rapprocha de lui.

— Mon ami, vous avez montré hier que vous n'aviez pas peur de la mort.

— Peur, moi ? interrompit le malade, je l'ai cherchée, je hais la vie...

— Ne dites pas cela, mon ami, soyez plutôt disposé à accepter la vie ou la mort, selon qu'il plaira au souverain Maître. Vous êtes catholique, n'est-ce pas ?

— Oui, mais un bien mauvais !..

— Ce n'est pas une raison pour désespérer. Moi non

plus, je n'ai pas toujours été ce que je suis. J'ai porté l'uniforme avant le capuchon ; j'étais à la prise d'Alger.

— Vous ? à la prise d'Alger ? dit le blessé avec une vivacité surprenante.

— Oui, et je me souviens d'un certain colonel, qu'on appelait, je crois, comte de Montfort, auquel son excès d'ardeur faillit être fatal.

— Ah ! répliqua le malade qui retomba ensuite dans le silence, mais sans détacher son regard attentif du visage de son interlocuteur.

— A quel propos ce souvenir ? demanda-t-il ensuite.

— Parce que cette occasion fut la première où je rencontrai le comte de Montfort.

— Ce fut aussi la dernière, répliqua le malade d'une voix brève.

— Peut-être que non. Dieu me mit sur son chemin une première fois pour sauver son corps, une seconde pour sauver son âme.

— Mais alors, mon père, seriez-vous le capitaine ?..

— Nous nous trahissons mutuellement, colonel, dit le prêtre en saisissant dans ses deux mains la main du malade ; je suis le capitaine et vous le comte de Montfort.

Le soldat attira le prêtre sur sa poitrine et ils se donnèrent mutuellement une longue et silencieuse étreinte.

Le malade reprit le premier, de sa voix affaiblie :

— J'ai toujours regretté de ne pas vous connaître. J'aurais été si heureux, dans le temps où je pouvais quelque chose, de vous témoigner ma gratitude.

— Vous en avez eu cependant l'occasion, une fois, une seule... et je crois que vous l'avez négligée, répliqua le religieux avec une certaine vivacité.

— Quand donc ?

— A propos de votre fille.

— Ah ! oui, la lettre de recommandation dont vous

appuyâtes sa visite? Le ciel m'est témoin que j'y aurais fait honneur si ma fille... mais laissons ces souvenirs.

— Pourquoi les laisser? vous l'avez donc crue coupable.

— Toutes les apparences ne la condamnaient-elles pas?

— Et vous vous en êtes tenu aux apparences ! vous son père? Que tout le monde l'abandonnât cela vous a paru une raison suffisante pour l'abandonner aussi ! car laissez-moi, comte, user avec vous, avec un ami, du franc parler qui est un des privilèges de mon caractère sacerdotal. Votre fille, pour remonter à l'origine de ses malheurs et des vôtres, s'est laissé séduire par un intrigant; mais elle avait seize ans; mais vous qui deviez connaître le monde, vous vous étiez laissé abuser aussi bien et aussi long-temps qu'elle ! Mais tout conspirait contre elle: l'officier qui en voulait à sa fortune, l'institurice qui en voulait à votre main, vous-même qui lui fermiez votre cœur lorsqu'elle aurait eu si grand besoin d'expansion et de conseil! Ah! plaignez-la, comte, mais si vous accusez quelqu'un, que ce soit vous!

— Votre titre de sauveur du colonel de Montfort ne vous donne pas le droit de l'insulter, dit le malade cherchant à dégager sa main.

— Mon ami, reprit solennellement le prêtre, si nous avions des années devant nous pour nous expliquer, je ménagerais les susceptibilités de votre amour propre. Mais le temps presse; je veux vous confesser: mon ministère me le commande, votre gratitude, dont vous me parliez tout-à-l'heure, et les sentiments chrétiens de votre première éducation ne vous permettent pas de me refuser. Laissez-moi donc vous adresser autre chose que des compliments. Oui, cinq ans de souffrances ont expié surabondamment les torts de votre fille. Oui, votre devoir était de lui ouvrir les bras lorsqu'elle est revenue à vous, de devancer l'office du procureur du roi, lorsqu'elle a été accusée, de la défendre innocente, de la défendre encore,

même coupable ! Le sentiment qui vous a aveuglé, mon
ami, c'est celui qui, dans l'évangile, porte le nom d'orgueil,
et il n'en est pas de plus contraire au christianisme. Avez-
vous jamais songé, mon ami, que le Dieu de vos pères, que
votre Dieu est né dans l'abaissement, qu'il est mort humai-
nement déshonoré, c'est-à-dire d'un supplice infamant,
la croix, le supplice des esclaves ?

Derville s'était révolté dans le principe contre cette sortie si méritée, et des gouttes de sueur perlaient sur son
visage. Mais peu à peu il en sentit la justesse et s'inclina
sous les reproches que tempérait l'accent profondément
affectueux du capucin.

— Puisse ma fille me pardonner là-haut ! répondit-il à
demi-voix.

— Mon ami, remerciez Dieu, reprit le religieux. Ce n'est
pas là-haut seulement, c'est dès ici-bas qu'il vous est
donné de recevoir son pardon et de lui accorder le vôtre.

— Eh ! quoi ! mon père, Elisa vivrait encore ? Non,
vous voulez me tromper. Je ne le sais que trop : elle a péri
du supplice des parricides.

En ce moment, sœur Balbine apparut à l'entrée de la
chambre. Le Père Athanase se leva vivement et lui fit singe
d'entrer. S'adressant de nouveau au malade :

— Comte de Montfort, ce n'est pas un semblable moment
que je choisirais pour vous tromper. Votre fille vit et elle
n'a point été graciée, mais acquittée hautement, oui glo-
rieusement acquittée par l'unanimité du jury.

Le malade porta à ses lèvres avec exaltation la main de
celui qui lui parlait.

— Merci, mon ami. Le service que vous me rendîtes
devant Alger n'est rien en comparaison du bien que vous
me faites. Je puis mourir ! Je puis sans amertume et sans
arrière-pensée accueillir votre ministère et déposer à vos
pieds le fardeau de mes fautes. Mais... quelle est cette

femme qui pleure à côté de nous ? Ah ! c'est la bonne religieuse qui m'offrait, il n'y a qu'un instant, de se charger de
mes commissions pour ma fille... Ma fille, je ne la verrai
plus. Si jamais vous retournez en France, bonne sœur,
allez, dites-lui que je suis mort en regrettant de ne pouvoir
l'embrasser...

— Je lui dirai donc, reprit la religieuse en comprimant
ses sanglots, que vous lui avez pardonné ?

— Vous lui direz que c'est moi qui implore son pardon.

— C'en est trop, s'écria la religieuse, contentez-vous de
la bénir, mon père !

Et elle se jeta au cou du malade.

Celui-ci, retrouvant des forces pour l'écarter à la lon-
gueur de son bras, la considérait d'un œil égaré :

— Elisa ! est-ce bien toi ? s'écriait-il ; mon Dieu, je regrette de mourir maintenant que je l'ai retrouvée !

Le père et la fille, dans un long et muet embrassement,
confondirent leurs âmes et leurs baisers.

— Hélas ! murmura le père le premier, quel malheur !
Je te retrouve au moment de te perdre pour jamais !

— Non, pas pour jamais, ni même pour longtemps, répondit sœur Balbine. J'ai déjà au ciel d'autres êtres chéris
qui m'y appellent : entre autres mon fils Richard et... mon
mari.

— Ton mari ? Ne me parle pas de ton mari, mon enfant.

— Au contraire, je dois vous en parler. Il a imploré votre
pardon : je lui ai promis de l'implorer à mon tour pour
lui, et vous ne me refuserez pas en ce moment, bon père.

Une vive contrariété se peignit sur les traits du malade.
Il reprit toutefois, au bout d'un instant :

— Eh bien ! soit, paix à son âme ! Je ne puis pas rester
inexorable envers autrui, lorque, j'invoque pour moi-
même la miséricorde de Dieu. J'oublie tout, Elisa ; mais
toi, peux-tu oublier mon orgueil et ma dureté ?

— Que vous êtes bon ! s'écria la religieuse se précipitant de nouveau sur ses joues livides et les inondant de ses larmes. Ce fut toute sa réponse.

— Elisa, ajouta le malade, ainsi tu vas être la dernière de notre nom. En toi s'éteindront les Montfort !

— Ils ne sauraient mieux finir, dit le Père Athanase, ils s'éteindront au service de Dieu et du prochain.

Cependaut l'émotion qui, un moment, semblait avoir ranimé le comte, le laissait dans un état d'affaissement sensible, et les progrès du mal devenaient de plus en plus évidents :

— Reposez-vous, dit le capucin ; vous avez parlé trop longtemps.

— Je n'ai plus guère le loisir de me reposer, mon père. J'aimerais mieux profiter de mes dernières forces pour me confesser.

— Je suis à vos ordres, répliqua le prêtre qui n'attendait que cette proposition.

Sœur Balbine se retira.

Une heure après, le bruit ayant circulé que le soldat Derville n'était autre qu'un ancien colonel et le père de sœur Balbine, bon nombre de religieuses, d'officiers et de soldats accompagnèrent le Saint-Sacrement, apporté au mourant par le P. Athanase. La petite chambre et le corridor qui y conduisait se remplirent d'uniformes et de robes grises surmontées de cornettes blanches.

— Je n'ai pas mérité tant de joie, dit le comte de Montfort. Mourir d'une balle ennemie entre les bras de ma fille et de la religion et au milieu de mes compagnons d'armes, c'est trop de bonheur !

Le jour touchait à sa fin et, par l'étroite fenêtre mauresque, envoyait au lit du mourant un rayon de vive lumière qui formait comme une auréole à la haute et noble figure du capucin tenant la sainte Hostie et récitant les paroles qui précèdent la communion. La nature semblait s'associer à la pieuse cérémonie et donner au malade un avant-goût des splendeurs célestes.

Le comte reçut le pain sacré, avec un respect et une émotion que partagèrent tous les assistants. Lorsque le prêtre, averti par le chirurgien de l'aggravation croissante du mal, eût commencé à administrer l'extrême-onction, personne ne songea à se retirer.

Elisa, toujours debout au chevet de son père, contemplait avec tendresse et pitié ce front jadis si sévère et si redoutable aux yeux du monde, maintenant si humble devant un pauvre moine:

— Camarades, dit le malade d'une voix affaiblie, en regardant les militaires qui l'entouraient, vous voyez en quoi se résume la vie. Nous la passons à courir après la gloire, l'avancement, les décorations, la fortune: et pourtant la vie n'a qu'une seule affaire et qu'une seule heure de sérieuse: celle où je me trouve en ce moment.

Il retomba ensuite dans le silence, qui ne fut plus interrompu que par sa respiration oppressée et par les sanglots de sa fille. Tout d'un coup:

— J'oubliais, dit-il. Père Athanase, ouvrez ceci, vous y trouverez mon testament. C'est bien cela. Déchirez-le. Je ne puis plus avoir d'autre héritière que ma fille.

— Pardon, mon père, dit Elisa; maintenez votre testament, je n'ai que faire, moi, des biens de la terre.

Mais le comte insistant du regard, le capucin mit le feu au papier qu'il tenait entre ses doigts.

— Bien, reprit le mourant; si Elisa veut faire des générosités, que ce soit elle qui les fasse et non moi. Elle a souffert de la pauvreté assez longtemps.

— La pauvreté est ma joie et ma richesse, dit la religieuse; je ne garderai point d'autre héritage.

En parlant de la sorte, elle pleurait. Les religieuses, ses

compagnes, pleuraient aussi, et plus d'un militaire s'essuyait les yeux. Le P. Athanase semblait le plus impassible. Il attachait son regard sur le colonel et observait, dans les traits décomposés de son visage, le moment de lui faire la recommandation de l'âme.

— Elisa, à genoux à côté du lit, s'unit mentalement aux réponses dont les autres religieuses accompagnaient les belles invocations des prières des agonisants .Tout d'un coup, au moment où ces prières allaient s'achever, le malade qui, depuis quelques minutes ne faisait plus aucun mouvement, même des yeux, souleva sa main droite et la posa sur la tête de sa fille, où il la laissa.

C'était son dernier effort et sa dernière bénédiction paternelle,

La main s'affaissa et retomba inerte. La religieuse terrifiée regarda le P. Athanase comme pour lire sur son visage ce qu'elle n'avait pas le courage de lui demander. Le capucin hésita un instant, puis, levant les yeux au ciel.

— *Requiescat in pace !* dit-il.

Et sœur Balbine, poussant un cri aigu, se laissa aller, évanouie, aux bras de ses compagnes.

CHAPITRE XVIII

Epilogue

—

Vingt ans après la mort du comte Evariste de Montfort, une sœur de charité enseignait le catéchisme, la lecture et l'écriture à de petits enfants, la plupart nègres, dans le canton d'Oyapox, un des plus insalubres de l'insalubre Guyane française. Son école finie, elle se reposait en soignant les infirmes et les fiévreux, ou même en parcourant les rues, en quête de nouveaux écoliers ou de malades pour son petit hôpital. Toutefois, elle évitait par modestie, depuis quelque temps, les endroits trop fréquentés, à cause de la foule qui s'y amassait sur son passage et la retenait plus qu'elle n'eût voulu, car nègres et blancs la connaissaient, l'admiraient et ne la désignaient que d'un seul nom : « La sainte. »

Par une matinée des plus chaudes du mois de juin 1857, cette religieuse gravissait, avec une de ses compagnes, une pente raide mais ombragée conduisant à une petite cabane solitaire. Là demeuraient quelques Indiens auxquels elle rendait ainsi visite tous les mois. Mais excédée de fatigue et suffoquée par la chaleur, elle n'eut pas la force d'aller jusqu'au bout sans reprendre haleine, et les deux sœurs de charité s'assirent sous un magnolia en fleurs, tout au bord du sentier de la montagne.

— Voici huit mois que je suis sans nouvelles de France, dit

en soupirant la plus jeune des deux ; je tremble de n'en plus recevoir, sinon pour apprendre la mort de mes vieux parents :

— Ma fille, répondit la plus âgée, celle qu'on appelait « la Sainte ». remercions le Seigneur lorsqu'il nous afflige, comme lorsqu'il nous console.

— Mais vous, ma mère, demanda la plus jeune, ne me disiez-vous pas que vous aviez une lettre d'Europe ?

— Oui, ma sœur, par le dernier paquebot de la Guadeloupe.

— Ne serait-elle pas de sœur Rosalie ?

— Non. Depuis trois ans bientôt sœur Rosalie a cessé de me répondre ; je présume que la vénérable religieuse est allée au ciel recevoir le prix de ses vertus. Ma lettre est d'une ancienne jardinière de mes parents, la seule femme peut-être qui se souvienne encore de sœur Balbine de l'autre côté des mers. Voulez-vous que je vous la lise ? je n'ai encore eu le temps que de la parcourir à la hâte.

— Lisez, lisez, je vous en prie, s'écria la jeune religieuse, avec un empressement dont elle ne fut pas d'abord maîtresse ; des nouvelles de France, on en a si peu, qu'il n'en est point d'indifférentes. Mais pardon, bonne mère, une pareille curiosité ne convient guère à une religieuse...

— Elle n'a rien que de naturel et de légitime, reprit sœur Balbine en souriant. Ni la part charitable que vous prenez à ce qui m'intéresse, ni l'affection que vous conservez à notre lointaine patrie ne peuvent offenser le Seigneur, dès lors que cette affection ne vous attiédit point dans les devoirs de notre vocation et que, d'autre part, je vous offre moi-même de vous communiquer ce que vous ne pourriez peut-être me demander sans indiscrétion. Mais pourquoi prononcé-je ce mot « indiscrétion » ? Une fille de Saint-Vincent de Paul n'a avec le monde aucune relation qui ne puisse être connue de tous, et je me cacherais bien moins encore de vous, ma chère sœur, qui, à la fleur de

votre âge, avez voulu vous dévouer à Dieu et au prochain
sous ces clinats redoutés. Ecoutez donc la lettre de mon
excellente amie, la jardinière Madeleine :

« Montfort, le 15 avril 1857.

« Chère et vénérée sœur Balbine.

« Je ne sais si la présente aura le sort probable des cinq
« autres que je vous ai adressées depuis votre départ pour
« les missions étrangères. Il faut tout de même que je
« vous écrive encore, jusqu'à ce que vous me répondiez » —
Pauvre chère Madeleine, ajouta sœur Balbine interrompant sa lecture, je lui aurais certainement répondu si
j'avais reçu ces cinq lettres » — « M. le curé, qui a pris des
« renseignements à Paris, m'assure que cette fois ça doit
« arriver à bon port, puisque vous êtes dans une colonie
« française et que le service des postes avec les colonies est
« tout-à-fait régulier.

« Ah ! ma chère mère, comme j'aurais besoin de vous
« avoir à côté de moi, quand ce ne serait qu'une heure, pour
« me dégonfler le cœur et vous conter par le menu toutes
« mes affaires ! Je ferai donc comme si vous étiez-là, à côté
« de moi, à cette petite table où je suis maintenant toutes
« seule, car mon mari, mon brave Antoine, qui vous
« aimait tant et que je ne lassais jamais en lui parlant de
« vous, il faut que je vous dise qu'il est mort. »

Ici la lectrice, sans s'arrêter sensiblement, eut un léger
tremblement dans la voix et passa une main sur ses yeux.

« Mort comme un bon chrétien, soyez tranquille. Je prie
« et fais prier pour lui, mais je suis bien sûre qu'il est au
« ciel et qu'il n'a plus besoin de prières. Mais pour repren-
« dre les choses par le commencement, je vas tout vous
« conter, comme si je ne vous avais pas encore écrit ou

« comme si vous n'aviez pas lu mes lettres. Quels change-
« ments, Mademoiselle Elisa... pardon, ma chère sœur,
« depuis votre départ de Riom ! D'abord, je vous dirai que
« j'ai été informée de ce qui vous est arrivé à Constantine
« et de la mort de Monsieur le comte, et de la dernière bé-
« nédiction paternelle qu'il vous a donnée, et du refus que
« vous avez fait de revenir habiter Montfort comme maî-
« tresse de céans. Et devinez qui m'a appris tout cela?
« Le P. Athanase en personne. Un jour, j'étais allée à Guéret
« avec Antoine, pour visiter un parent. Voilà que nous
« passons devant une église où nous voyons entrer beau-
« coup de monde. Nous entrons aussi. Il y avait dans la
« chaire de vérité un capucin qui prêchait. Nous nous as-
« seyons pour écouter, mais voilà qu'Antoine me pousse le
« coude : Madeleine, me dit-il à l'oreille est-ce que tu ne
« reconnais pas ce Monsieur ? — Il me semble que si, lui
« dis-je, mais je ne me rappelle pas où je l'ai vu. — A Riom
« aux assises. C'était bien le P. Athanase, en effet, un peu
« vieilli, mais toujours le même. Nous l'allâmes voir à la
« sacristie, et il nous reçut comme de vieux amis, nous
« raconta l'histoire de Constantine, et le reste, et nous
« donna une adresse à laquelle je vous ai envoyé ma pre-
« mière lettre. Depuis lors, nous n'avons pas revu le Père
« et ne savons ce qu'il est devenu.

— Il est mort, lui aussi, dit sœur Balbine s'interrompant
de nouveau dans sa lecture; j'étais à New-York lorsque
sœur Rosalie m'annonça qu'il venait de succomber à une
attaque de choléra, en confessant des cholériques. Mais je
reprends la lettre de Madeleine.

« Vous vous imaginez peut-être, chère Mademoiselle
« Elisa, que nous nous sommes croisé les bras et les jambes
« lorsque votre générosité et celle de Monsieur le comte
« nous eut donné de quoi vivre sans rien faire. Impossible :
« nous serions tombés malades tout deux au bout de huit

« jours. Et puis céder notre place à d'autres, abandonner
« ce beau jardin de Montfort qu'Antoine avait pour ainsi
« dire créé, ça n'était pas possible non plus. Nous avons
« donc passé, avec le château lui-même, sous l'autorité de
« Madame la baronne, votre cousine, à laquelle vous avez
« légué Montfort. On y est tout pleins d'égards et d'amitié
« pour nous, en souvenir de vous, et peut-être aussi (je
« parle en cela des autres domestiques), parce que nous
« sommes riches et n'avons besoin de personne. Car l'on-
« cle de Belgique, à son tour, nous a légué son petit avoir ;
« si bien que rien ne nous manquerait si nous avions des
« enfants à qui laisser tout cela. Mais le Seigneur nous a
« refusé ce bonheur et à quoi bon, ô mon Dieu, à quoi
« bon toute cette fortune, maintenant surtout que lui-
« même, mon Antoine, n'est plus là pour en jouir ! J'ai
« bien pris avec moi une nièce ; mais, voyez-vous, ça n'est
« plus ça... Enfin, vous avez choisi le bon lot, vous, en
« dédaignant les biens de la terre pour ceux du paradis.
« Mais vous avez toujours été une âme forte et privilégiée ;
« tandis que moi... Suffit ; on sait bien qu'il n'y a pas deux
« Elisa sur la terre.

« Papa Lamblin n'a jamais pu s'habituer à griller des
« côtelettes pour d'autres que pour ses anciens maîtres.
« Madame la baronne l'a laissé partir sans trop de diffi-
« cultés, vu qu'il se faisait vieux, et le digne majordome
« est venu se fixer à côté de nous, dans la petite maison de
« l'autre côté du mur du parc, vous savez, laquelle s'est
« trouvée à vendre et qu'il a achetée. Nous le voyons pres-
« que tous les soirs au coin de notre feu, où il a sa place
« réservée en hiver, ou bien sur le banc du maronnier, à
« notre porte, quand il fait beau. Il ne tarit pas lorsqu'on
« le met sur le chapitre des anciens du château, et parti-
« culièrement de vous et de votre père ; pour le reste, il est
« fort indifférent, pour ne pas dire maussade. Et vraiment,
« il n'a pas tort. Les maîtres d'aujourd'hui ont tous la tête

« à l'envers. Vous ne vous figureriez jamais ce que Madame
« la baronne amène de monde ici durant le peu de temps
« qu'elle passe en Auvergne. Montfort est un désert dix
« mois de suite, puis, pendant deux mois, il regorge comme
« un cabaret de Clermont un jour de marché. Et presque,
« presque personne, parmi ces gens-là, qui se soucie du
« jardin et qui sache faire la différence d'un dahlia avec
« un autre... Sans compter le chemin de fer qui, dit-on, va
« passer dans la vallée et nous gâter tout le paysage. Ah!
« oui, je le répète, Lamblin n'a pas tort de maugréer, et je
« ne le plains pas de s'en aller de ce monde dégénéré. Le
« pauvre vieux baisse, en effet, baisse à vue d'œil. Dame,
« quand on a quatre-vingt-cinq ans, on n'en a plus vingt-
« cinq !

« Mais devinez qui nous a fait une visite, l'année der-
« nière, et nous a demandé de vos nouvelles avec un pro-
« fond intérêt ?... Une sœur de Madame Elvire, la der-
« nière survivante. Elle nous a appris une chose qui nous
« a bien surpris, sans nous étonner, à savoir que vous
« aviez laissé à la famille d'Elvire le tiers de l'héritage de
« votre père. Ma foi, j'ai trouvé ça bien beau, même trop
« beau; mais encore une fois, venant de vous, aucune gé-
« nérosité ne m'étonne. Il y a dans la vie des saints pas
« mal de bienheureux qui n'en ont pas fait davantage...»

Ici nouvelle interruption de la lectrice, qui rougit, se recueillit en elle-même, sans doute pour faire un acte d'humilité et peut-être de contrition, et parut sauter plusieurs
lignes de la feuille qu'elle tenait en main.

« Adieu, douce et bien aimée maîtresse. Je bavarde
« peut-être plus qu'il ne convient; mais vous savez que le
« babil a toujours été mon défaut. Et puis, qui sait quand
« j'aurai encore le bonheur de causer avec vous?... Mon
« cher Antoine — que Dieu ait son âme en son saint para-
« dis ! — m'a bien fait promettre, avant de mourir, de le

« recommander à vos prières. Vous qui faites du bien à
« vos ennemis, vous ne refuserez pas, bien certainement,
« ce dernier service et cette dernière amitié à un homme
« qui avait pour vous une espèce de culte. Ne m'oubliez
« pas non plus, je vous en supplie, et songez que vous avez
« dans notre vieille Auvergne une amie qui vous préfère
« à l'univers entier, maintenant surtout qu'elle est obligée
« de signer

« Veuve Martineau. »

« Nous avons toujours eu bien soin, Antoine, Lamblin
« et moi, de la petite tombe de notre Richard, dans le
« cimetière du village. Pauvre petit ange, dont j'ai été la
« mère durant deux mois et demi ! Tant que je vivrai, il
« y aura toujours des fleurs fraîches sur la terre qui le
« recouvre ! »

Sœur Balbine ne put achever ces dernières lignes de la
lettre de Madeleine sans éprouver dans la voix une altération qui faillit se terminer par un sanglot. Mais habituée
à dominer ses émotions, elle retrouva bientôt sa sérénité
habituelle, et, s'adressant à sa compagne :

— Oh ! oui, dit-elle, j'ai prié et prierai pour eux,
simples et braves paysans qui, seuls, n'ont jamais douté
de moi, seuls ont risqué leur emploi, leur gagne-pain,
pour m'accueillir et me défendre, moi et l'enfant qui est
mort entre leurs bras. Ma sœur, il n'y a de bonheur ici-bas
qu'en proportion de notre amour pour Dieu et des sacrifices que nous lui faisons. J'ai été riche, j'ai été mariée,
j'ai été mère, je me suis vue tour à tour châtelaine et

prisonnière : eh bien ! nulle part je n'ai été aussi heureuse que sous la cornette des Filles de la Charité...

Elle se leva à ces mots, et les deux religieuses reprirent ensemble leur route interro ue.

FIN.

TABLE DES MATIÈRES

Lettre au R. Don Philippe Catenazzi, prêtre de Mendrisio... ·   I
Deux mots de l'auteur au lecteur.................... XIII
CHAPITRE I. — La veuve et l'orphelin.................. 4
   —   II. — La fuite............................ 10
   —   III. — Un bon curé........................ 23
   —   IV. — Le mariage.... 38
   —   V. — Le sectaire......................... 48
   —   VI. — Une scène de sang.................. 60
   —   VII. — Nouvelles infortunes................ 70
   —   VIII. — Le moment de la grâce... 84
   —   IX. — Horrible complot.................... 101
   —   X. — Quelques explications rétrospectives...... 119
   —   XI. — Espérances trompées................. 125
   —   XII. — La vengeance 142
   —   XIII. — La castastrophe................... 165
   —   XIV. — L'enquête judiciaire................ 186
   —   XV. — La Cour d'assises.................. 215
   —   XVI. — La prise de Constantine.............. 245
   —   XVII. — Le père et la fille................. 255
   —   XVIII. — Epilogue....................... 262

Rennes, T. HAUVESPRE, imp.-lib., rue Impériale, 4.

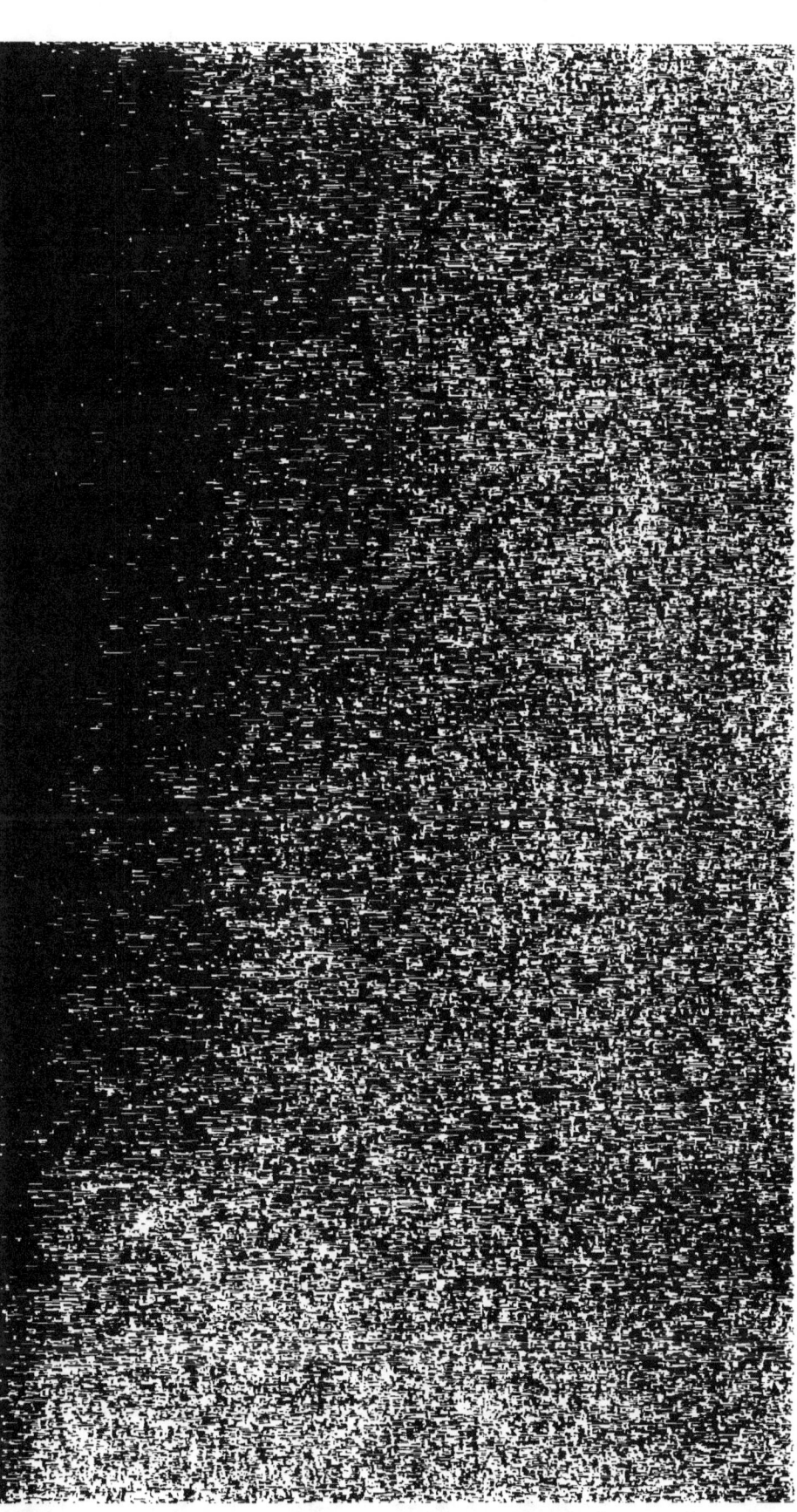

Rennes. — Imprimerie T. Hauvespre.

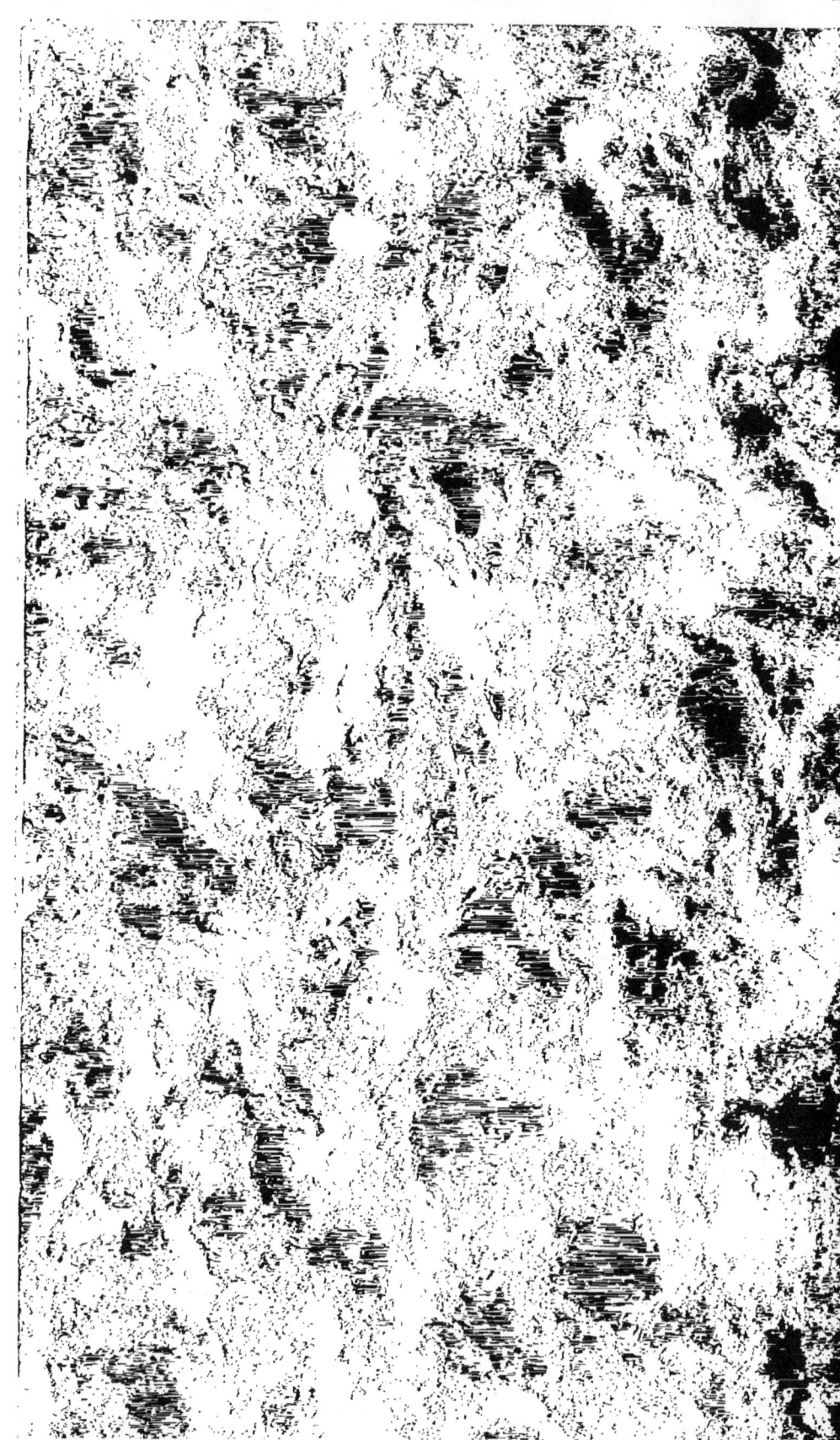

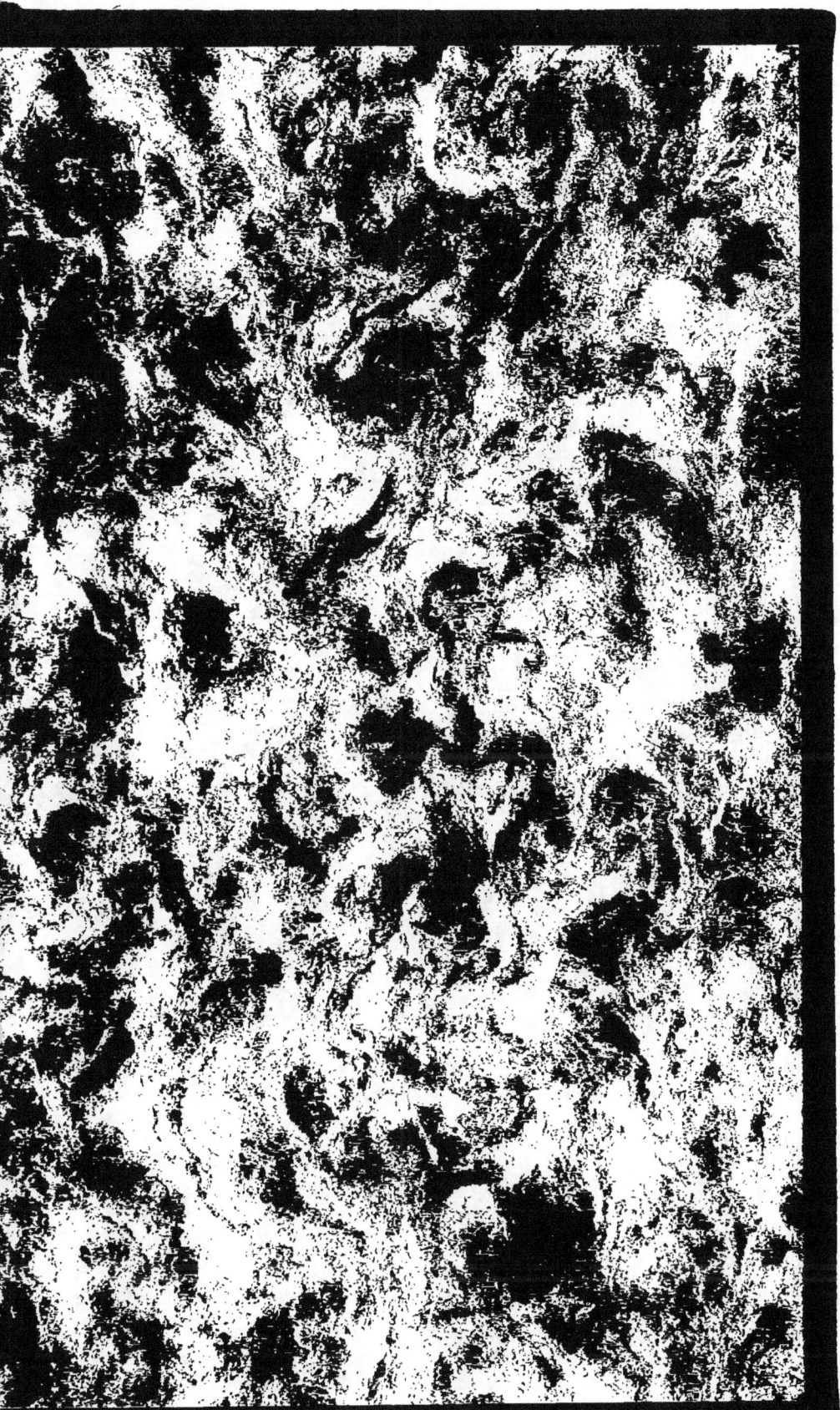